网络英雄传·前传

光未盛

HEROES OF THE INTERNET

郭羽 刘波 清歌 著

华东师范大学出版社

图书在版编目(CIP)数据

网络英雄传：前传：光未盛/郭羽，刘波，清歌著. —上海：华东师范大学出版社，2017
ISBN 978-7-5675-6093-2

Ⅰ.①网… Ⅱ.①郭…②刘…③清… Ⅲ.①长篇小说—中国—当代 Ⅳ.①I247.5

中国版本图书馆CIP数据核字(2017)第021222号

网络英雄传·前传

光未盛

著　　者　郭　羽　刘　波　清　歌
特约策划　洪　刚
责任编辑　刘　佳
审读编辑　李玮慧
责任校对　王丽平
封面摄影　黄冠添
装帧设计　卢晓红　付　莉
内文插图　视觉中国

出版发行　华东师范大学出版社
社　　址　上海市中山北路3663号　邮编200062
网　　址　www.ecnupress.com.cn
电　　话　021-60821666　行政传真　021-62572105
客服电话　021-62865537　门市(邮购)电话　021-62869887
地　　址　上海市中山北路3663号华东师范大学校内先锋路口
网　　店　http://hdsdcbs.tmall.com

印 刷 者　上海中华商务联合印刷有限公司
开　　本　787×1092　16开
印　　张　13.75
插　　页　1
字　　数　198千字
版　　次　2017年4月第1版
印　　次　2017年4月第1次
书　　号　ISBN 978-7-5675-6093-2/I·1654
定　　价　38.00元

出 版 人　王　焰

（如发现本版图书有印订质量问题，请寄回本社客服中心调换或电话021-62865537联系）

目　录

c o n t e n t s

有时，光明竟然意味着死亡，
纵使是飞蛾扑火般徒然，
也总有人想去试试。

光未盛

网络英雄传·前传

引子

夜,正被黑色风干。

被黑色风干的,还有寂静的天空下偌大的荒漠。

澳洲北部昆士兰的无人区,一辆突然熄灭了车灯的黑色四驱越野车像蒙上双眼的疯子一样在飞奔,仿佛正在赶着奔向生命的尽头。这里,正是命运扣响了一次扳机,将这黑车如闪亮的墨色子弹射入黑夜无边的深处,仿若也射入车上的人的灵魂深处。他们的人生,他们的命运,从这刻开始将彻底改写。

随着马达的轰鸣和指数表的乱窜——140码、150码、160码、170码、180码……车速越来越快,路面不太平整,车颠簸得几乎要飞起来了。

在这渺无人烟的无边的黑暗中,车灯本来是唯一的光亮。荒漠里的各种飞虫寻着灯光扑面而来,但一碰到高速飞驰的汽车,飞虫们瞬间就被撞得血肉模糊。它们不知道光明竟然会意味着死亡,依然不断地飞蛾扑火。只是片刻之间,车头上已经黑压压一片,粘满了阵亡飞虫的尸体。

190 码,200 码……

黑,漆黑！只有仪表盘微光闪烁如萤,视线很差,车子像一头冲进了章鱼肚子里,满满的黑汁吞噬了一切。什么都看不见！车,几乎已经快失控了……

那是他们穿越无人区的毕业旅行。对郭天宇、刘帅、陈冠平和赵敏四个人来说,那是一次终身难忘的记忆。那时他们前后在澳大利亚穿越了 22 天时间,行程达到 20 000 多公里。

长时间枯燥地开车赶路,不免有特别寂寞烦闷的时候,尤其是当黑夜来临。一直琢磨着怎么驱散这些负面情绪的郭天宇突然灵光一闪,有了一个令众人血脉偾张的疯狂提议:"暗黑飞车"——在黑暗中熄灭车灯,任车飞驰,自由"冲浪"。

方圆几百公里没有人烟,四周都是平坦的荒原,既然一马平川,没有什么可以发生致命碰撞的,大家觉得应该不会发生什么危险,所以也没什么可怕的。

三个男生跃跃欲试,赵敏这个唯一的女生却有些害怕。

陈冠平开玩笑地说:"怕什么,有我们三个大男人在！要是万一有个意外,正好物竞天择,看看哪个男人可以活下来——娶你!"

"玩不玩?"

正开着车的刘帅大声说:"玩!"

话音未落,没等另外三人反应过来,他已把车灯关了!

当灯光熄灭的那一刻,车里顿时变得异常寂静。四个人猛地发现,这个"暗黑飞车"游戏的恐怖程度在玩之前是根本无法想象的。

由于路上没人,他们的车速一直保持在 140 码以上,刚才为玩这个游戏,刘帅又加大了油门,这时的车速至少达到 180 码。如此快的速度,轻易地把车窗外的空气一片一片地撕碎,发出"呜呜"的惨叫声!

刘帅受到震慑,不由自主地松掉了油门。恐怖的核心原因是未知,尤其是黑暗里无法触及的未知,你根本不知道接下去会碰到什么,会发生什么,这是远比你知道会发生什么还要可怕的事。

这时，哪怕路上有一块不大的凸起的石头，都可能让车子倾覆。

黑暗，让这种恐惧无边地蔓延；车外空气凄厉的哭声，又成倍地加大了这份恐惧。四个人都不由自主地闭上眼睛，惊声尖叫起来！

就在这时，郭天宇突然觉得手臂上一痛，是赵敏一把抓住了他，抓得紧紧的，指甲都掐进了他的肉里。他看向坐在前面的陈冠平，他在尖叫中狠命地闭上眼睛还不够，又用双手蒙住了眼睛。也许这个毫无意义的动作，能减少他的恐惧。

作为司机的刘帅，无法用手蒙住自己的双眼。他只能紧闭眼睛，把嘴张到最大，从内心的深处喊着那一个“啊”字，一直高高地持续着，似乎只有这样才让恐惧稍稍有所缓解。

突然，刘帅又啪地打开了车灯，他身不由己地打开了车灯，在精神就要趋于崩溃时。

在四人后来共同的回忆里，他们觉得车子在无边黑暗中的自由飘荡可能其实只有两三秒钟，但对他们来说，这短暂的时光竟是如此的漫长，那是一种灵魂出窍、没有尽头的恐惧和绝望！

当能看得到灯光重新穿透黑夜照亮的前行的路面时，他们都深深地吁出了一口气，他们的灵魂也像吐出了瞬间吸满的黑。他们重新用欢呼与尖叫感恩了生命的美好。

从那以后，很多个黑夜里，每当被命运残酷地压得喘不过气来的时候，郭天宇总会回想这段时光。这是他们一生中第一个约定成真的时候，他们的艾尔斯巨岩之约。

这次毕业后穿越澳洲的无人区之旅比他们之前的任何一次结伴而行都更疯狂和淋漓尽致，最早的起念要追溯到大一下半学期开学后不久，“天下趣游网”成立的那个晚上。

杭大的第一学生食堂从来是他们的“御用夜间食堂”。他们四人在晚自习结束后若需要相对私密的交流一般选择在这里。食堂宽敞明亮，最多可以容纳3 000人进餐。

那个晚上，在结束一天忙碌的课程后，他们四人约好在第一食堂碰头。食堂大厅里到处都是油腻的脚印和无法消散的饭菜味道，不远处还夹杂着食堂大妈热情的招呼声和零零落落来加餐的同学。刘帅一如既往定好第3包厢。他们满脑子梦想，一坐下就叽叽喳喳讨论着社团的未来，刘帅点的清粥小菜和炖鸡竟无人细品。

因为决心要做旅行，刘帅甚至抱来了整整半箱子的旅游杂志寻找灵感。《在路上》《时尚旅游》《旅行者》……装帧精美的旅行杂志铺满了整个桌面，四个人忙乱地搜寻着适合大学生旅行的景点。

突然，他们不约而同地被一本杂志的封面勾住了魂。那是一块耸立在一望无垠的沙漠上的巨石，太阳正从地平线上绽出耀眼的光辉，巨石在反射光的作用下，披着浅红色的盛装，在蔚蓝的天空下鲜艳夺目、壮丽无比，呈现出一股摄人心魄的力量。

“艾尔斯巨岩！据说要穿越澳洲无人区，才能一睹这块世界上最大的单体岩石的迷人风采。”

刘帅露出了难得一见的神往，艾尔斯巨岩，这是他做梦都想去的地方。

“艾尔斯巨岩，世界孤独的中心，勇敢者的朝圣地，超越时空的自然纪念碑……”郭天宇用他那醇厚磁性的声音，若有所思地读着封面上对艾尔斯巨岩的介绍。

“艾尔斯巨岩是一块能量之石，能够活化生命的能量，改变生命的轨迹……你们说，它的出现是不是就是来赐予‘天下趣游’能量的呀！”赵敏指着杂志内页的文字，玲珑剔透的眼睛里闪烁着兴奋的光芒。

郭天宇没有想到，平日里科学理性的赵敏，居然在这个时候信起了这一套。

但是，当他第一眼看到艾尔斯巨岩的照片时，的确就感觉到浑身上下的气在沸腾，有一股能量呼之欲出。难道，这真的是一块能够赐予能量，改变人生的巨石吗？

“好，待到‘天下趣游’成功日，我们一起去艾尔斯巨岩，来一次勇敢者的冒险！”

郭天宇、刘帅、赵敏、陈冠平，四只手有力地握在了一起，他们渴望成功，他们要去见证——

那微光终于盛放的时刻。

而回到这一切开始的那一天,刚刚好,不早不晚——

你们来的那天,光正微亮。

第　一　章

网络英雄传·前传

光未盛

试阵天下

命运在他眼前一分为二，
铺成两条互不相关的道路。

第一章

试阵天下

荣耀之日。

今天,是三年一度的全国大学生社团大赛的决赛日,同时也是中国首届“互联网+”大学生创业实践大赛日。

赛场入口人头攒动,拥入足以容纳千人的大厅,乌压压的人群挤满了会场,也像一片片厚重的乌云般,飘在了选手们的心头。

参赛选手们知道,这些人很多都是不远千里,特意赶过来支持他们的校友。

背负着这样沉甸甸的期待,选手们更不敢有丝毫的放松。他们的目光警惕地打量着周围的每一支队伍,就像即将捕猎的野狼一样,敏锐地寻找着猎物的破绽,随时准备扑上去,将对方一举击溃。

在数十支参赛队伍中,有两支受到了特别的关注,四周灼热的目光,几乎要将他们烤化。

那是北京大学和清华大学派出的代表队。

穿统一白色西装坐定的是北京大学“滴水晴天”项目的代表们,哪怕被近千人注视,他们的脸上都带着纹丝不动的微笑。他们带来的决赛作品虽然是公益项目,但是辐射面非常之广,欧亚乃至北非的红十字会都通过了他们的方案。

坐在北大项目代表旁边,神情活跃的是清华大学“Driverless Car”

项目的代表,他们是横扫全国各类大学生创业大赛的冠军队伍,简直所向披靡,也流露出了非比寻常的自信。

这两支队伍表现得自信又从容,令评委们一下就注意到了他们,不由露出了满意的神色,频频点头。

看到这一幕,许多参赛选手的心都悬了起来。

由于是中国首届“互联网+”大学生创业实践大赛,本次大赛的评委无一不是名气非凡的企业家,比如周宏义、徐晓平、熊大鸽、李人杰等创投界的大佬们,以及硅谷投资人 Steve Hoffman 等。

这些大名鼎鼎的企业家,平时只能在新闻报道中看见。但今天,他们不仅仅是大赛的评委——今天进入前十名的队伍,都能免费配一个知名企业家作为导师,就连雷骏、童明珠这类企业家,也名列其中。

让更多参赛队伍眼红的是,如果今天进入前十,他们还能收获大学生创业扶持基金的投资。

大学生创业大赛的前三名,更能分别带走 100 万、50 万和 20 万元现金。

但这些参赛队伍也清楚,如果不出意外,第一名就要在北大与清华的参赛队伍中产生。因为他们带来的项目实在太过出色,又“身经百战”,档次确实与其他队伍拉开了一大截。可正是如此,让大家的心中都涌起了强烈的不甘。

真的就没有第三个项目,能与北大、清华的代表队相抗衡么?

与其他的参赛队伍相比,浙大的参赛队伍心情更加复杂,团员小声议论:“杭大的‘天下趣游网’怎么还没有来?难道他们没拿到决赛名额?不大可能啊!”

“我听说他们一直在为注册资金头疼,难道真没凑齐?不至于吧?”

“你们傻啊!他们的项目和我们极其类似,都是互联网旅游,他们的社长郭天宇又非常厉害。他们不来,我们少个劲敌,不是更好?”

“唉!这次比赛的保密工作做得实在太好了,除了完全不怕别人打听、直接放出风声、对冠军志在必得的北大和清华外,我们压根不知道还有哪些队伍进入了决赛。”

“就是,要是早知道‘天下趣游网’可能来不了,我们的压力也不用这么大。想到上次和郭天宇的交锋,我就一晚上没睡好觉,生怕今天自己又输得一败涂地。”

“但你们觉得,我们真能赢过北大、清华的队伍么?你看看他们,一副‘只要第一,不要第二,你们最好成绩只能是第三'的骄傲样子,我真恨不得能狠狠打他们的脸。如果'天下趣游网'参赛,他们或许能做到……"

这项比赛之所以历时如此之长,原因就在于进入决赛的条件异常苛刻——在初赛后的两年中,参赛队伍需要筹集 20 万元"实际到位"的注册资金。

光是这一点,就关上了许多梦想的门。

这一天,同时也是"天下趣游网"诞生的第 798 天。

郭天宇站在那扇代表着梦想的大门前,明媚的阳光洒在他的身上,也在地上投了一道长长的影子。

望向梦想之门另一端的瞬间,郭天宇恍惚看见,命运在他眼前一分为二,铺成两条互不相关的道路。

一条平坦宽阔,春光明媚,风景如画,远处是一望无际的田野,与天相连,苍茫一片。

一条崎岖坎坷,遍布荆棘与火焰,崇山峻岭之中,隐藏着无可名状的黑暗,但在云端之上,万山之巅,却有诸神为他加冕。

这一刻,郭天宇心中浮起的,是过去三年来种种荒唐和麻烦透顶,却又实实在在的往事。

那是大一下半学期开学的第一天。

热爱旅游的郭天宇、刘帅和赵敏,加上技术宅男陈冠平,一到学校就聚在一起,准备把他们密谋了一个寒假的计划付诸实施。他们要在大学里干一番属于他们的事业——成立"天下趣游"社团。"取天下之美景,让旅游更有趣",是他们成立社团的初衷,也是"天下趣游"名字的寓意。

本来他们几个的寝室隔得比较远,好在学校刚巧推出了一项寝室文化建设活动,鼓励不同专业的学生住在一起,以便不同学科背景的同学能够更好地进行跨界交流。郭天宇、刘帅、陈冠平三人抓住机会,成为全校第一批申请者,很快换到了同一个寝室。于是,杭大 9 号宿舍楼 611 室就成了即将诞生的"天下趣游网"的临时总部。在接下来的几年里,这里成为了杭大学生们茶余饭后的谈资和关注的焦点。

那是非常特别的一天。他们正在611寝室里就成立社团的细节高谈阔论。也不知聊了多久,正在沉思中的赵敏不经意地看了一眼窗外,突然猛地站了起来,激动地喊道:“下雪了! 你们看! 下雪了!”

兴许是谈得太投入了,这时他们才发现,天色已经亮了,一场难得的鹅毛大雪正在铺天盖地地落下来,已经把校园裹上了一层美丽的银装。

还没等三个男生反应过来,赵敏已经兴奋地冲了出去,在雪地里又蹦又跳。

郭天宇、刘帅和陈冠平三个人连外套都来不及披上,就跟着赵敏一起冲到雪地里,开始疯玩。他们先是搭了一个雪人,又疯狂地打了一场雪仗,弄得浑身都是汗淋淋的。这时,郭天宇突然直直地往后一倒,陷进了雪地里,大声喊道:“爽!”

刘帅双手捧起一坨雪,跑过来想捉弄郭天宇,没想到反而被郭天宇一把抓住手腕,拉倒在了雪地里,但那一坨雪还是被强壮的刘帅硬塞进了郭天宇的脖子,冻得郭天宇嗷嗷直叫。

看陈冠平和赵敏两个人还站在边上一副幸灾乐祸的样子,郭天宇反而露出一副很享受的神情,大声怂恿道:“还愣着干吗? 快躺到雪地里来啊,真的很爽哦!”

陈冠平没有犹豫,立即和他们一样,张开双臂倒在了雪地里。赵敏稍有迟疑,但还是如法炮制,勇敢地倒了下去。雪花一片一片地落在他们温暖的脸颊上,空旷的雪地上回荡着他们开心的笑声。

就在这时,雪竟然停了,阳光开始穿透云层,一点点地溢了出来,温柔地洒在四个年轻人身上。

刘帅有些感慨地说:“杭州好久没下这么大的雪了吧?”

赵敏笑着说:“是啊,太棒了! 今天是我们社团成立的日子,这场大雪是个好兆头!”

赵敏的话,让四个年轻人都对未来充满了憧憬。大家静静地躺在雪地里,完全忘记了雪水浸入后背的凉意,畅想着“天下趣游网”的成功。

“你们说,要是我们做大了,以后还可以开拓大公司的团队旅行,那钱可就来得快了!”

“对,刘帅,以后你们家公司业务可得给咱们‘天下趣游网’啊!”郭天宇侧过头看着躺在身边的刘帅,却发现刘帅若有所思地望着天空,雪花沾在他长长的睫毛上。半响，刘帅才回道："哎，赶紧打住。你们可别打我爸公司的主意，我跟我爸最近闹僵了！要创业，就靠自己！"

其实，这正中郭天宇下怀，他突然翻身坐了起来："对，创业就应该靠自己，不拿家里一分钱！你们说呢？"

"没问题！"刘帅迅速坐了起来，迎着郭天宇的目光毫不犹豫地回应，并且补上了一句："我完全同意！就应该这样做！"两人相视一笑，伴着一声清脆的击掌。

"好！"陈冠平和赵敏也跟着坐了起来大声附和。

四个人围坐在雪地里互相击掌为誓，郭天宇随即领着大家再次对着天空宣誓："OK！不拿家里一分钱，创业靠自己！"

三个小伙伴被他的情绪感染，也一起喊道："创业靠自己！"

这个声音在白雪皑皑的校园之中久久回响，仿佛天地都在听着他们年轻的誓言……

青春这件事，其实只能靠自己。纵然从这刻起犯再多的错，走再多的弯路，也心甘情愿，也没人能将你从青春的热血里拽出来。未来的创业，无论谁人施以援手，无论怎样漏洞百出，多半还得靠自己的修行和打拼，靠自己去修复、去弥补并越挫越勇。靠自己去成功，这才是最值得自己骄傲的事情。

在雪地里，天地间重新恢复宁静的刹那，他们四人都骤然意识到了。

开学后不久，郭天宇就代表四人向学校递交了《社团创建申请书》。这些纸上功夫都来得容易，但很快，他们便碰到第一个现实的问题——钱。

"天下趣游"社团的核心产品是"天下趣游网"。建立网站需要购买服务器、租赁带宽，旅游资源的开发也需要一定资金，算来算去，至少需要两万块钱，当然如果有五万就会充裕得多了。而他们在创社之初，就一起约定"不拿家里一分钱，创业靠自己"。那么，资金从何而来，是他们必须面对的问题。他们第一个想到的，便是学校的社团联合会。

然而在学校，社团联是出了名的"铁公鸡"，要报销经费需要一层一层地审批签字，烦得郭天宇直头疼。即使如此，能报销的费用也极其有限。再加上他们是"出门旅游"，在社团联老师眼里，既"危险"又"不务正业"。

但郭天宇也没有轻易妥协,而是另辟蹊径——他找到了教务处主管大学生创业项目的主任,一个和善的半秃顶的圆脸中年人李主任。

“学校确实有一笔支持大学生创业的专款,支持大学生创业,适应这个未来的趋势。”说到这里,主任停顿了一下,眉头一皱,话锋一转:“不过……这审批手续还是要的,虽然我们比较看重这个发展前景,但资金去向也要经得起推敲。毕竟这笔专款是你们的学长捐的。这不,人家毕业才三年半,你看到那个体育馆了吧?那也是他出钱修的!”

主任的唾沫横飞,弄得郭天宇一脸茫然:他这是要支持还是不支持呢?

“老师,这笔创社资金一是不算多,一是可以很快地实现盈利。”郭天宇想了想,还是硬着头皮争取道,“你看,我们通过市场营销、品牌广告和校园招聘诸如此类的引入,有多种服务方式实现现金转换。何况还可以和学校进行合作呢,做成功了会为学校增光添彩的!”

听到郭天宇在这么短的时间里就举出了盈利的方式,甚至还想到了合作方案,主任的表情也不再那么僵硬,而是婉转地回复:“那做失败了呢?同学啊,考虑要周全一点。这样吧,拿一份详细的计划书过来,如果能过审……”

“谢谢主任!”郭天宇觉得还是有希望,赶紧鞠了一躬。

第二天,郭天宇决定集合四人,一起商量计划书的事情。毕竟四人各有所长,总能想出一个能够打动这铁公鸡般的主任的计划书吧?他还在心里盘算着,最好能把这笔拨款一举拿下。

早上,郭天宇站在楼下给刘帅打电话,催他快些到,神色里颇有些不安,脸上更是大汗如雨。这倒不是和刘帅闹别扭,而是更早些时候,作为校篮球队的一员,郭天宇在球场上练球,可是刚被好一通折腾!

一枚从天而降的篮球,直接砸在了郭天宇的肩上,他一个分神,差点被砸倒在地。还没等反应过来,便听到了刺耳的斥责声——

“心不在焉!还想打球,滚出去!”

一只有力的大手指着球场外面,郭天宇看到怒目圆睁的教练在咆哮着,一时间竟然愣住了。

这是校园里出了名的坏脾气篮球教练——孙教练，一位国家队身材的帅大叔，咆哮声接踵而来，谁听到都胆战心寒。若是平时，郭天宇可能也自知理亏，早就低头一边去了，但这个早上，本就被社团筹资的事弄得心烦意乱的郭天宇在转身离场时突然发起了狠，忍不住低声呛道："凭什么？"

"还敢顶嘴？郭天宇！"孙教练赶到郭天宇跟前，厉声教训起来，"我告诉你，如果刚才那球是我打的，如果球的高度再高一些，力度再大一些，郭天宇，你现在已经躺在医院里了。"

"可是……"郭天宇侧着脸，一肚子委屈。

"可是什么？如果我给你选择的机会，你会怎么选？要球，还是要命？"

郭天宇愣了好一会，嗫嚅着张嘴，却没有发出音节。他的脑袋一片糊涂，只觉得自己说什么都是错。

"我是教你们赢球的，而你，没这个资格。我已经跟你说过了，你的机会是别人给的！现在，你却在浪费它！"

"所以……立即……马上……滚出去！"

孙教练这样毫不留情地训斥，让郭天宇心中涌起了浓浓的委屈。

正想得有些头痛，突然旁边窜出了他们社团的极客天才陈冠平。陈冠平正对着郭天宇左瞧右瞧，别看他只有169的身高，一副黑框眼镜下有一双痴迷的眼睛，长得跟瘦猴似的，但宅男的躯壳下却有一个运转精密的超级大脑。

看见郭天宇一个人失神地站在这里，陈冠平有些奇怪，犹豫了一下，才问："刘帅呢？"

郭天宇尽力往远处路口眺望了一下，耸了耸肩，回了句："我也不知道，一大清早就没见人，不知道去干吗了！"

话音刚落，对面不远处却突然热闹了起来。

难道是刘帅来了？这个在杭大校园里鼎鼎大名的富二代，每次出门总会引起一阵骚动。

郭天宇逮住了正从对面走过来的一位同班同学，询问道："那边发生什么事了，不会是刘帅又被女生堵住了吧？"

杭大当然不缺富二代，但像刘帅这样，家世、相貌、风度、学识、人品、金钱……样样俱全，又没有陋习，不会眼高于顶、风流成性的高富帅却是绝无仅有。

正因为如此，刘帅自打进了杭大之后，隔三差五就会被羞答答的女生拦住表白，每到情人节都能收到一柜子的巧克力。甚至有人"曲线救国"，请郭天宇、陈冠平帮忙转交情书给刘帅。对此，郭天宇早就见怪不怪了。

来人干笑了两声，随即露出神秘的表情：

"你们不知道吧？有人被'喊楼'了！"

"而且这人，你俩都认识！"

见郭天宇不为所动地挑眉看着他，来人也是无趣，便抛出了答案："对面女生宿舍楼下，有人向赵敏求爱呢！"

郭天宇还没来得及说什么，陈冠平已经跳了起来："怎么可能？你不会是骗人的吧？"

看见他的反应这么激烈，对方拉下脸，不高兴地说："我骗你干吗，有什么好处？"

郭天宇压根顾不得旁边快要吵起来的情况，他听见对方说有人向赵敏求爱，心中咯噔一下：那求爱的人，不会是刘帅吧？

反应过来时，他发现自己已经往赵敏那边赶去。

郭天宇加快了脚步，越走越快，好不容易在人群里拨开一条缝隙，才看见——

被人群围在中间的正是赵敏。

她的面前还有蜡烛在楼前摆出的爱心造型，只可惜，风力太大，蜡烛十个中已被吹灭了九个。唯一剩下来的那一个，微弱的火苗在风中摇曳，摇摇欲坠。尽管这样，也没有挡住求爱者的一腔热血，以及围观者的十分热情。

一个相貌清秀的男孩戴着深度近视眼镜，手中捧着一束玫瑰，单膝跪在地上，玫瑰花瓣在风里簌簌作响。就在这时，男孩忍不住打了个喷嚏，几片花瓣被悠悠吹起，优雅地在空中转了几圈，轻轻地落在了地上。围观的人群中顿时传来了阵阵笑声。

郭天宇表情一松，心中的石头落了地，跪在地上那人看上去面生，不知道是哪个胆大的小子，幸好不是刘帅，这就好办了。

但见赵敏站在人群的中间分外醒目，一袭象牙白短披肩小外套，搭配一条淡粉色齐膝短裙，一双黑色的高筒靴，真是洁若百合，秀若粉荷。只不过，她清丽的脸上，如今却满是愁容，被堵在寝室楼门口，进也不是退也不是。这时要有匹白马把她接走就好了，偏偏只有一群看热闹的乌鸦！

赵敏心中沮丧，只能低头思考怎么逃脱这个令人尴尬的局面。这时候，男生高举的双手，在“亲友团”的怂恿下，已经开始行动了。

“赵敏，请你收下吧。”

天知道赵敏有多窘迫，这个男孩她甚至都想不起名字，只是依稀记得在雅思培训班上见过一面……

室友丹妮说她最近招桃花，运道不错，可是，只说对了一半！这四处乱开的歪桃花已经不是第一枝了！这倒霉的花期还有多长啊？这不，丹妮那小妮子一边躲在她身后偷看，一边哧哧地偷着乐呢。

赵敏不禁俏眉一竖：“还笑，看见姐姐有难，还不赶紧‘路见不平，拔刀相助’！”

“赵敏姐，现在可是有人公开向你示爱，你看周围那些小女生，多少羡慕的眼光，别人求都求不来，我可看不出‘难’在哪里？”说完，丹妮故作姿态地向两边探了探头。

赵敏嗔怪道：“你有了心上人，就天天来拿我作乐了？”

丹妮嘿嘿一笑，一点也不吃这套，反正赵敏才不会真的生她的气，赵敏脾气好着呢。她也不回答，只用下巴指了指男孩，笑嘻嘻地说：“他才不是我心上人，你别管我，喏，你面前还有着大麻烦呢！”

“哎，你这丫头！”赵敏回头看见眼前的尴尬，脸上又是一片乌云压城，心里千回百转，脚下已默默退了两步。她却没想到，自己退，那男孩竟也跟着靠近，死命将花往她胸前凑。

“收下吧！”

“亲一个！亲一个！”

围观的人群开始起哄，叫喊声此起彼伏。

郭天宇顿觉心头烦闷，眼见现场渐渐失控，他一激动就想冲进去把赵敏解救出来。他刚刚迈开步子，却发现陈冠平比自己冲得更快，那小子灵活地在人群中见缝插针，竟然挤出一条路来。

等陈冠平还差两步就要摸到赵敏的衣角的时候，人群却“哗啦”一声，往一边倒去。

车轮和地面发出剧烈的摩擦声，一个漂亮的漂移，一个漆黑透亮的影子不可阻挡地扑了过来。一辆路虎揽胜稳稳地停在宿舍门口，人群不受控制地犹如海浪般往两边退去。有人忍不住想咒骂两句，但看见那粗犷的车身和车窗中露出的人影，就立马闭上了嘴。

“嘀！……嘀！嘀！”

直到汽车连按了三声喇叭，赵敏才回过神来。

“刘帅，怎么是你？”

“不是我是谁？这么多年谁最罩着你啊！”刘帅俊美非凡的脸上带着点漫不经心，压根没将这种“大场面”放在眼中，语气则透着几分不耐烦。

“跟我走！”

伴随着他不容拒绝的话语，人群中“哇”的一声，已经有不少女生犯花痴，尖叫着“好帅”！

刘帅早就习惯了众星捧月的待遇，潇洒地一拉方向盘，在宿舍楼前调转车头，让人群又生生后退了两步。见到这种情景，他长臂一伸，越过副驾驶拉开车门。“啪嗒”一声，车门弹开，人浪已自动向两边退去。他的目光直直地穿过人群，看向“求爱事件”的女主角。

“赵敏，上车！”刘帅挑了挑眉，“还愣着干吗？”

他挥了挥手，精致的袖扣反射着光线。那一抹阳光又带着痞气的笑容，叫人移不开眼，恨不得深陷在其中。

刚才还看着一地蜡烛不知如何是好的赵敏，这时总算笑了。然后，她看了看那一边站着的一脸阴郁的求爱者，又露出了为难的神色。她不想这样当众伤害别人，可也讨厌应付这样难缠的场面。这次多亏了刘帅救场，不然真的不知如何是好。

想到这里，赵敏抬起头望向刘帅，点了点头，又俯身对着跪在地上的男生，带着歉意说道：“不好意思，今天社团有急事，我先走了。”走了两步，她又觉得不妥，又回过头，十分真诚地说：“希望你找到自己的玫瑰。”

说完对围观者微微一笑，便径直走向刘帅。

人群中早已让出了一条路,赵敏从容地上了车。刘帅见她坐上了副驾驶座,这才满意地吹着口哨离去。这辆路虎揽胜,只是刘帅家里的一辆旧车。要知道,刘帅母亲为了奖励他拿到驾照,还特意购置了一辆新款保时捷给他。只不过,刘帅想低调些,才在自家车库找了一辆旧车,却也是如此拉风的顶级越野车!

留下的人群立刻炸了锅。

"那人是谁啊?就这么把人接走了,也太猖狂了吧!"

"你知道什么,那是人家男朋友。"

"什么男朋友啊,赵敏不是单身吗?"

"确实也没说是男朋友,只不过他俩从初中就认识,一个是学生会主席,一个是宣传部部长,一直都是最佳拍档。高三毕业晚会上,还一起登台做了男女主持人!"

"我也听说,他们本来都是要去国外读书的,但赵敏的爸妈希望女儿留在国内陪他们,赵敏才报了杭大,谁知道刘帅也来了!"

此言一出,一帮花痴的女生简直羡慕嫉妒得快晕过去:"好深情啊!"

"对啊,你们看到他的车没,路虎,好帅啊!"

看见女生们为刘帅犯了花痴,便有男生酸溜溜地说:"哼,还不是仗着家里有几个钱,要说凭本事,估计还不如我们呢!"说完,一群男生哈哈一笑,似乎觉得心里解气了。

"这么霸气地宣誓主权,好让人心动啊!"而女生们还陶醉在刘帅英俊潇洒的气息里。

车里细细的电波声伴着音乐,渐渐平复了赵敏的心绪。没开走多远,刘帅才恍然想起了今天原本的计划,是四人为了"天下趣游网"建立而约好的碰面。

"差点都误了正事,郭天宇和陈冠平呢?"刘帅在路边停下车,抽出手机,打算给郭天宇他们两人打电话。此时,车后却传来了远远的喊声。

"刘帅!"

刘帅和赵敏回头,看见郭天宇和陈冠平一路狂奔而来。两人从宿舍一路追来,陈冠平已是气喘吁吁,郭天宇面上也有些泛红。

"刘帅你也真是的,接上美女就把我们忘了?"郭天宇一边打趣,一边习惯性地拉开前门,却见赵敏坐在副驾驶座上,微微一愣,转身拉开后门上了后座。

见郭天宇和陈冠平在后排落座，刘帅重新启动车，打算继续前往社团会议室。他一转头，刚好看见赵敏脸上依然染着红晕，便关心地问道："赵敏，你不要紧吧？"

"没事。今天这事，真的多亏了你！"见赵敏说得一脸认真，刘帅咳了两声还是忍不住笑了。他没有接话，却朝赵敏俯下身去，赵敏一惊，面上赧然，那一抹红晕更浓，向后退了退，靠在了车门上。

此时后视镜里两人都直直盯着刘帅，似乎各有心思。

没想到刘帅只是越过了赵敏，拉起车门，打开又重重关上，便抽身而退。

"你那边门没关好。"刘帅淡淡地说了一声，挑起眉，见赵敏不语，便含着似有若无的笑意，继续开车。他看向后视镜的时候，郭天宇和陈冠平都很快移开了视线。车内渐渐安静下来，只听得到电波里深深浅浅的情歌对唱。

过了一阵，郭天宇斜瞄到刘帅正从后视镜中对他使眼色，露出男孩恶作剧得逞的微笑，他也只好跟着扯了扯嘴角作为回应。但他的目光，却穿过前座刘帅与赵敏的肩膀，看向了远方。

经过四个人整整七小时的头脑风暴，终于做出了一个令大家都满意的计划书。

第二天，郭天宇信心百倍地单刀赴会教务处。

然而，刚到门口，郭天宇又一次愣在了办公室门口。真是冤家路窄！那个魔鬼教练孙教练竟然也在教务处，不知忙些什么，正要离开的样子。

"咦？愣着干什么，进来啊。"李主任打招呼道。

"哦，是你小子啊……"孙教练抬起头来看到郭天宇也有些意外。

"孙教练，你认识他？"主任随口问道。孙教练点了点头。

郭天宇看着孙教练站在旁边，心里像堵了个铅球，转身想走，却硬是忍住了。他告诫自己："冷静点，总要试一试。"

"主任，我是来交'天下趣游'的计划书，麻烦您……"郭天宇深深地吸了一口气，向主任的座位走去。

还未等郭天宇说完，孙教练冷哼了一声："正事都做不好，却来这里碰运气。"说罢，他向主任点了点头，便头也不回地走了。

主任一听，口吻立即变得生硬起来："郭天宇，看来你们连正事都没安排好，还有精力搞创业?”

“不是这样的,只是篮球队……”郭天宇心里骂死那个魔鬼教练了。

“刚才孙教练是过来交省高校篮球联赛的参赛名单,我看郭天宇你的名字也在上面嘛。你还是好好准备准备,力争为学校争光吧。创业的事,你现在才大一,还太早了点。”

不出意料,在这希望渺茫的挣扎中,郭天宇甚至连精心准备的计划书都还没来得及递上就败北而归了。

刘帅和赵敏听了郭天宇在教务处的遭遇,早早在学校后门的小酒馆等他,说要请他大吃一顿解解愁。

“你也别丧气了,事情刚开始就失了志气,还像你吗?”

“陈冠平真挺厉害的,就这两天,拿着那台破组装机就写出了个首页来,你们都看过了吗?”

赵敏把打开着新鲜出炉的“天下趣游网”首页的笔记本电脑推到郭天宇面前,本想转移一下郭天宇的注意力,没想到郭天宇一言不发,依旧一个人灌着闷酒。

“啪!”

赵敏目光一闪,原本温和的脸上现出了三分薄怒,一把夺过了郭天宇手中的酒杯。

“你干什么!”郭天宇站起来,怒目而视。

刘帅一把拽住郭天宇的衣领:“郭天宇,你对赵敏发什么疯!”

郭天宇颓然地坐回椅子上,心里一百二十个不爽,刘帅一副维护赵敏的样子,更让他暗自难受。

可是,又有什么办法!他曾经以为自己是个能一扫战场、以弱胜强的英雄;也曾无数次幻想能够像马云一样,在自己热衷的领域中挥洒自己的智慧,闪耀自己的价值,却没想到一次小小的挫折,就要把自己打趴了。或许到头来,他郭天宇终不过是一个做过梦的寂寞旅人,仅此而已。

有些人的一生,如大梦初醒。而另一些人,穷极一生做不完一场梦。难道,他就困在这一场梦里了?

那天，饶是两人拦着，郭天宇还是喝多了。偏偏这时，陈冠平又匆匆跑来找他们！

“天宇！网站基本弄好了，教务处那边怎么样了？买服务器的钱有了吗？”

“唉……”陈冠平的话让郭天宇感到更加沮丧，深深叹了口气，又往自己嘴里灌了一大口酒。

在陈冠平的忙碌之下，网站的框架已经搭好了。然而，没有关键的启动资金，再精美的首页也只是一个空架子，后面的项目更是无法推进。难道创业梦想还未起步就要夭折？难道光未盛时就将熄灭？

就在大家一筹莫展之际，刘帅突然想到了什么，说道：“我们当初约定的是不能从家里拿钱，但如果我把放在寝室里用的那台电脑拿来做服务器，这不算违规吧？”

陈冠平听了，眼睛一亮：“你真要拿那台电脑来做服务器？”

对他这种技术天才来说，对一台好的电脑就如同吃货见到了山珍海味，色狼遇到了绝色美女一样不可自拔。要不是他自尊心太强，从来不表露自己对那台电脑的深深喜爱，否则，以刘帅的豪爽，别说借他用，就算送他一台也不是什么大事。

郭天宇犹豫了一下，知道暂时也没有更好的办法，只能答应下来：“那就先借用吧，等我们筹到钱买了服务器就马上还给你。”

赵敏很高兴，在一旁推波助澜：“好！那就这样定了，我们马上可以开工了！”

但这时，郭天宇特地补了一句：“不过我们共同创社的原则，我还是要重申一遍，不拿家里一分钱，创业靠自己！”

听见他这么说，赵敏的笑容僵住了，刘帅也皱了皱眉，陈冠平低着头，一言不发。

意识到自己这句话说得很扫大家的兴，郭天宇也没说话。

过了好半天，刘帅才吐出一口浊气。

他知道郭天宇很介意四人家世的差别，也不想因为这种事就与好朋友闹僵，便转移话题，问：“冠平，寝室里的带宽够不够？”

接连问了两遍，不知道在想些什么的陈冠平才回过神来，回答道：“寝室带宽肯定是不够的，但是刚开始访问的人不会多，应该是够了。不过，我们从现在开始，得想办法赶紧筹钱，服务器还是得尽早拉专线。”

但钱从哪里来呢？一提起筹钱，四个人又一下子安静了下来。

“既然学校这一块不行，要不我们就从学校外部找资源，去拉商业赞助！你们觉得怎样?"刘帅见大家都一筹莫展,权衡片刻,才将这句话说了出来。

"但像我们这种过家家的玩法,又没有盈利,他们会感兴趣吗?"赵敏有些不自信地问道。

"应该会的!依我看,冠平设计的网站内容板块已经比现在的很多旅游网站都强了!"郭天宇被刘帅的话点醒,激动地站了起来。他虽借酒浇愁,有了些醉意,思路却十分清晰:"学校里不少'过家家'的社团都能拉到赞助!更何况我们这么有创意的网络旅游平台?我建议,我们马上把电信黄页找来,按照上面的企业名录一个一个地打电话!我就不信会没人支持我们!"

大家没有想到,一直喝着闷酒的郭天宇竟然已经不动声色地浏览了初步完成的"天下趣游网",还在这么短的时间里想出了拉赞助的办法。

"好,那我们说干就干!"

四个年轻人迅速恢复了自信,一扫刚才的尴尬,四个杯子在半空中碰出了响亮的声音!

为了拉赞助,包装自己的商务形象,他们四人特地去印了四盒名片。但是,对这群大一的孩子们来说,成人的世界太过陌生,商业的世界更是冷漠。

他们四个打完了几乎小半本黄页,却甚至连拒绝的话都没机会听见,而是直接吃了闭门羹。一连五天,电话那头都是秘书甜甜的声音:"请问你是……没有预约吗?我们老板今天真的没有空,很抱歉。"

后来他们也学乖了,直接查到地址就往公司跑,结果只有刘帅这边有两家公司和和气气地请他喝了杯咖啡,然后也是直接送客了。至于其他人,就更不用提了。

"怎么会这样?"郭天宇望着同在社团办公室的刘帅和陈冠平,死活想不明白。

正当大家临近绝望的时候,急匆匆跑来的赵敏却带来了一个好消息。

"本来以为这种土老板不会感兴趣的。"郭天宇惊奇道。

刘帅也点头:"我们赵敏简直是女王大人。"

"不!是救苦救难的观世音。"陈冠平认真地补充道。

笑闹了一会,赵敏给大家介绍了主动提出要见一见他们的这位杜总,他是做房地产的,后来也投资一些项目。"上次我去见他,他说对互联网并不了解,只是看我们这群大学生怀揣梦想，所以想和我们聊聊，也算是纪念以前的大学社团生活了。”

郭天宇兴奋得手舞足蹈：“那等什么！快走吧，我们去见一见。”

“急什么，这可是商业谈判！”刘帅连忙拉住郭天宇，“走，起码换一身衣服再去。”

郭天宇的宿舍里都是卫衣和牛仔裤，刘帅看了，连连摇头。知道自己无法完成这项“艰巨”的任务，郭天宇干脆两手一摊，把穿衣的任务推给了刘帅。没办法，他是真的不知道所谓的商业谈判究竟该穿什么衣服呀！

刘帅虽然知道，但他的衣服都是定制的，出席正式场合的时候，专门有造型师帮他设计，他自己不用操心。碰到这种情况，他唯一能给出的建议就是赶快去买一套合适的。但这种时候，临时买衣服怎么来得及？

不得已之下，郭天宇只能套上刘帅宽大的衬衣和西装外套，让自己显得“商务”些。当他倍感别扭地走出来时，门口候着的赵敏笑得花枝乱颤。郭天宇看着一身笔挺西服更显高大的刘帅和穿着小黑裙、散落长发的赵敏，觉得自己夹在中间更像个笑话。

赵敏走上前，打量了两圈，仍带着笑意说道：

“天宇，你把外套脱了，一看就不是你的衣服。还有其他的衬衫吗？”

在赵敏的建议下，郭天宇换了一件灰白的衬衫，上面还有不明显的细线纹路，看上去年轻爽朗多了。走到门口，赵敏仍不满意，伸手解开了郭天宇衬衣上的第一颗纽扣，又将他的袖口往上挽了两圈。

这一番随意的动作，却让郭天宇脸上发烧，咳嗽了好几声才掩饰过去。

经过这么一打理，衬衫牛仔裤的郭天宇，恢复了一贯大男孩的阳光味道，又因为衬衫上的纹理而显得稳重，却又不过分成熟。

赵敏这才满意地点了点头，“放开”了郭天宇：“好啦，可以走啦。”

刘帅也是好好打量了一番郭天宇，简直不敢相信自己的眼睛，故作夸张地说：“我们赵小姐，简直太神奇了。”

杜总挺着一个啤酒肚，热情地接待了他们。郭天宇对于这种场合还很不适应，只能学着刘帅和赵敏的样子，尽量从容应对。

杜总听他们唾沫飞溅地说了一下午，并没有怎么开口，更没有谈论赞助的事。待到他们都已经口干舌燥的时候，杜总却不急不缓地开始摆弄茶具。

见郭天宇和刘帅已有些焦急，赵敏投了一个宽慰的眼神过来，然后施施然走上前去帮忙。

“哦，小姑娘你会泡茶？”

“耳濡目染，略懂一二。”

“哈哈，看来杜某今日有福了。”杜总眼神一亮，招呼郭天宇和刘帅也一起坐下。

“赵敏她真的会泡茶？”郭天宇忍不住悄悄问刘帅。在中文系打磨了那么久，他当然知道这不仅仅是抬手倒茶那么简单的，但真要讲到分辨茶叶、识别水质、控制水温、配置茶具、倒茶手势等等，他便知之甚少了。

“嘘……你看着就是了。”见刘帅如此自信，郭天宇顿时觉得，他对赵敏的了解还是太少了。

赵敏优雅地走到杜总身边，从摆放茶具的柜子里挑出了一只天蓝釉菊瓣纹瓷壶，那幽幽的蓝，一看就叫人心神安宁。然后，她又伸出玉手，找了几只晶莹剔透的玻璃小盏和茶盘。仔细一看，原来，也是有讲究的。茶盘是碧水碟，玻璃盏则是白玉兰花点缀，透碧水波之上，这点点杯盏恰好像一朵朵皎皎的白玉兰。她捧着茶盘，走到沙发边的茶海前，缓缓坐下，然后轻轻搁下茶盅。

外行看热闹，内行看门道，赵敏的这几个动作便叫人看出了不同来。杜总果然目光灼灼，问道：“赵小姐对茶道看来懂得不少啊！”

赵敏微微一笑，也不在意杜总连称呼都换了，不再小姑娘、小姑娘地唤她，却只是简单地答了一句：“偶然看过明代田先生的《煮泉小品》，知道不能和酥酪，不可入白盐罢了。”

说着便点起了素净的小香炉，低低道一句“焚香除妄念”，便见玉烟袅袅，四下皆静。净了手又烫过茶具之后，赵敏烧了一壶水，却不直接冲茶，而是注入到瓷壶中晾着，随即解释道：“杜总今日的狮峰龙井茶芽极细嫩，若直接冲泡，会烫熟了茶芽，也就失了茶味。所以，这水还要养一会，方才不温不火。”

接着，赵敏低下头，用一根细细的茶匙把茶叶轻轻拨入到冰清玉洁的玻璃盏中。她绾在耳后的长发不经意地散落下来，在轻轻的雾气中，看不清她的面容，只闻到一股清香，由着她的指尖慢慢飘散而来。

“佳茗似佳人，这话果然不错啊。”杜总注视着她的一举一动，忍不住赞叹道。

赵敏听闻只是微微一笑，便接着向杯中注入了些微热汤用以润茶，然后顺势一抬手，水柱仿如一道流虹，又仿佛是琵琶的琴音，有节奏地起舞。见水色三起三落而水流不断，杜总更是抚掌而笑：“这就是凤凰三点头啊，做得如赵小姐这般行云流水、悠然自若的，当真是少见呐。”

茶水如春波，荡漾着赵敏微红的脸颊，那幼嫩的茶芽慢慢地舒展开来，尖尖的茶芽如枪，展开的叶片如旗。那一抹幽绿，在清碧澄静的水中上下浮沉，如春兰，似精灵，游走在天地之间。

茶在口中，也是极妙。甘香而不冽，初次啜饮淡然，似乎无味，但饮过之后，便觉有一种甘甜之气，弥漫于齿颊之间，还带着一股淡淡隽永的回味。

“甚妙甚妙！”

杜总一杯茶汤入腹，笑意满怀：“你们几个朋友，我是交下了，不如什么时候再来我这品茶？哈哈，妙极了。”

一番客气之后，便是自然而然地送客了。郭天宇几次忍不住想要提赞助的事，却一直没有找到机会，路上很是气恼。

“你也别急，杜总这样说，便是还愿意再见我们。”赵敏安慰道。

刘帅也点头表示同意：“是呵，商业谈判哪有一次就解决的？也许人家是想考验我们几个大学生到底有没有诚意呢！”

见大家陷入沉思，刘帅忽然想起了什么，面露喜色：“我倒有个好消息——我寒假去参加那个马术大赛，一不小心得了个金奖杯回来！”

“呀，这次你可得请客！”赵敏兴奋地拍手，“不许逃哟！”

“那是当然，周末大家去我那开个庆功宴吧！”听刘帅这么一说，几个年轻人刚才的失意也一扫而空，叽叽喳喳地开始讨论宴会的事了。

回了寝室，刘帅热情地请所有室友一起去玩，更是打电话通知了不少同学，还特意让赵敏叫上女生们同往。

到了周末，大家几乎是像节日一般，准备前往刘帅家的度假庄园庆祝，细心的刘帅专门安排了车来接送他们。一大早等车的时候同学们更是叽叽喳喳地打闹嬉笑，似乎庆祝什么并不重要，光是庆祝本身，就让这群热血沸腾的青年兴奋不已了。

意外的是，有人带了女伴，也有人带了男友，刘帅派来的三辆车竟然还少了一个座位。郭天宇顾全大局，主动提出自己单独前往。

“那可不行！我家庄园在桐庐大奇山，有近一百公里呢。你一个人慢慢坐公交车来的话，天都要黑了，还是我再派个车过来吧！”

见郭天宇迟疑，知道是不想太麻烦自己，刘帅想了想，终于找到了解决办法：“这样吧，我们家的周叔刚好也要去桐庐，只是不去大奇山，我让他把你捎到桐庐，你再想办法搭车到大奇山？这样行吧！”

郭天宇想了一下，觉得这样是最好的解决办法，就点了点头，站在校门口等周叔。

周叔四十出头，一身裁剪合体的西装，棱角分明的脸上一双细小的眼睛，给人一种亲切感，眼神中却有一股常人没有的敏锐。

他是刘家的司机，从刘帅记事起，就已经给刘帅的父亲开车了。郭天宇几次见刘帅给周叔打电话，态度都谦和有礼，把对方当作长辈一般尊敬。听刘帅说，周叔以前还当过兵。

郭天宇和周叔一路无事，有一搭没一搭地聊着，所有的话题也自然集中在刘帅身上。

“小郭，你们这阵子课程比较忙吧，小帅都一个月没回家了。”

“倒也不是特别忙，不过刘帅跟我不是一个专业，他的课要比我多些，而且我们最近在搞社团的事情……”郭天宇没有接着往下说。因为他忽然想起，刘帅跟他说过，并不想让家人知道自己想要创业，更不希望家人给予什么帮助，而是完完全全，依靠自己本身，干出一番成绩。这一点，正是他能和刘帅这样的富家公子图谋到同一条路上的原因。

“社团好呀，年轻人就要多锻炼锻炼，以后出来才好应对社会上的事。尤其是小帅，以后腾龙集团这么大一个家业，都要靠他接班的啊！”周叔没察觉到郭天宇不自然的停顿，转过头看了郭天宇一眼，叹道：“不过，小郭，小帅有时间的时候，你要劝劝他，让他多回回家，他这孩子，脾气就是倔。”

在与周叔的聊天中，郭天宇隐隐听出刘帅跟家里有些矛盾。同时，郭天宇也感觉到，虽然以前就知道刘帅是个富二代，但从周叔不俗的谈吐中，可以肯定刘帅的家庭并不只是简单的富裕。他悄悄用手机上网查了一下,发现腾龙集团名下有一家上市公司腾龙电气,但更有名的是集团下另外一家没有上市的公司——腾龙地产。这家地产公司在江浙沪有很大的名气,楼盘也很多。据郭天宇所知,杭大旁边就有一个腾龙地产开发的住宅区,很多不想住寝室的同学,往往会在那里租房子住。租金不菲,房价更贵。腾龙集团董事长就是刘帅的爸爸刘怀远,身价排名福布斯中国富豪榜前300位。郭天宇虽然早就知道刘帅家里有钱,但看到刘帅家这么有钱,不禁倒吸了一口凉气。

到了桐庐,郭天宇下了车,换乘了公交。下了公交车后,郭天宇走了好一会,却依然没找到刘帅所说的地点,他只好继续往前走去。不知走了多久,几乎到了路的尽头——大奇山的脚下。可是一路向上仰望,连个门牌都没见着,只隐约看到山顶有个寺庙的影子。

郭天宇忍不住,又给刘帅打了个电话,第一句就是:“刘帅,我似乎迷失在人生的道路上了。”

不等刘帅说什么,他又说:“这边除了山就是庙,再也看不到其他建筑,你肯定不住在山里,难道住在庙里?”

刘帅听见他这样调侃,笑得乐不可支,主动提出来接郭天宇。

一眨眼的工夫,伴着跑车的轰鸣声,一辆外形拉风的蓝宝石色保时捷已经停在了郭天宇面前。刘帅从车窗里探出半个身子:“天宇,大家可就等你一个人了! 赶紧上车!”

郭天宇刚系好安全带,只觉一阵眩晕,一个180度甩尾漂移,车子径直朝山上驶去。行到拐弯处车子又顺势一个漂移,吓得郭天宇赶紧抓住了侧边的扶手,还没缓过神来,就见在树丛掩映下,一座气势恢宏的庄园跃然眼前,矗立于青山绿水间,边上还有一片平整的沙地。

“好一个世外桃源啊!”郭天宇见状,不禁感叹。又指着一片沙地问道:“那是什么?”

“那是马场,都是因为我从小喜欢马术,我爸爸才干脆买下这一片地,作为度假用的地方,最主要的还是为了练马方便。”

郭天宇听了，不由咋舌。

因为刘帅喜欢马术，就买地给他练马……自己家呢，别说买地了，就算是想换套大点的房子都未必买得起啊！

再说了，从小到大，他只在电视上见过马，现实生活中，别说骑了，马毛都没摸过一根。人比人，真是气死人啊！

两人走了半天，才进入室内。郭天宇这才发现，庄园大得不可思议，光是主客厅就胜过一套普通公寓的面积。巨大的落地窗将室外的阳光和山景都引入了室内，使得整个大厅充满了生机和活力。

“最精妙的还在里面，随我来！”见郭天宇看得入神，刘帅热情地介绍道。他走到窗前，落地灯自动就亮了，上方的空调出风口，开始微微有凉风吹来，并带着淡淡的香气。

“这是什么气味？”

“啊，你的鼻子还真灵，我呆得久了，都没感觉了。这是我婉怡妹妹从澳洲带回来的澳洲山龙眼目，看来今天又添了香料，女孩子就喜欢这些玩意。”

郭天宇听了，更是惊讶。刘帅掏出了手机，又随意地按了几个键，郭天宇对面的电视屏幕立刻开启了。随后，厚重的窗帘也缓缓合拢，灯光自动亮起，一下子又把客厅与整个世界隔离开了。

“这就是一套智能的家居系统，而且还在不断更新中。未来我们的家里，说不定就有智能的机器人管家了。”

这一切对于郭天宇来说，就像是电影中的场景。

“真是先进啊！”他只能这样回应道。

话音刚落，不知藏在哪里的音响，环绕式地发出了声音：“各位来宾，今天的宴会，是为了庆贺刘帅公子马术大赛夺金。请各位来宾移步室外平台，和我们共同举杯……”

此时，刘帅的电话也响了。

刘帅一边走到旁边去接电话，一边笑着说：“天宇，你先随便逛逛，一会我有些惊喜要给你们！”

过了一会，郭天宇才粗粗逛完室内，走到门外。只见一个木制平台上已站了不少人，郭天宇好奇地走了过去，就发现从这里直接能见到不远处的马场。他还未来得及细看，一抹白影已绝尘而来。白影越过无数道人工障碍，依旧不染尘土，直至人群面前不足几步，才一个侧身扬蹄而落。刘帅一身雪白的骑装，若不是一个翻身从精壮的马匹上飞下，简直与纯白如雪的骏马融为了一体。

众人忍不住惊呼："果然是马术冠军的水准。"

"就是呀，刘帅，刚才那两个半空中的马蹄子，真是吓死我了！"

刘帅笑了笑，并不在意的样子，见赵敏站在一旁，便一只手拉住纤绳，一边绅士地问道："你想上去试试吗？"

赵敏连连摇头："我哪会骑马。"

白马似乎不屑地看了她一眼，转过头去扯了扯缰绳，将众人也逗笑了。见马在流汗，似乎也累了，刘帅亲昵地拍了拍它，笑了，招了招手，马夫便推着盛有草料的推车走上前来，那是一个硕大的草"蛋糕"。

"哇，刘帅你也太夸张了吧！它不就是吃草料嘛！"

"它嘴可刁着呢，浙江的草料不适宜它的胃口，只能从新疆空运。"刘帅疼爱地摸了摸白马的脑袋，马抬起头看了看他，鼻子动了动算是回应。

大家难得见到他这副表情，便有人打趣："刘帅啊刘帅，怪不得那些女孩子来找你，你都说没空，原来藏了这么一个'小情人'啊！"

"就是，我看你对你的'小情人'，比对那些女孩子可温柔多了！"

见众人哄笑，刘帅却认真答道："确实差不多，养它可花费精力了，不仅要训练，还要维护和照料，培养感情和默契也很重要。"

"那能参赛的马，一定很名贵吧？"

"并不是只看血统的，我第一匹马也不贵，是一匹混血。"

刘帅回答得很低调，也很谦虚，奈何旁边有懂行的人，已经在感慨："混血马价值确实要低一些，不过也要二十多万吧！"

郭天宇瞠目结舌，惊道："二十多万？都能买辆车了！"看见郭天宇这么惊讶，旁边站着的几人轻蔑地扫了他一眼，还有人在低声窃窃地笑，落在郭天宇眼里，让他的脸有些发烫。

这个小插曲没几个人发现，大部分人都围在刘帅旁边，好奇地八卦："刘帅，练到你这个水平要多长时间啊？"

"练了快 14 年了，我是从 6 岁开始喜欢骑马的！"刘帅回答道。

"你请了专业的教练吗？"

"是啊，不过光有马术教练还不够，还需要训练马匹的驯马师，刚才运草料的是照顾它起居的养马师，另外还需要兽医。"刘帅耐心解释道。

"哇，练个马术要养那么多人，一般家庭哪吃得消啊！"人群中有人感慨。

"光是这些还不够，每次比赛长途运输马匹，也是很麻烦的。老爷还专门买了一辆卡车改装成运马车呢！"一旁正在给白马喂食的养马师这时也忍不住插了一嘴。

"天哪！到外地比赛还要运送啊，我还以为刘大帅哥都是骑着马去比赛的呢！"

这句话引起大家一阵哄笑，刘帅只是浅浅微笑着扬了扬眉，并未答话。

"刘帅，你刚刚说的那第一匹混血马去哪了？"郭天宇好半天插不上话，这时终于问上了话。不知为何，他很是在意，难道不能获奖的马匹，就被丢弃了吗？

"黑珍珠……"刘帅提到自己的第一匹马，语气有些低沉，"我们买来的第三年，去青岛参加一次比赛，没想到运马车在高速公路发生了车祸，它受了很重的伤。虽然撑着回到了杭州，但第二天，还是……"

说着说着，刘帅有些伤怀，他竭力不去想"黑珍珠"的死，也不愿让别人看到他的失态，便尽量用轻描淡写的口吻说："那时我很伤心，就把它葬在了马场旁边，希望它能继续陪伴我马术训练。"说罢，放开了白马的缰绳，在它身上拍了拍，白马便又自顾自跑了开去。

众人见刘帅闷闷不乐，知道提起了他不愿回想的伤心往事，气氛便有些尴尬。这时，不知是谁带了点埋怨地说："哎呀，怎么提起这么伤感的话题了！我们讲点别的，开心一点的。"

"对，对，可不能再提这种事了！"不满的目光又集中到了郭天宇身上，他被看得心里格愣，只好默默退了出去。这个圈子随着他的走远，很快又聚拢并热闹起来。

郭天宇一个人孤零零站在巨大的吊顶下，手不知该往哪里摆，也不知道该说些什么。窗外的夕阳包围了他，暗淡的光，像被春天剩下，没有盛开的一朵花。

不知为什么，郭天宇的心中想着那匹死去的黑珍珠。他知道，在走向成功的路上总会有牺牲与舍得,但他从来没有想过,这会是一条生命。想到这里,郭天宇更觉得时不我待,世事的无常,需要他们加快脚步。不然,稍纵即逝的青春或许会像那匹未能绽放就遭遇车祸的混血马黑珍珠,比赛还未开始,青春就已经落幕。

他睁开眼,也张开了嘴,用嘴形喊道:“刘帅……”

第　二　章

网络英雄传・前传

光未盛

抽刀见血

战争如命运，一跃成天使，
一跌成魔鬼。

第二章

抽刀见血

黄昏来临，天色渐渐暗了下来。刘帅找了半天，终于发现躲在院子角落里发呆的郭天宇，便问："怎么样，今天玩得开心吗？等会还有不少精彩安排呢！"

郭天宇压下心中隐隐的一丝失落和晦涩，笑着回应道："真的吗？刘帅你还真是浑身都是惊喜啊！"

刘帅调皮地眨了眨眼，说道："那是必须的！走，舞会马上要开始了，到客厅去！"

"对了，怎么今天没见到你爸妈出席？他们不在吗？"郭天宇突然想到这件事，随口问道。

只见本来一脸春风的刘帅，一时间竟有些踌躇，半晌才顺着郭天宇的话说："嗯……他们不在。"

话音还未落，背后忽然传来一句："小帅。"

两人闻声回头——一位器宇非凡的高大中年男子，身着雪白的高尔夫球服，正笑吟吟地看着他们。

刘帅略显尴尬，客气而疏离地向郭天宇介绍道："这是我父亲，企业家，著名的刘怀远。"

说得刘怀远呵呵笑着，摇着头用手指狠狠点了点他的头。

刘帅对父亲做了个鬼脸，匆匆说了句："爸，这是我的同学郭天宇。

我们还有事,先走了。”

说完,他就拉着郭天宇,转身要走。

“少爷,老爷今天特意过来看你,还帮你挑了一匹温血纯种赛马,想征求你的意见是否需要买下。您还是听老爷把话说完吧!”

周叔站在一旁拦着路,把话接过来,还一个劲给刘帅使眼色。

“你这孩子!怎么就这样倔?就不肯在爸爸面前低一次头?”刘帅的父亲声音有些严厉。

刘帅见父亲还是一贯地强势,在郭天宇面前教训自己,不由捏紧了拳头,转过身,昂起头,用手指指着自己的脑袋,迎着刘怀远的目光嚷道:“刘董事长,我不是孩子了!我是长大了有思想的人了,不是任凭你操纵的木偶!所以你说得对,我不会低头!”

“好!有出息,有本事你做出一个比腾龙集团更大的企业,我就佩服你!”

虽然父亲被气得声音发抖,刘帅还是转身就走,但仍然没忘记丢句话给身后呆立在夜色中的父亲,高举右手喊道:“我宁可讨饭都不会来求你的!”

郭天宇被这一幕惊呆了,紧跟着刘帅想要说点什么却不知从何说起。

“为什么你永远都不懂我想要什么?只想着把你的思想强加到我的身上?我不想接你的班,我想用我自己的方式证明自己的价值……”刘帅走到墙角嘀咕了一会,侧身看见父亲带着随从上了一部黑色的奔驰匆匆离去,这才回过身甩了甩头,神色已经恢复了平静,竟还带着几分得意。“天宇,我们可以回去了!大家都在等着呢!”

郭天宇看着他走进人群的背影,心里说不清是什么滋味。

回到客厅,郭天宇发现不知是什么时候,来了一支穿着黑色马甲、打着领结的古典乐队,正旁若无人地调着音。

接着,悠扬的管笛声渐渐响起。郭天宇尚未反应过来,就看见换了晚装的刘帅已走到赵敏身边,很绅士地伸出一只手:“能赏脸一起跳开场舞吗?”

赵敏犹豫了一下,还是伸出了手。恰好赵敏今天一身白裙,胸前别着一朵盛开的木芙蓉。刘帅则难得地穿着一身燕尾服,也是纯白的颜色,将那青涩的学生气息都掩去了,真是朗朗如玉,和赵敏站在一起,就如一对璧人。在舞池的另一角,一位美丽的红衣少女,正用一双水汪汪的大眼睛,羡慕地看着舞池里的刘帅和赵敏,她正是刘帅的义妹唐婉仪。

郭天宇低头看着自己空空荡荡的双手，不知为什么，心里有些不是滋味。竖琴和提琴同时响起，一曲弦乐正盛大地铺展开来。这别致而古典的声音，衬着一袭白裙的赵敏，岁月仿佛倏忽千年。

他伫立在这一切的边缘，再一回神，发现自己已经退到了门口。还能往哪里退呢？这时，一个身着蓝色低胸雪纺连衣裙的丰满女生向他走来："天宇，你怎么一个人站在这里？我们一起去跳舞吧？"

原来是丹妮，赵敏的室友，郭天宇认识她。很多时候社团开会，赵敏都会带着她一起来。如果不是赵敏，丹妮也是个出众的漂亮姑娘，只是跟赵敏站在一起，郭天宇常常会忽略了这个女生。

今天的丹妮比往常多了一些性感，邀请她跳舞的人非常多，与不擅交谊舞的郭天宇的无人问津刚好相反。她特意来这边，显然也是发现了郭天宇的失落，来给他解围。

知道丹妮是好意，郭天宇还是苦笑着摇了摇头。

丹妮只好失望而去。郭天宇一个人倚在门柱上，看着舞池，一股从未有过的自卑忽然席卷而来。看着刘帅标准的华尔兹动作，他那三脚猫自学的舞步根本就拿不上台面。而那些家居、马术，他更是格格不入。这一切，都离他熟悉的那个世界太远了。

没等他多想，大厅的灯光忽然灭了！刚才灯火辉煌的大厅，霎时间变得漆黑一片。

猝不及防的黑暗，令人群乱作一团。赵敏一个踉跄，跌入了刘帅的怀中，刘帅趁势一把扶住赵敏。黑暗中，谁都没有注意到他们的举动，但就在灯熄的一刹那，郭天宇居然条件反射地想到了赵敏。在手机微弱灯光的指引下，郭天宇看见这一幕，眼神一暗。

刘帅扶稳了赵敏后，镇定了一下自己。这时，从备用的小蜜蜂中传来管家的声音："大家不要惊慌，可能是跳闸了。请来宾们在手电筒的指引下移步室外，我们有备用场地！"

好好的别墅，怎么会突然断电呢？

"天宇，我们去地下室看看吧！"在把来宾引导到院子里的备用场地安顿好后，刘帅叫上郭天宇，拿着手电到了地下的电闸室，却发现电源都是好好的。

“这是怎么回事？太奇怪了。”

“会不会是那套智能家居的问题？灯光也是连在一起的吧？”郭天宇提醒了下刘帅，刘帅思索了片刻，立刻打电话给维修部门。

维修人员不到半个小时就到了，然而就在他们到达前五分钟，别墅里所有的灯居然又恢复了运作。安全起见，维修人员检查了所有的设备，一切都运转正常。对于突然断电又自动恢复的情况，维修人员也觉得非常奇怪。之前都没有发生过类似的情况，他们怀疑可能是有人入侵了这套系统，远程操控了这次断电。但是，对于这个怀疑，他们需要再做深度检查。

“黑客入侵？让冠平过来看看，他是电脑天才呀。”刘帅望向人群，“冠平？冠平呢？”

“今天都没见到过冠平，冠平好像是没有来？”这时，郭天宇猛然意识到，他们居然把陈冠平忘了。平日里这么要好的室友没有来，居然一个人都没有发现。

总之，刘帅精心准备的这场舞会无疾而终。好在室外的庭院也设施良好，环境优雅，人群聚在花园里享用了一顿丰盛的自助晚餐后，便坐上刘帅派来的汽车一起回学校去了。

又过了两周，他们期待的杜总那边仍旧没传来任何消息，郭天宇等不免有些焦急。

那天球队训练后，他抱着球经过女生宿舍楼下，看见一辆香槟色宝马，上面走下一个五大三粗的男人，笔直地往宿舍楼走去，郭天宇顿感好奇。

那男人走进宿舍楼前后一看，果断敲了敲宿管处的窗：“你好，请问赵敏同学在哪个房间？”

“你是哪位？你找她有什么事？男的不能上去的！”宿管阿姨连珠炮似的问道，老花镜下露出审视的目光。

“她亲戚托我给送的东西，那你让她来拿一下吧。”

“这样，你放我这吧，回头我会告诉她的。”

男人犹豫了一下，还是坚持道：“哎呀，她家里人说了要亲手交到她手里，你就行个方便吧。”

“不行,这是规矩。你就把东西放这儿吧!”

宿管很不耐烦地盯了他两眼,或许是看他确实提着一个大盒子,又做出一副不走的样子,很是不快,最后还是拿起电话拨了个内线。

不一会,赵敏下来了,旁边还跟着丹妮。郭天宇走了过去,只听丹妮小声地开着玩笑:“赵敏,你的神秘人物又来啦?”

“什么神秘人物?”

“天宇,你不知道吧。”丹妮没想到郭天宇也在,下意识地捋了一下自己的刘海,眯着眼,笑道,“最近赵敏姐总是收到一些快递来的鲜花礼物,快递也不肯退,都在角落里堆着呢!”

赵敏没有在意他们的对话,走上前去问道:“你是哪位?”

“杜总托我给你带的,赵小姐你收下吧。”他打开盒子,里面是上次在杜总办公室里赵敏表演茶道时用的那一套蓝瓷茶具。

“不好意思,麻烦您转告杜总,这东西太贵重了,我不能收。”

“杜总说了,东西还得在懂它的人手里才珍贵。你就收下吧,一番心意。”

赵敏听了,不免有些为难,犹豫了一下,还是拒绝了:“就算你这么说,我也不……”

话音未落,未盖好的盒子赫然砸在了地上,那雕花精美的白瓷瞬间碎了一地,像一颗颗蒜瓣,滚到了郭天宇的脚边。

“这!这可怎么办?我回去该怎么向老板交代!”那个五大三粗的司机居然也有些慌了神。

“这位大哥,那你就当我收下了杜总的一片好意。”就在众人面面相觑时,赵敏一定神就拿了主意,“打碎茶具也是你我的无心之失,回去还麻烦您不要告诉杜总。”

赵敏故意将“你我”二字说得重了些,她担心若是杜总知道自己打碎了礼物,会影响到社团拉赞助的事,现在只能希望司机意识到打碎茶具他也有错,不将此事告诉杜总了,但赵敏的心里还是有些不安。

两天后,那司机又来找赵敏,还说杜总要请她去喝茶聊事的时候,赵敏吓了一跳。赵敏非常不情愿,极度不想去。她不知道是不是杜总知道了打碎茶具一事,想要兴师问罪。但她也知道,错在自己,照理说也该跟杜总赔礼道歉。不管怎么说,人家也是一番好意,更何况社团的赞助还得指望杜总。几番思想斗争后,赵敏决定跟司机走一趟。碰巧今天郭天宇在篮球队训练,刘帅又不在学校,幸好有丹妮自告奋勇地陪她去,给她壮壮胆。

见赵敏还带着一个女生,杜总抬头看了两眼:“杜某今天真是荣幸,两位美女赏光,都别站着呀,快坐快坐,两位小姐请。”

赵敏见盛情难却,拉着丹妮在杜总的对面落座。

杜总在赵敏和丹妮面前的茶盏中,小心翼翼地倒上了茶:“赵小姐,今天来了新茶,所以特请你来品鉴。”

闻着沁人心脾的茶香,赵敏已经知道这是上好的龙井,轻轻抿了一口,这下她的眼睛立刻就亮了:“这是梅家坞南面山上的龙井新茶吧,真是难得的。”

杜总听完眉眼带笑,抚掌赞道:“真是个鬼精灵的! 这你都品得出,真是不枉费了这好茶。”

“还要多谢杜总招待。”赵敏不卑不亢地答道。

“别这么说,现在能找个懂茶的一起喝茶,也是不容易。知音难觅啊!”见杜总说得很是真诚,赵敏一直悬着的心也就放下了。

这时,杜总从他身边的 Hermes 手包里取出一个白色四方形盒子:“今天请赵小姐来,一来是品茶,二来是替我那不懂事的司机向赵小姐赔礼道歉。”说着,杜总将那个印着精致的 Versace logo 的盒子推到了赵敏面前:“小小心意,还请赵小姐收下。”

看来那司机还是将打碎茶具的事告诉了杜总,只是赵敏没想到杜总居然将责任推在了司机身上,还要向自己赔礼道歉。当然,赵敏心里也清楚,这只是杜总为送礼找的一番说辞。

“杜总,您可能弄错了,那茶具是我不小心打碎的,和司机大哥无关,应该是我向您赔不是。您的心意我心领了,这礼物我不能收。”

“赵小姐,你几次拒绝我,莫非是不想跟我谈合作,这可让杜某如何是好?”杜总居然装起了为难。

一谈到赞助,赵敏又乱了神,杜总这番话,简直就是让自己骑虎难下。

“赵敏,你要不先看看礼物,再决定收不收吧。”就在赵敏为难之际,一旁的丹妮有些迫不及待地打开了盒子,里面躺着的那块范思哲最新款带钻女表让丹妮的眼睛都放光了:“赵敏,这不就是咱们前两天在杂志上看到的那款表么,你可说这是你的

dream watch。”

看着丹妮被那块表迷得七荤八素的样子，赵敏真是不知道今天带丹妮来是对还是错。

“听这位小姐的话，看来我这礼是送对人了。”

“杜总，只是无功不受禄，咱们现在合作还没谈成，怎么可以先收礼呢？杜总若是把这块表的钱用来赞助我们团队，小敏会更感激杜总。”

杜总见赵敏把话说到这个份上，便满口应下，说看完策划案就给她打电话，顺势还认真地记下了赵敏的电话。

一离开杜总办公室，丹妮就为赵敏痛失她的 dream watch 扼腕叹息：“哎呦，多好的表啊，要是我的话一定收下了！”

赵敏淡淡一笑，没有说话。

回到学校，大家听说有了这样的转机，都非常开心。

“赵敏你也太厉害了！一杯茶就将我们都搞不定的事解决了！”郭天宇赞叹道。

“天宇，我觉得这事可能没这么简单，还是谨慎些好。”刘帅有些不安，毕竟跟着自己的父亲耳目濡染，知晓很多生意场上的事情，觉得未必会有这么简单。

“刘大帅哥，我们这是去拉赞助，难不成还怕被人劫财劫色啊。我们现在是要钱没有，要命一条！”

“可是……”

“哎，别可是了，凡是机会我们都要去试一试，万一成功了呢。”虽然赵敏对此事也感到些许不安，但她不方便明说，更何况现在看来他们也只有这个选择。

听见赵敏这么说，刘帅也不好坚持：“赵敏，下次去见杜总，你一定要跟我们一起去，还有你就跟在我们后面，上次‘泡茶’，你表现太好了。”

剩下的几天，郭天宇总算有时间可以关注“天下趣游网”之外的事情了。

那天，郭天宇正在篮球场上独自训练，练着练着，忽然一个激灵，想起了还没打完的另一场比赛，于是立即拿出了手机：“冠平，我差点忘了！下午打‘天下’赛的网吧你定好了吗？”

“天下”是一款风靡世界的游戏，不仅广受年轻人的追捧和喜爱，也萌生了无数比赛和商机。比如郭天宇他们所参加的，由官方主办的全国高校联赛，正是一个十分正规，竞争激烈，奖金也很丰厚的比赛。

郭天宇从初中时就开始玩“天下”，同龄人中罕见敌手。听见高校联赛的举办后，立刻拉上好友陈冠平，又找了三个水平不错的校友组建战队，势如破竹，一路冲到杭州赛区的总决赛。

只要赢了这一战，他们就将冲向全国的舞台，与其他九大赛区的胜利者一同角逐全国总冠军的荣耀和10万元的奖金！

如果说，刚开始郭天宇参加这场比赛，只是想要证明自己的能力，现在他更看重的是那10万元的奖金。如果真有机会赢得这10万元，就可以为社团解决资金上的困难。

可是连发几条短信也不见陈冠平回，电话也不接。陈冠平作为他的铁哥们，向来是以靠谱著称的，这回到底是怎么了？想到这里，他提溜着两块士力架，就到陈冠平最常去的“连胜网吧”找人了。

陈冠平果然好端端地坐在这家网吧的老位子上，正不停地自言自语：“这个票数还是不行么……”丝毫没有注意到郭天宇正透过玻璃窗朝里张望。

终于，在适应了网吧里昏暗的光线后，郭天宇看到了背对他坐着的陈冠平，发现他电脑上打开的不是“天下”游戏的界面，而是一个排列着一张张美女照片的网页，底下的数字正不断刷新着。

“南山南的女神，北海北的风月。”有节奏敲击键盘，输入文字的同时，陈冠平还神叨叨地念着这段文字。

郭天宇正要走进去打招呼时，陈冠平又点开了Photoshop，并且打开了一张图片。

这似乎是在学校南院墙下拍的一张照片，一个面容清秀的女生略带倦意地半倚在墙头，一只玉手撩拨着散落下来的披肩长发，没过膝头的长裙在风里轻轻晃动。

随着照片底下的数字不断上升，陈冠平松了一口气。可是，只一会，就发现网站上的数字又不动了。

他注视着女孩的眼睛，透过屏幕轻轻地说：“他们不懂你的好，这可怎么办？”

陈冠平想了又想，还是把自己随身带的一个硬盘翻了出来，一脸不情愿：“真是不舍得，可是你一定要赢！你说过你是不会认输的人。”

“那么,还是我输给你吧!”

陈冠平翻看着硬盘里的照片,想起了那一天的事情。

那是开学第一天,一些本地学生都提前到达了学校,由于志愿者人手不够,老师就安排这些本地生帮着一起去接待外省市来的新生。

陈冠平相信自己永远都不会忘了,第一眼看见赵敏的场景。

校门口,火红的迎新标语,略显老旧的桌椅旁站着七八位阳光的少男少女。他们中有一位微笑的她,众星捧月似的站在树影婆娑的阳光下,一身洁白的连衣裙,很美很好看,像一朵白玫瑰盛开在初秋的微风里。陈冠平顿觉赏心悦目,心中一荡,后来才知道她是传说中的杭大女神——赵敏。

“需要帮忙吗?”

一听是男声,陈冠平急忙摆手,当然,他不习惯别人拿他的东西,哪怕是帮他拿。

“不用客气。”那个声音发自一位五大三粗的学长,打量了他细胳膊细腿的样子后,想也不想就抢过他手中的箱子,笑得好不得意。

旁边几个同行的女生跟着嗤嗤地笑起来:“你看! 男生也让别人拎包呢!”

陈冠平尴尬得说不出话来,偏偏学长还拍了拍他的肩:“怎么脸红啦? 天太热了?”

四周哄然大笑。学长很满意自己的幽默感,放下了箱子,拍了拍手打算离开。

“你站住!”陈冠平红着一张脸喊道,喊完却忽然不知道该说什么了。开骂? 打架? 这都不是他陈冠平的强项。

闻声转过头的学长虎视眈眈地瞪着他:“怎么,你小子不服气吗?”说着,他向陈冠平跨近了一大步,贴近身来并虎目圆睁。陈冠平当即陷入了支支吾吾的混乱。气氛变得紧张起来。

“学长,忙累了吧,今天站了那么久,要不你先去吃饭,一会吃完了来换我?”一个甜美的声音从旁边传来,瞬间打破了僵局。从此,只要这个声音在身边响起,陈冠平的心里就会条件反射式地震颤,就像一双纤手拂过琴弦。原来是那位白色连衣裙的美女一个轻巧地闪身,神一样地站了出来。

五大三粗的汉子被赵敏这么软软柔柔地一说,顿时也不好计较,在一群妹子的轻笑声里,赧然走远了。

“这位同学?来喝口水吧,你看我们志愿者也不是铁打的,眼神不好也是常有的。这是我们学校体育系的学长,为人最是直白热情,刚逗你呢,你就别跟他计较了!”赵敏随即灿烂地一笑,露出洁白整齐的牙齿。

这一番话,不仅转移了众人的槽点,更是给足了陈冠平面子。

陈冠平瞬间忘记了刚才的不快,接过赵敏亲手递来的农夫山泉,拧开瓶盖就往嘴里倒,咚咚咚咚一口气喝完。

“别呛到了啊!同学,你的寝室在那里呢,我来送你过去吧。”

这是秋日里最动听的邀请!陈冠平当然没有拒绝。短短的一段路,陈冠平提着并不重的行李,走得很慢、很慢,但是又怎么都觉得快到来不及和她多说上几句话。她不问,他也不说。事实上,他也不知道该说些什么。很多年后,他将会明白,那正是他长大后最开心的时刻。他从来就没有见过这么俏而不俗、文雅秀美的女孩,像一朵解语花,又是那么亮眼夺目。他甚至担心自己的心跳声都太喧哗,生怕这只翩然如花的蝴蝶眨眼就会因受惊而随风飞走。

可是,一条路,总有走到尽头的时候。

回到寝室,陈冠平根本顾不上收拾行李和新生注册,甚至连汗都没有抹去。那炽热的午后,还残留着一股热浪在他的脸上。不知道怎么了,刚才那位花蝴蝶一样美丽的女孩,一直在他的脑海里转悠。

愣了好一会,陈冠平回过神来,打开行李箱,取出一台相机就向外冲去。

陈冠平除了电脑,最为珍爱的就是这台照相机,像他的命根子似的,挂在脖子上都怕蹭了,捧在手上也怕摔了。

可是今天他大抵有些粗暴,几乎是扯在手里便飞奔了出去,跑出去一长段路,快要接近她的背影时,才倚在柱子后面喘了几口粗气。

他就这么偷偷跟了一路,小心地举起相机,装作在拍风景的样子。她一个回头,他的心脏便狂跳不止,仿佛她正透过镜头在盯着他看。他几乎要将手上的相机抛了出去。

黄昏降临,她有些疲惫地倚靠在墙上,等着最后一波到校的人群。

温润的侧脸映在陈冠平的镜头里，显得有些寂寥。

陈冠平仿佛触碰到了这寂寥一般，一下子生出了一些敏感和惆怅：大约再见面，她也不一定会记得这个惶恐不安的他了吧。

收回思绪，陈冠平看着飙升的数字笑了笑，却不安心，生怕一眨眼数字又停止了跳动，就如她开学那天像只蝴蝶一样从他身边消失。况且，也快要截止投票了，她现在虽然已经升到前三名了，可是在陈冠平看来，远远不够。

他熟练地打开程序窗口，开始一个字一个字地敲代码，越打越快。很快，陈冠平就全神贯注地盯着屏幕上不断增加的字符，额头上落下两颗豆大的汗珠。

这代码一旦运行，就像出了娘胎的孩子，想改就不容易了。所以，纵使是陈冠平，也格外认真，或者他就是这样执着的性子。

“千万要成功！千万要成功！”点击这个程序的启动按钮的同时，陈冠平口中念念有词。但只一瞬间，他脸上的紧张就转为笑意，无疑程序的运行是“成功”的。

“什么要成功?”郭天宇突然从后面冒出来问了一句。他看得并不仔细，隔着几个人的身影，只能隐约看见屏幕上有几张照片和黑乎乎的程序窗口。

但陈冠平似乎很是慌张，鼠标一抖，竟“不小心”都关掉了。

“哎？怎么关了？想不到我们不近女色的计算机天才居然也帮美女P照片，莫非是有了心上人?”

陈冠平心里一惊，郭天宇不会是看到自己在P她的照片吧？他又羞又赧，却又不知该如何辩解。

“你用的什么软件这么高科技，黑色的界面真有点科技宅男的范儿。”被程序书写界面吸引住了目光的郭天宇原来并没有看到照片上的人。

陈冠平松了一口气，不自然地点开了桌面，岔开话题道：“你怎么来了?”

“还不是‘天下’比赛的事，这两天你躲哪去了?”

“你还说我，是你最近忙得不见人影，我都无聊到开始P海报了。”陈冠平顺势说道。

郭天宇想了想并未起疑，笑着说：“今天我们一定得好好配合，争取进军全国总决赛!”

陈冠平是出了名的宅男，性子沉稳甚至沉闷，但自从郭天宇和他成了“天下”游戏中的队友才发现：原来他的内心也是极其活跃的。果然，陈冠平点开了一边最小化的游戏界面，看着“天下”的logo，自信地说道：“当然，我们的目标是10万元奖金，拿来做‘天下趣游网’的启动资金！”

“两位高手，我们这次赢定了！”郭天宇和陈冠平刚一踏进他们定好的“天下”比赛场地，队友就兴奋地朝他们跑了过来，眉飞色舞地说，“你知道嘛，对方的中单换人了！”

郭天宇听了，神色微凛：“这么重要的一仗，他们居然临场换先锋？”

这是至关重要的一战，只能胜，不能败！

他们是这样想的，对手肯定也一样！

陈冠平见郭天宇神色有些凝重，猜到他在担心什么：“按照比赛规则，替补只能请本校学生，这条规则就是为了预防有人请代打而设置的。对方也是我们杭大的战队，杭大有哪些‘天下’高手，我们还会不知道么？”

“杭大的‘天下’水平在全国都是处于比较前列的，未必就没有走职业道路的校友——”郭天宇虽然不认为自己面对职业级的选手就一定会输，但多个心眼总是没错的。故他思考片刻后，毅然道：“冠平，我们今天换个位置，我来打先锋，你打中军主帅！”

“天下”一般“兵分三路”，先锋一人单走，其余两条路则有两人并肩作战，所以单独行动的先锋危险极大，机会也最多。输赢之间，动辄影响整个战局。

如果以一场战争来衡量，中军主帅只要不倒，军心便稳，其他人就算跌倒了，还能再爬起来；而先锋大将，则如一柄利刃，起到的是压制、割裂甚至击溃敌人的作用。

郭天宇素来是主帅，但这次换成战队的先锋，陈冠平任主帅，是想出其不意。这对好兄弟一直配合默契，大杀四方，表现非常亮眼，但也成为了敌人重点针对的对象。可想而知，当对方自以为收集了他们全部的资料，来势汹汹，想要给他们迎头一击的时候，忽然发现他们的中军主帅和先锋大将换了人，那是何等场景！

看见陈冠平心领神会地点点头，郭天宇露出了自信的笑容：“没关系，毛爷爷不是说了么，我们要在战略上藐视敌人，在战术上重视敌人。再说了，就算对面是职业级的选手，大家也不要太担心，我们也不是可以随意捏的软柿子！上次怎么把他们削成光头,这次再怎么把他们给打趴下!”

他这么一活跃气氛,大家虽不像之前一样轻敌,却也没了刚才的焦虑,嘻嘻哈哈地上了比赛席。

选择手中的哪一张牌出战呢?

他迅速选择了“影子魔鬼”,他是以攻代守的一枚英雄。郭天宇很快注意到,自己一对一遇上的敌对先锋是“圣堂刺客”,看见对方选择的出门装备,神色更加凝重——不愧是职业级的选手,就算是郭天宇,也想不出比这套出门装备更好的选择了。

伴随着“征战号角响彻全场”的宣告,影魔和圣堂刺客来到中路河道。

郭天宇知道,圣堂刺客升级前的攻击距离非常短,远远比不上影魔。如果拉开一定的距离,自己能攻击到圣堂,圣堂却摸不到他的边。出于谨慎的考虑,郭天宇打定主意,绝不贸然靠近圣堂,以免落入对方的陷阱,造成自身英雄的死亡。

英雄死亡,虽然可以复活,但经济会落后于对方——没有钱就没办法买装备,没装备就不能变强,不能变强就更没钱……

郭天宇绝对不会让自己陷入这个恶性循环,所以他表现得十分谨慎:“冠平,帮我盯一下你对面的牛头! 我怕这家伙来中路和圣堂开个会,想要蹲我。”

陈冠平心中有数,知道影魔比圣堂容易杀,敌方又有个英雄“牛头人”,控制技能十分出色,可以把敌人晕眩住。一旦牛头和圣堂联手,郭天宇的影魔很难跑得掉。牛头被陈冠平成功牵制了,情势对己方更加有利,郭天宇的心神却突然变得有些恍惚。

是错觉么?

为什么他会觉得,这个名叫“江南忆”的玩家操作圣堂刺客的方式,似乎有点……熟悉? 或者说,这个人的操作,和自己以往的操作有几分神似。如果是他,在那个位子上……或许也会这样行兵布阵。

明明是非常激烈的对抗,你来我往,寸步不让,郭天宇却越来越奇怪。对方仿佛知道他会怎么走位,怎么出招,怎么使用道具一般。不管自己做什么,对方都能恰到好处地封住他的攻击。

难道,是你?

郭天宇仿佛回到了从前,那时他还在读高一,“天下”官方有个排位赛,是一个攀爬“天山”的旅程。山势陡峭、乌烟瘴气，时有野怪出没，越往上越是荒凉，出现的任何一个植物、动物和怪物，都可能是致命的。那时候，郭天宇凭借几乎完美的操控和耐心，走过了海拔 6 500 米，升级为可与一流职业选手一战的大神级玩家。

这样骄人的成绩，自然迎来了俱乐部的关注。郭天宇打“天下”只是兴趣，并不想走这条路，被俱乐部骚扰得烦了，就开了个小号去低山头混。

然后，他遇到了一个玩圣堂刺客玩得一塌糊涂，被队友骂得狗血淋头的新人。

之所以注意到这个新人，只因对方的 ID 叫作“星如雨”，恰好是他最喜欢的一首词《青玉案·元夕》中的一句，而他“天下”大号的 ID，正是“青玉案”。

名，命中字。或许是这一份名字上的缘分，让郭天宇对“星如雨”多了一分关注，况且那些队友竟然脏字频出地问候“星如雨”，让他实在忍不下去，只因对方技术不够娴熟，拖累了团队进度。

这也太没有素质了，何况人家只是一个新人！见“星如雨”始终躲在树荫下的阴影里，毫不还手，只是沉默，不知怎地，他就生出一些怒气，上前问道：“这是你们带的新人吧？”

“什么新人啊，都带了这么久了，猪头一个！”

“你们怎么这么说话呢！”

“关你什么事。”一言不合，几人竟然围上前来，一副要群殴的架势。

郭天宇眉眼间露出冷色，微微放出了些剑气，本来故意屏蔽的等级在屏幕上闪了闪，顿时四周都暗淡了。几人见势不妙，竟然连新人也不管了，抱头鼠窜。

见那新人却愣在原地，郭天宇也是气不打一处来，对“星如雨”就喊话：“队友都撇下你了，你怎么还不逃？”

“我跑不过你。”“星如雨”乖乖地说。

郭天宇见状也是没了招，把人家队友都打跑了，这一个新人放在这，就如同案板上的鱼肉，任人宰割！

“唉！”他叹了口气，今天到底怎么了，一时冲动……

“走吧，你还留在这等着被野兽收割吗？跟在我后面，让那群队友看看，我带你赢给他们看！”

“星如雨”乖乖地“哦”了一声，老老实实跟在他后面，郭天宇一边大杀四方，碾压全场，一边教导这个新人："圣堂很难的，你下盘换个简单的，比如小鹿，比较容易上手。"

"可是我喜欢刺客。"

郭天宇有些好奇，便问："圣堂刺客很难玩的，你这种新人根本操作不过来。"

"可是圣堂好看啊！"

一听对方这口气，郭天宇愣了一下，心想：这该不会是个妹子吧？

"小鹿也很好看啊！还有白虎女、风行、冰女……都很好看，圣堂……"

说到这里，郭天宇又有点怀疑对方的性别了，听口气像个妹子，但这审美——未免有些不对吧？

"天下"的人物里，女性漂亮的有不少，但这圣堂刺客却和"漂亮"完全没有任何关系，几乎辨不出性别。她周身都笼罩在黑色的袍子下面，面颊上有一道若隐若现的伤痕，所以连脸上也罩着一层黑纱，只一双素手、一对赤足，行走在黑暗之中，像是神秘的墨蝶。

"可我就是喜欢女刺客呀！聂隐娘、红拂女、吕四娘……她们那么自由，不受沉重的束缚，而且一条路走到黑。一个人行走在浊世边缘，撞了南墙也永不回头。"

"……"好吧，郭天宇心想，你赢了。

郭天宇纠结半天，才问："我把你队友都打跑了，你会不会怪我呀？"

"才不会，我本来就不讨喜。"

听见对方这么说，郭天宇沉默了，刚才那一番刺客的言语，也足见其倔强。一个撞了南墙也不回头的新人，确实不好带。可是看着她一身黑衣，郭天宇鬼使神差地就说："待会'青玉案'加你，别拒绝，那是我的大号，我教你怎么玩。"

"好的，可是，怎么看你有没有加我？"

郭天宇："……"

看样子，这真是一个什么都不懂的新人，他得从头教起。

郭天宇有点郁闷，却没说什么，一点点教会"星如雨"怎么加好友、怎么组队后，长长地舒了一口气，只觉得比打了一场比赛还累："我来教你怎么和别人对战，我们先去打人机，熟悉一下环境。"

“啊？为什么打人机？我不想和电脑打，感觉电脑好弱——”

“你以为你能打得过电脑么？你一个人去打盘疯狂模式……算了，打盘困难……不不不，还是简单模式看看？”

“哦。”

“星如雨”似乎受了打击，又恢复了好好学生的样子。

“算了，还是我先带你打几盘困难模式吧！”郭天宇遇上这个新人，也算没招了，“你看到左上角的语音界面没有，这样交流方便。”

“可是我没有麦克风。”

“……那你听着就行。”

“哦。”

就这样，“青玉案”手把手地教“星如雨”如何选择装备，让自己的属性利益最大化；如何卖破绽欺骗敌人；如何看战争地图，了解全局；告诉她每个英雄有什么技能，适合什么路线。为了配合她的成长，郭天宇甚至将最擅长的中锋位让出，只为让她在喜欢的地方尽情发挥。

毕竟，刺客就是适合一条路，一个人走到黑。

后来，哪怕课业再繁重，郭天宇也挂着游戏，一边写作业，一边等“星如雨”上线。就算不一起打游戏，只要能和她说几句话，心中就莫名地有些开心。“星如雨”的操作越来越像一个真正的女刺客，游走在刀口上，绽放出恶之花的光芒。

郭天宇的指导风格总是清晰而明了，时间久了，“星如雨”也不再总是“哦”，大多时候，她总是听着郭天宇在语音里说话，而自己慢悠悠地打着字，和他絮絮叨叨。

就这样，他们一起玩了两年多。直到某一天，“星如雨”忽然说：“师傅，我这段时间不能上游戏了呢！”

郭天宇心中有点失落，嘴上却装作不在乎的样子：“没事，现实中的事情重要，游戏过几天上也一样。”

“不是，我——我今年高三了，爸妈真的不准我再玩游戏了！”对方似乎有些小心翼翼，听见郭天宇半天不吭声，顿时有些焦急，一连串私聊轰炸般地发了过来：“师傅，你怎么一直不回我？该不会真的生气了吧？我，我也没有办法啊！爸妈说我再玩电脑，就把我的网线给拔了，那样我就再也上不来了。”

郭天宇当时也高三了，为了备战高考，本来不应该继续游戏。但他喜欢每天上线和“星如雨”在一起的日子，因为一起打球的同学也纷纷投入紧张的学习，能在线上和她驰骋江湖、征战沙场，真的很轻松，很愉快，是从苦闷的书山题海走出来的一丝安慰。正因为如此，他明知道这段时间心思应该全部放在学习上，却迟迟没有离开游戏。

“星如雨”先退却了，他刚好有理由逼迫自己回到备考的时间轴上。但不知为何，郭天宇听了，却有些愤怒，仿佛自己被人背叛了，从腹背被捅了一刀。自己亲手带出的徒弟，说走就走了！想到这里，他冷冷道：“我的工作也刚好调动，以后恐怕不能上游戏了。”

本应诚实说出的话，到了嘴边，却变成了谎言——出于一种莫名的心思，他并不想让“星如雨”知道，那个在游戏中沉稳淡定、挥斥方遒的“大神”，只是一个还没参加高考，连自己的命运都没办法决定的少年。

说完这句话，他就下了线，从此再也没上过“青玉案”这个号。

本以为已经忘掉的往事，如今想起，却历历在目……

想到这里，郭天宇心里一乱，手忍不住抖了一下，技能放歪，没能收割走圣堂身边的两个小兵，本来牢牢压制圣堂刺客的局势，终于露出一丝破绽。

圣堂刺客敏锐地把握到这个机会，对影魔穷追猛打，郭天宇立刻以常人别说反应，完全是看都来不及看的快速操作，退回自家塔下，并通过道具补了自己几十点血，这才侥幸捡回一条命！

好容易退到了塔下，看着仅剩的一丝残血，郭天宇只觉满嘴苦涩。

原来……是你……

难怪你猜得到我会玩中单，在“天下”这个世界，还有谁能比你了解我呢？我唯一的……徒弟……

郭天宇回过神来，却发现战况已经崩得一塌糊涂，上大学后重新开始征战的郭天宇，第一次遇到这么糟糕的情况——

等等，敌人怎么忽然不见了？

郭天宇后脊一凉,忙喊:"冠平,小心!"

他反应虽快,对方动作更快,二话不说,一轮火力压制,全部的枪林弹雨都往陈冠平操纵的英雄身上扔,让陈冠平连挣扎的余地都没有,英雄就被瞬间击杀。

陈冠平捶了捶桌子,懊恼道:"可恶!就差一点!"

他一死,让他们本来就较劣的局势,直接向失败的深渊滑去!从领先到落后,有可能就是一毫厘的差距。战争如命运,一跃成天使,一跌成魔鬼。这,就是"天下"之战的魅力所在!

虽然事情到了这个地步,郭天宇依然勉强冷静地游走,试图寻找机会,却发现对方的每一步都走得很稳,没有任何可以让他抓到机会的地方。看过他无数次的绝地反杀,身为他的徒弟,她又怎会掉以轻心,给他翻盘的机会呢?

"天宇,我们顶不住了!"

郭天宇狠狠咬牙,传送回家园,偏偏这时候,对方一个大招袭来,郭天宇虽然敏锐跳开,其他三人却被砸个正着,硬生生连反抗的动作都没做出来,就已经一命归西。

面对这种情景,郭天宇借助地势,灵活游走,将速度提升到极限,在所有人都认为不可能的情况下,双杀对方两大主力!

但,郭天宇也和他们同归于尽。一比二,他是赚了。现在成了四个人对三个人的局势。郭天宇看着现在的局势,手心已沁出冷汗——对方继续攻占他们高地的话,可能会团灭,却也有可能大获全胜。

所以,他们究竟会怎么做,是选择稳,还是选择狠?

然后,他的心沉了下去。

敌人还是兵行险招,不管人数上的劣势,决定殊死一搏了!

"不行,天宇,我们顶不住了,对方的刺客真的好强!"

郭天宇一边愤怒地喊"挺住",一边冷汗涔涔地冒,目光死死地盯着越发颓败的战局,以及自己身上的复活倒计时。

15、14、13——

我方阵营已乱了阵脚,郭天宇一死,他们再也没办法凝聚起来!

12、11、10、9、8——

伴随着一声“啊”的尖叫，又一名队友倒了下去。

还剩五秒，明明只剩五秒……就在他复活的那一瞬，还来不及动作，对方手起刀落，毫不迟疑！她一直在暗中观察着、等待着他复活！然后，就在他复活的那一刻，杀光他全部的队友，给他送上一份前所未有的大礼！

郭天宇仿佛被抽空了浑身的力气，呆呆坐在椅子上，他的神情非常苦涩，因为他知道，自己已经如了对方的意。

这一局，是他输了。

输给了自己唯一的徒弟。

比赛结束后，郭天宇怔怔地坐在位置上，一言不发。

陈冠平沉默片刻，才说：“天宇，今天打成这样，不是你的错。”

平心而论，他说得没错，哪怕今天被别人打成0∶2，输得一败涂地，郭天宇的表现依旧非常亮眼。如果不是他苦苦支撑，局势早就兵败如山倒，哪里能几次逼得敌人喘不过气来，差点翻盘？

只可惜，竞技比赛，没有“差一点”的说法，更没有同情分可加。

陈冠平这句话，平常会招人厌，但这一次，沮丧的队友们听了，也纷纷点头：“是啊，天宇，都怪我们意识太差，老是被别人杀，拖累了你……”

“没有这回事。”郭天宇疲惫地摇了摇头，“我是队长，本就应该考虑整个局势，应付他们的各种针对，不能把责任都推卸给你们。”

说到这里，他叹了口气，情绪有些低沉：“我有点累了，想先回去休息一下。”

众人面面相觑，不知道该怎么安慰他，只得点头。郭天宇一个人默默地走回寝室，却没有第一时间去睡觉，而是打开电脑，回想自己尘封许久的游戏账号。

接连试了几次都不对后，郭天宇显得有些烦躁，敲打键盘的力气也不由得重了一些。

再次输入一个从前常用的密码，这一次，连接通过了。

不知为何，郭天宇竟有些忐忑不安起来，他看着游戏登陆，心跳得越来越快，搭在滑轮上的手指动了两次，才挪动光标，拖到了私聊界面。

然后，看见了很长很长的留言。

最早的一条留言，还是郭天宇高三，两人告别后的那一天。

【星如雨：师傅，你在么?】

【星如雨：师傅，你真的不上线了么?】

【星如雨：师傅师傅师傅……】

再然后，就是【星如雨：师傅，你的工作稳定了么？你真的不回来了?】

一连串陆陆续续的留言，有些间隔几天，有些间隔十几天。

郭天宇翻了一下日历，发现都是周六周日，想必对方也是偷偷摸摸上网，留个言就下。

【星如雨：说好要一直一起的，为什么……】

【星如雨：师傅，如果你看到留言，能不能回我一句？我怕你工作忙，每次都挑你可能上线的时间，想办法爬上来。会不会，我理解错了你的工作时间，刚好和你错过了？如果是那样，你一定要告诉我啊!】

看到这里，郭天宇眼眶微热。

他愤怒于“星如雨”“背叛革命情谊”后，为了专心备考，更为了防止自己心软，干脆利落地将游戏删了，等到高考后才重新捡起。尽管他曾经很多很多次想起“星如雨”，却都赌气不再用“青玉案”那个账号，却从没想过，对方一直在等自己。

再往下，便是很长很长的一段文字，写在6月8日的晚上。

正是高考结束的那一天。

【师傅，或许你永远都不会看到这段话，但我仍然想要告诉你。

遇见你之前，我在现实生活中，其实有些不合群。

你们男生可能没办法理解，女生的世界为什么那么复杂，喜欢三三两两聚在一起玩小团体，又那么排他。

很不幸，我就属于被她们排斥的那一个。

我是学生会的宣传部部长，这个职务导致我的很多课余时间都耗在了上面，不能与她们手挽着手一起逛街。又因为学生会男多女少，男生们比较照顾我，我也与他们接触比较多，又有几个追求者。哪怕我说得很清楚、很明白，大家当朋友可以，男女朋友不行，却还是有很多女生私下议论，说我是绿茶婊。

听见她们这样说之后，我气得大哭一场，却也在检讨我自己。从那之后，除了学生会事务的正常接触外，我与男生都保持一定的距离，却又很难融入到女生的群体中去。

很多时候，我只能在远处静静听他们聊天，不明白游戏有什么好玩的，能让两个平常关系不错的男生争得面红耳赤，不可开交。

很奇妙，他们争吵的内容之一，就是你。

是不是很不可思议？我认识你之后，也这样觉得。

哪怕时隔三年，我仍旧记得那一天——我们班上的两个“天下”爱好者，为天山的分数吵了起来。

原因很简单，他们中的一个天山打上了4 500米，得意洋洋地炫耀，一个就说天山不能代表什么，高分全是刷上去的。然后，他们就提到了你，说“青玉案”是公认的大神级高手，你的分数是扎扎实实打上去的，没有一点刷分的痕迹。

为了证明自己说得没错，他们居然下了你天山排位赛的视频。我好奇凑过去看了一眼，深深地被那抹灵动而炫目的紫色光芒所吸引，问他们，这是什么游戏。他们告诉我，这是“天下”，你所操纵的英雄叫作圣堂刺客。

可能是鬼使神差，也可能是缘分使然，我回去之后就下载了这个游戏，注册了账号。在想名字的时候，福至心灵，起了“星如雨”。

然后，居然让我遇见了你，你还成了我的“师傅”。

那些在现实中无法倾吐的委屈，那么自然地向你倾诉；那些在现实中因为被排挤而感到的孤单与苦闷，有你在就一扫而空；那些在现实中遇到的重重压力，只要想到你，我就好像得到了无穷的力量。

那段最艰难的时光，幸好有你陪我度过。我一直在追逐着你，想要努力靠近，希望能变得像你一样，冷静、镇定、强大，纵然身处绝境，依旧淡定从容。

我真的非常感谢与你相遇，真的。

师傅，你——在哪里？我可以见你一面么？抱歉，我没那意思，我只是有点想知道……你也不要太担心，更不许拒绝，说不定，你告诉我你在哪里工作后，我只是坐在你公司对面的咖啡馆,看着你从公司出来,才不上前与你相认呢!

师傅,你真的不会上线了么?你会不会回来,能不能记得我呢?】

郭天宇久久地看着这段留言,没有说话。

大概是男生没有女生那么细腻的感情吧?他只是觉得与“星如雨”一起玩,非常轻松快乐;将一个新人带成高手,与自己并肩作战,很有成就感。

那些更深的、更浓的,藏在他心底的想法,他并没有真正思考过,更不明白,自己对“星如雨”来说,竟然这么重要。

等等,还有一句?

郭天宇将私聊拉到最下方,就看见私聊消息是大半个月前。

【星如雨:工作?呵呵。】

不知为何,郭天宇忽然打了个激灵。

他突然意识到,“星如雨”和自己在一个学校,通过校内赛认出了自己,而自己对她的最后一句话,却是不折不扣的谎言。一直以来,“星如雨”的挂念和内疚,在此时一定都变成了愤怒,应该感到内疚的,从来就不是她。

所以,你是特地来教训我的么?

郭天宇霍地起身,决定去找之前比赛里,那个对方战队的人——他想去见“星如雨”,向她解释,事情不是她想的那样,他、他并没有故意想要骗她啊!

但是这个战队,竟然在赢完比赛之后,就消失了!这简直不可思议!郭天宇忽然也像失掉一口气一般,觉得游戏的每一局输赢不再有意义,他只是为了找“星如雨”。但是越是如此,他仿佛就离得越远,那个熟悉的名字再也没有跳出来。

“郭天宇!快走!别打游戏了,杜总来电话了!”刘帅满头大汗地跑进寝室,“赵敏已经在催我们了!”

“本来就输了……我马上来。”郭天宇一手合上笔记本电脑。

杜总如约打来了电话,甚至还派了一辆车来接他们。

那辆熟悉的香槟色宝马760,换了一个陌生脸孔的司机,把他们送到了一个金碧辉煌的建筑物门口。

“是杜总的朋友吗?”一位穿着红色旗袍的长腿迎宾女郎在他们点头确认后,做了一个请的手势,随后就风情万种地在前面走着,为他们领路。

“这是哪里啊?”置身娱乐宫殿的赵敏不禁好奇地问道。

满眼的罗马式廊柱、大理石浮雕,入口正面是高高的花坛叠水,一层一层的水雾笼罩着,倾斜而下,最下层的池塘里还养着几条鲜艳的锦鲤,肥硕得快游不动了。最上方的霓虹灯架上,却赫然闪烁着“月亮河 KTV”。

“这是什么情况?”赵敏有些怯场了。

“别怕,既然都来了。”刘帅倒是见怪不怪地一脸从容,低声说,“生意经常都在饭桌上谈成的,也有在娱乐场所谈话的,这个地方想来也差不多吧。”

听刘帅这么说,三人都默契地收拾一下自己的表情,不再东张西望,一副很得体的样子继续往里走,内心揣着小小的不安。

穿过灯红酒绿,穿过喧哗的形形色色的人群,穿过各色镭射灯幕和音乐的肆无忌惮的轰击,他们四人被带到一个叫“维也纳”的 KTV 大包间门口。郭天宇慢慢明白,同样是 KTV 还分很多种,他们经常去唱歌的地方叫作自助式量贩 KTV,而这里则是带点情色服务的高档歌舞厅式的 KTV。看来这个杜总是个习惯在这种地方晃悠的土豪,就像那池中安然游动的锦鲤。

大门推开,一张超长的欧式沙发正中坐着肥硕的杜总,像一条开心的大肚子锦鲤搁浅在三四个半蹲的制服女孩的中央,正在嗲声嗲气中一大杯一大杯地吞啤酒,女孩们的笑声此起彼伏。五个高大的墨镜帅哥像电影里的贴身保镖,雕塑般地背手站在他的身后。两个西装马甲的女服务生垂手站在旁侧。郭天宇想,这个包厢的消费价格不菲,除了装修豪华、格外宽敞,多了一帮帅哥美女,其实和他们平时去 K 歌的地方并无二致。看见他们来了,已经喝了不少的杜总满面红光地站起来,一帮人都跟着站了起来。

“小敏来了,你们来啦,太好了！小敏过来坐我这边。大家随便坐哈。今天特意找来几个小歌手一起玩,跟你们年纪都差不多,今天一定要开心,都得给我面子。”杜总亲自招呼,像大肚子国王一样讲完话,举起了面前的酒杯。

“喝！都喝啊,敬大家,各位美女、小兄弟!”

赵敏克制住心里的拘谨坐在了杜总的右手侧，目光不时向郭天宇他们求援。郭天宇、刘帅用眼神示意她淡定，然后心领神会地紧挨着赵敏在那张长沙发坐下，刚才那几个制服女孩则很乖巧地坐到了杜总的左侧。

这时响起了敲门声，旁侧站着的马甲女服务员走过来在杜总耳边低语，杜总点点头，马甲女一挥手，门就开了。

只见七八个女孩鱼贯而入，像接受检阅一样一字排开站在长沙发前。郭天宇他们感觉到一股浓烈的香水味瞬间袭来。

这几个女孩倒都眉清目秀，衣着却各不相同，有的一身职业装看似白领，有的则身着亮片短裙、化着浓妆，甚至还有穿着校服的矮小女孩。

“来，小兄弟们，这几位艺人，都是叫来陪大家唱歌助兴的，你俩欣赏谁就留谁！”杜总骄傲地挺了挺肚子，环视了一圈，舔了舔嘴唇，转过头朝郭天宇、刘帅挤眉弄眼，“今天啊，美女都是你们俩的！”

郭天宇一听“唰”的一下站了起来，脸色都变了，声音带着自己都没意识到的尖锐：“杜总！这个，我们不需要！”

“不需要？做事业的男人要学会调节自己。紧张什么？她们来就是调节调节气氛。”杜总乐呵呵地看着郭天宇，在他的地盘，他的主场，很是放松，眼神里露出一股看小鸡仔的轻蔑。真是一帮没见过世面的学生！

“不是啦，回校后怕女朋友会不高兴的。再说，杜总，你已经很破费了，很给面子了！我们很开心。谢谢，谢谢了！”刘帅见气氛急转，赶紧打了圆场。

“就这样吧！”赵敏看着杜总也恳求道。

杜总略有所思，自嘲式地笑了笑，没有再坚持，挥挥手就让她们出去了。

杜总随后示意旁边的女孩子们围过去对着郭、刘两人敬酒。

郭天宇压根没有喝酒的心思，只想快点谈完商业赞助的事情，早点离开这鬼地方。但过来敬酒的女孩子们倒也乖巧，很会搭话，与他俩年纪相近，性格活泼，态度热情。郭天宇、刘帅一时不知道怎么拒绝，只能跟着一杯接一杯地喝着，完全没有注意到杜总的嘴角掠过一丝奸笑。

酒过三巡，气氛热烈起来。

为了助兴，也是因为实在招架不住劝酒，郭天宇主动站了起来，走到屏幕下拿起话筒，上去唱了一首《新不了情》。他时而低沉，时而高亢，带着微醺的磁性声音，倒有一种别致的味道。

“好！”大家跟着杜总起哄道，“这杯酒，敬深藏不露的郭兄弟！”

放下酒杯时，郭天宇特意扫了一眼沸腾的人群中寂寞地坐着的赵敏，她借口不会喝酒，双手放在双膝上，只有那个杜总时刻不忘喋喋不休地跟她说着话。

郭天宇知道赵敏心中有无数的别扭与委屈，虽然她保持了最大的克制微笑着。坐回自己的位置上时，他拿出手机，给赵敏发了一条短信，催促她直接对杜总提商业赞助的事情，不要拖到太晚。

赵敏看到短信，知道郭天宇心情迫切，其实她也急，也想快点提，好尽快离开这个他们本来可以不来的场合。但这个杜总好像吃错了药，一直凑过来，问东问西，谈天说地，滔滔不绝，喋喋不休，就是不谈商业赞助的事情。他们仨指望着杜总出钱，不好得罪对方，也只能忍着一肚子的话，勉强应付着。

“赵敏，你一定是学校的校花吧。”

“赵敏啊，是不是学校里很多人都喜欢你呀？”

赵敏脸一红，低声道：“并没有啊……”

“那是他们不敢！我上大学的那年，也喜欢我们校花。那时候啊，和现在不一样，根本不敢追。唉，后悔啊。”

赵敏听了，眼里故意露出一抹同情：“那后来呢？”

“后来才知道她也喜欢我这个穷小子呗，还喜欢了大学四年，整整四年！但还是错过了，完美错过。”

借着醉意，杜总絮叨着他半个大学的往事。那些干净而充满伤感的故事，倒渐渐打动了本来有些不耐烦的赵敏。

杜总悲伤的神色，让她不忍心打断一个伤心人，提起商业赞助这么煞风景的事情。

许是越说越起劲，杜总一手撑在赵敏背后的靠垫上，一手在空中比比划划。赵敏往旁边挪了挪，他却越靠越近，更是一个劲地劝她喝酒，赵敏执意不肯。

“不提了，都是往事了，来，小敏，喝！你也为我们唱一首吧！”

见有机会躲到一边去，赵敏立刻站了起来，大大方方站起来就点了一首歌。

小提琴悠然而作。《白月光》，那是她听了杜总的故事，点的一首应景的歌。站在屏幕点点的光晕下，赵敏如同盛放在了白色月光之中，晶莹得不似人间角色，而像是一个缥缈回忆的影子。

“白月光，心里某个地方……”一时都是寂静，歌声如月光一样哀怨。大肚子的杜总像一条永远喝不够的锦鲤，边听边不停地喝着，仿佛是喝多了，又似乎是愣住了，直勾勾看着赵敏，失神落魄的样子，似乎陷入了一段回忆当中。

“唱得不错，来，喝酒！”人群起哄道。

杜总也回过神来，居然双目湿润：“唱得好，太好了。小敏，你唱到我的心里去了！能不能赏个脸，合唱一首歌？”

赵敏点了点头，却没料到，杜总直接从她手里去拿话筒，又许是喝多了眼花，没有摸到话筒，竟直接抓住了她的手。

“杜总，这支才是你的。”赵敏立刻抽出了手，递上另一把话筒。

杜总呵呵地笑着，接过话筒开始唱了。

这一幕郭天宇全都看在眼里，刚刚不禁眉头一皱，差点起身冲了上去，此刻见状只能继续忍着，继续坐着。

可是他刚落座，就听见一声巨响：

“哐！”

赵敏手上的话筒滚到了地上，发出了刺耳的噪音。所有人都愣住了。她秀眼圆睁，高举着一只手，看样子是想要扇杜总一巴掌，但那只右手却被杜总牢牢地握住了。杜总嘿嘿地赔着笑脸：“玩笑、玩笑。”

话音还没落，就看见赵敏立马抽出左手，毫不犹豫地打了下去。又是一个清脆的声音，杜总另一只手还拿着话筒，这一声清晰地从音响中传了出来。

所有人都还没反应过来，只看见赵敏嘴角微颤，挺直了背，站在所有人的注视中，一动不动。

郭天宇看着她绷成一条线的脊背和还在颤动的手，猛然反应了过来。这个杜总到底做了什么让她这么愤怒?!

但还没来得及消化，杜总已回过神来，顿时一脸狰狞：“你别给脸不要脸！”

“哐当”一声，他把话筒扔在一边，擒住了赵敏扇他的那只手。一直不动声色、暗中观察的刘帅突然起身，一个箭步就上去了，冲着杜总的脸就是一拳，这一拳着实不轻，杜总立即掩面发出了一声杀猪般的惨叫，颇为滑稽。

但因顾及着旁边的赵敏，杜总的手下冲过来架开刘帅时他没有挣扎。那些刚才对他们乐呵呵一脸和气的人，现在却凶相毕露，对刘帅拳打脚踢。

郭天宇想趁乱去救赵敏，结果却被两个身强体壮的家伙拦住，摁在角落一顿暴打。郭天宇抱着头咬着牙，他浑身哪里都在疼，一时被打得爬都爬不起来。

“好好好！反了？我又是送礼又是招待，对你最好最耐心，你却是这样报答我的?！你这个心机婊!”

杜总顾不得脸上的伤，凶神恶煞地贴过来抓赵敏，赵敏怎么躲也躲不及，被杜总直接扯进了怀里。

饶是赵敏再怎么坚强，此时也忍不住一行清泪从脸上滚落下来。但这泪珠非但没有让杜总消气，而是让他更为恼怒：“你就这么看不起我?”

见赵敏落泪，郭天宇一阵心痛如剜，他知道赵敏一定受了天大的委屈，双手被人禁锢着，那眼里的倔强在泪光中闪烁，像风中摇摇欲坠的火烛，仿佛他再不伸手，就再也抓不住了那般。

赵敏一低头，在杜总的肥臂上狠狠地咬了一口。杜总一声惨叫，狠狠地把赵敏甩到了长沙发上。显然他痛得气疯了。

杜总的手下听见老板的怒吼，转头回望，手上力道略松。被扭住打的刘帅忽然发出了一声咆哮，不知哪里来的神力，竟然瞬间挣脱了三个大汉的压制。但郭天宇眼见着其中一人拿起了旁边喝剩的啤酒瓶。

提醒刘帅已经来不及了，郭天宇迸发出了自己都没想到的力量，猛地顶开压制自己的人，电光火石般地冲了过去。

“啪”，一声沉闷的响声，啤酒瓶在郭天宇的脑袋上开了花。

啤酒瓶的碎片也像天女散花一样，撒了一地。

郭天宇感觉眼前发黑，脑袋嗡嗡作响，站都站不稳，往一旁跌去，跌落在长沙发边。好容易才撑着沙发，半跪在地上，没有倒地。

温热的液体，蜿蜒漫过他的脸颊，缓缓滑下，流过唇边。

他下意识伸出舌头舔了一下，霎时间，腥甜的味道充斥着口腔。

是血。

郭天宇这才意识到自己受伤了，他想要捂住伤口，阻止鲜血再往下流，但稍微一用力，都是撕心裂肺的痛。

他伤得很重，需要尽快包扎，但……

郭天宇睁开眼，透过一片赤色，只看到刘帅用双手护着头、弓着身子躺在地上被一群五大三粗的人拳打脚踢，已经说不出话来。

杜总向刚才被甩在沙发上的赵敏走去，怒目圆瞪，几乎是狞笑着，一步、一步靠近。赵敏此刻是真的吓坏了，在沙发上瑟瑟发抖。

这一瞬间，郭天宇的脑中，只有一个声音在回荡，振聋发聩，击碎了他所有的理智，主宰着他所有的本能！

我要保护她！不惜一切地保护她！

身边正好有一块散落的玻璃碎片，形如“玻璃匕首”，郭天宇紧紧地攥着它，从地上一跃而起，猛地扑向了杜总。

他的左手犹如钢铁铸成的钳子，牢牢地钳住了杜总的脖子。他右手的“玻璃匕首”则死死地顶在了杜总的脖颈上。

他头上的血一直在流，盖住了半张脸，额头上的伤也越来越痛，让人觉得他下一刻就有可能要倒下，但他的右手却死死攥着那把“玻璃匕首”，掌心被刺破，血从指缝里渗了出来。

锋利的玻璃碎片在杜总的脖子上划出伤痕，沁出血珠。

郭天宇身上的鲜血滴在杜总的衣领、胸口上，把杜总吓了一大跳，杀猪般地尖叫：“有……有话好好说！”

但下一刻，他就回过神来。

不对，如果自己流这么多血，早就很难保持清醒的意识了！

这些血，大部分都不是自己的血！

流了这么多血……呵，这小子已经是强弩之末，不用在意！

满脸、满手都是血的郭天宇，犹如一只地狱里爬出来的夜叉，把杜总手下唬住了。三个家伙继续压制住刘帅，另外两个靠过来却不敢上前，只见杜总给他们使了个眼色。

众人会意,便有一人试着喊道:“这是误会,误会。赶快住手!”

郭天宇本要松一口气,却瞧见杜总的手下不着痕迹地在向自己挪过来。

该死的!这老怪物还不死心!

郭天宇胆向怒边生,只见他拖着杜总,往后退了几步,直到后背贴着冰凉的墙壁,他才觉得安全。

这一过程中,他手上的“玻璃匕首”又不自觉地朝着杜总脖子扎进去了些,杜总痛得哭出来了。猩红的血液顺着郭天宇的手指,不断滴落。

他的右手掌已经被玻璃碎片割出新的伤口,撕心裂肺地痛,痛得他下意识想要松手,却又立刻攥得更紧,让玻璃嵌入自己的皮肤里。

顶在他肉里的“玻璃匕首”虽然一直在颤抖却一秒也不退让。当杜总知道了郭天宇鱼死网破的决心,这个随时都可能划破他的动脉的危险让他的内心开始充满恐惧。

杜总终于慌了:“放手吧,我什么都答应你,都答应你!”

第　三　章

网络英雄传·前传

光未盛

桃园结义

也许，人与人之间的相知，不是山路，而是水路。山路崎岖，不是对就是错，而水路呢，没有江还有河，弯弯绕绕，总能载舟。

第三章

桃园结义

“都让开！让他们出去，你们都开车走！”杜总无力地挥挥手示意手下。

郭天宇眼睛发红，声音都带了点神经质的颤抖。

看见他头上、手上、身上都是血，一副几乎发狂，想要同归于尽的样子，在场的人全镇住了。

看见一帮人呆若木鸡，郭天宇手上又加了下力，杜总立即“哎呦哎呦”，头皮发麻，动都不敢动，连忙吩咐：“都听不懂我的命令？你们都走啊！”

郭天宇握着“玻璃匕首”的手一会松一会紧，杜总心惊胆寒，赶紧高声道：“你们走！快走！听他的！”

杜总的手下终于明白了老板的真实意图，这才悻悻地放开刘帅，走到包厢外的走廊靠边站着。

郭天宇向好不容易摆脱了束缚的刘帅使了个眼色，刘帅立马会意，走到瑟瑟发抖的赵敏身边，用眼神安慰了她，见赵敏咬着牙对他点了点头，才随后跟着那几个人出去了。

过了一会，终于等到刘帅目睹那些杜总的马仔都开车离开，郭天宇才轻呼一口气，和刘帅两人将杜总围住。

此时杜总也是吓破了胆：“两位饶了我吧，我也是自卫，是姑娘先打我的啊!"

"闭嘴。"郭天宇说,"捅了出去,警察知道了你也落不着好处。"

"是是是!"杜总忙不迭地点头,他已经被吓破了胆,郭天宇说什么他都听,唯恐郭天宇一时激动,将他给捅了。

"接下去怎么办?"刘帅悄悄问道。

"你带赵敏先走。"郭天宇毫不犹豫地说。

"那怎么行!"

"你想什么呢,你们先出去打一辆车。"

刘帅走了之后,郭天宇见杜总眼珠转得飞快,不知又有什么诡计,立马喝道:"走!你也别想着喊人,闹大了对谁都没好处。"

郭天宇左手扣挽着杜总让他乖乖地往前走,右手的"玻璃匕首"依旧顶着他的脖子,一路跌跌撞撞地。到了前厅,保安立马远远围过来。

郭天宇一头的血正在干涸,要不招人注意也难,他见保安也一副掂量的样子,便冷静地说:"你们不要过来,这是私人恩怨。"随后手上微微用力提醒了一下杜总。

杜总一疼,立即跟上一句:"私人恩怨,叫场子里别管。"

或许是怕惹事,又或者因为杜总也挥了挥手让他们走开,保安都不惹人注意地走开了。到了门口,郭天宇看见了刘帅在车上招手,手一松,把杜总往外一推,摔了他一个狗啃泥!

"天宇,上车!"

郭天宇跟随刘帅的呼喊刚刚关上车门,杜总就在后面爬起来,想到自己终日打雁,却被看不上的小鸟啄了眼,这么狼狈的样子,不由恼羞成怒,呵斥冒出来的手下:"还愣着干什么,快追!"

直到出租车开出去两个街口,三人才喘了一口气。刘帅坐在前面,赵敏和郭天宇挤在后座。

"你没事吧,赵敏?"回过神来的郭天宇说出了第一句话。

"嗯嗯。可你还在流血。"见郭天宇一脸血的样子,赵敏回应时带着哭腔,拿出手绢为他擦拭着面颊的血迹。

"你没事就好。我没事的。"郭天宇冲着赵敏憨憨一笑。

刘帅回头了："天宇，当务之急还是赶紧找家医院看看，至少先止血！"

"还是回学校医务室去看吧，杜总的手下现在肯定到处找我们，肯定是去周边医院找。"郭天宇回复道。

这时候刘帅恢复了冷静，一脸忧心地说："好！你也太冲动了，刚才你要真的捅进去怎么办？"

"是啊，你太冲动了，你如果一个失手是要出人命的啊！"赵敏虽然还没从刚才的惊魂中走出来，但看着此刻的郭天宇，心中一阵心疼。

郭天宇想了想，没有说话。

刘帅瞪了他一眼："他如果没相信你演的戏，你要怎么办？"

听着刘帅喋喋不休，郭天宇突然捏紧了拳头，很不耐烦地朝刘帅吼道："他妈的欺负赵敏！我能怎么办！"

见刘帅和赵敏都愣住了，他又加了一句："刘帅，你就能忍吗？你不也冲上去揍他了吗？揍得好！你没见他那个猪脑袋！"

刘帅转头见赵敏还是沉默不语，神色郁郁不安，说道："我们赵敏也可帅了！那一巴掌，真是过瘾！"

"话说回来，你干吗打他？"见赵敏低下头去，不愿说话的模样，郭天宇也沉默了，眼角的余光瞥向赵敏，只见赵敏微微眼里有些雾，摇了摇头，最后还是什么都没有说。

见赵敏垂泪，刘帅恨恨地说："这件事还是我的错，要不是我冲动上去打了他，或许不会闹到这个田地。"

郭天宇听他这么一说也颇为担心："杜总那样的人，一定会报复的！"

他们毕竟是学生，怎么对付得了杜总那种经常在社会上混，又有一定势力的人？闹到最后，只怕学校也会受影响，他们更讨不了好！

刘帅想了想，坚决地说："这件事，我来解决。"

"什么，你可别干傻事。"

"你们别担心了，总之我说了，这件事我会解决的。"

想到刘帅的家世，赵敏和郭天宇都陷入沉默。

他们知道，如果说这件事一定要有解决的办法，或许，只有依靠刘家的背景和资源这一条路了。

可不知为何,郭天宇就是觉得心里憋屈,非常憋屈!

郭天宇脑门上缝了五针,并无大碍。随后哥俩把赵敏送回了寝室,在寝室楼前的花坛沿上坐下,半天没说一句话。

夜风满满凉透了。郭天宇说:"不走吗?"

"你今天有话没对大家说。"

"你也知道全国大学生社团大赛要开始的消息了?"

"你为什么不说?"

"这不是遇上事了吗……再说了,决赛听说对注册资金有门槛,要 20 万元!可不是小数目!我们现在连 100 块都没有,说了,让大家失望吗?"

刘帅听了,转身看着郭天宇,思考了良久,甚是认真地说:"天宇,不是没有办法。"

"办法我们都想过了。不能再这么冒险了!还不知道赵敏怎么样了。"郭天宇想起赵敏泪水涟涟的眼睛,仍然心中酸楚,满是自责。

"现在……只剩下不是办法的办法了。"刘帅说道。

听见刘帅说有办法,郭天宇虽说仍是失落,但眼睛立马就亮了。

"那是什么?"

刘帅站起来,斩钉截铁地说:"让我爸打钱吧。"

"这不行,你之前不是口口声声说要靠自己吗?"郭天宇有些气急。

"可是我们努力了这么久,还是连一分钱的启动资金都没有,你说能怎么办?"

"我以前以为你和别的富二代不一样,没想到一遇到事情,也只知道向家里伸手!"

刘帅听郭天宇这么一说,彻底怒了:"那你去找钱呀,杜总的事情,还不是因为你太轻率,我之前就提醒过你!"

"刘帅,你现在是在怪我吗?谁能料到会发生这样的事情!"

"谁能料到?你要是前后想一想就知道这个杜总'醉翁之意不在酒'!你就是只想着自己。"

"你把话说清楚,怎么就我只顾着自己了,我还不是为了我们社团!"

“是，为了社团你就可以不顾赵敏的安全吗？你知不知道……”

“赵敏，赵敏，赵敏，你参加社团不会就是为了赵敏吧，我真是看错你了！”

“啪”，刘帅一记重拳打在了郭天宇的左脸上。这一拳彻底把郭天宇打蒙了，这个他刚刚还舍命相救的兄弟，竟然给了自己重重的一拳。

刘帅也被自己的举动吓到了，但一想到刚才赵敏可能遇到的险境，他无法原谅自己，也无法原谅郭天宇当时的草率。他不想跟郭天宇继续闹下去，一甩袖子，头也不回地走了，留下郭天宇自己跟自己生气。

夜色重了，月半有雾，他的头顶落下零星的雾水，将他淋得一激灵。他和刘帅怎么闹成这样了？

想当初，他们成为朋友，是那么不容易……可以说是不打不相识，不吐不相认。

那是大一开学后的第二个星期天。

女生的尖叫声划破热浪：“刘帅！刘帅！”

刘帅微微仰头，算是回应，然后又陷入比赛状态。

他雪白的运动服在球场上四处闪动和突围，成为整个团队的一把利剑。比赛逐渐白热化，他狠狠一甩，扯下敞开的运动服上衣，露出白色背心上被汗水印透的肌肉线条。

在追随者的目光里，每一处似乎都是他——整个球场像恒星刚刚爆炸了一般，到处都是耀眼的白光。

今天是校篮球队的选拔比赛，大四的后卫队员退役后，留下唯一的空余名额，而本场比赛的裁判是被称为“杀手”的篮球队教练孙教练。

为了争夺校篮球队的唯一名额，全校新生中的佼佼者都出现在场上。其中，身高一米八五，相貌帅气的刘帅一上场就引发了躁动。

这场只会有一个人胜出的选拔赛，给了刘帅不小的压力。今天格外热辣的烈日，几乎要炸出每个人跃动的心跳。

那颗跃动的球，眨眼间就顺到了刘帅的手下，他伸手抹了一把满是汗水的脸颊，把略显凌乱的头发往头顶一捋，这随意的动作在他身上却霸气外露。

一旁的尖叫声凝固在喉咙里，几个女生一脸通红地屏息凝视，仿佛气都喘不过来了。

刘帅！刘帅！又是他！

刘帅狂暴的轮番硬扑，使得对方的防线摇摇欲坠，但己方的队员也跟不上他的节奏，几次三番出现失误，还让对方接连反击成功。

这时，他忍不住将余光投向了场边的孙教练。

这一看不要紧，却让他手心里出了些许冷汗：

孙教练正紧紧地盯着场上另一个身影。他套着一身天空蓝的宽大T恤，没有一丝杂质，像多云的天气里，阳光劈开的一道缝隙。虽说比刘帅瘦小，但他丝毫没有畏惧，显得颇为随意自在，宛如邻家男孩般亲切，他的一举一动，牵动着不少围观者的心。

郭天宇也敏锐地感受到了孙教练的注视。

似乎他的机会也要来了，在刘帅的狂轰乱炸之下，作为另一队的后卫，他一直保持着冷静，等待着抢断的机会。球一旦近身，他就会给刘帅施加压力。

这份过人的自持和控制力，不仅吸引着孙教练，还引来了场边的议论。

"那小子谁啊？防守这么好！"

"你不知道？他就是郭天宇。"

"我看今天就他俩有戏！不信你看着！"

"棋逢对手，今天的比赛好看了！"

听到众人的议论，一直黑着脸不说话的孙教练，脸色更是凝重了几分，似乎又有谁触了他的逆鳞。

三分线外的刘帅弯下腰，开始快速地胯下运球，在大幅度的假动作下突然急停跳投！

旋转着的篮球轻巧地拨出手掌，即将划出完美的弧线！

"啪！"弧线在起点被打断。

遇到不速之客，郭天宇一记漂亮的盖帽，直接抢下了篮球。刘帅扑向郭天宇准备回抢，篮球却未在郭天宇手中过多停留，而是被他直接传给了队友。

在人群诧异的瞬间，郭天宇在前场接到队友的回传，投进了一个三分。

这一刻，郭天宇觉得自己就是站在NBA赛场上的库里，锋芒毕露，无人能挡。满场的叫好声,令人热血沸腾。

此时的刘帅难堪不已。不仅被郭天宇当众盖了血帽,还被回敬了一个三分,无异于在他脸上扇了一巴掌!更加让人懊恼的是,他发现自己的失误在逐渐增多。他这枚团队的“利剑”,已经成了名副其实的双刃剑。

郭天宇此时感受到了孙教练炽热的眼神,心中忍不住喜悦万分。同一时间,郭天宇看见刘帅也正看着孙教练,眉头一紧。很快,他发现刘帅注视的并不是孙教练,而是一个陌生的身影,正从孙教练背后的方向缓缓走来。素衣白衫,在人声鼎沸的篮球场上,宛如一道清风。

郭天宇还来不及看清那道被议论纷纷的身影,比赛就被刘帅强行开启了!

刘帅仿佛忽然打了鸡血!每一次碰撞,都让郭天宇忍不住动怒:因为那几乎是不要命的强行冲撞,他似乎只想着进球,其他什么都顾不上了。

难道他是铁铸的,这一番连续的上蹿下跳,饶是耗费了不少精力,怎么还这么拼命?他受了什么刺激?难道为的是刚才那道身影?

虽然他不知道,刚才究竟是谁打乱了这一切的节奏,但面对疯狂进攻的刘帅,郭天宇只能顶着压力对抗着。比分交替着上升,让人群中的惊呼声此起彼伏,一切都白热化了。

只看到一白一蓝,交织出火花。

冲动是魔鬼。

是他?还是他!

来不及多想,只听到“嘭”的一声。

郭天宇狠狠地和刘帅撞在了一起!虽然两人同时起跳,但比郭天宇高了半个身位的刘帅率先碰到了球,奋力跃起的郭天宇,伸手去抢球时失去了重心,手肘狠狠地撞在刘帅胸前,刘帅一个吃痛,落地滚成一团。

尖锐的哨声骤然响起,孙教练迅速地跑过来。

孙教练双拳朝上举直,用力地吹哨,同时瞪着一动不动的郭天宇,指向场外,这是一个直接罚下场的手势。见郭天宇还是愣在原地,他“呸”的一声吐出哨子,大声吼道:“恶意犯规!”

郭天宇又惊又怒，这判罚也太重了些！最重要的是，此刻被罚下场，无疑意味着他大学的篮球路到此为止了。

比起其他人，或许郭天宇算是个异类。文科班的学生，进了学校大多会在学生会、团委谋发展，或者在校报、剧团凑成圈子，郭天宇却是个典型的例外。他渴望一处能够挥洒自己热血的地方，更渴望能走出一条自己的路，而不是在学生组织中等待老人退位，新人升职。所以，他选择了篮球队。

在场上真刀真枪地闯荡，有一群共同拼搏的兄弟，为一个青春热血的梦想——这是他所期待的。

不仅如此，篮球也是他思考人生的方式之一。

高三的那些日子，当他面对升学压力、人事纷扰时，就会一个人沉浸在篮球世界里。那时候会有一些女生，或喧哗或沉默地经过场边，偶尔会有人停下来张望。有一次，一个满脸红晕的女孩，冲动地走过来，给他递上一瓶水。他礼貌地收下、道谢，然后看着女孩流连着走远。

也有好哥们问过他：学校里有不少暗恋你的女生，不乏样貌和成绩都不错的，你为什么不动心？为什么不试一试，让纯真的感情走进心里？

那时他便说，他一个人打球的时候，不希望别人打扰。这似乎成为了一个笑话，谁也不知道高中三年，那些玩球的日子，他都想出了什么。

一众哥们听完，便打赌他连大学四年也不会有女朋友了！

未来，到底有什么在等着他？

但想这么多有什么用？

想在新生中一鸣惊人看来是不可能了……丢脸倒是易如反掌。

人群刺耳的议论声也一阵一阵传来。

"裁判太狠了吧！"

"我亲眼看到，他们可是同时起跳的！"

"就是啊，算不上恶意犯规吧，你看刘帅都爬起来了！没有受伤啊……哎，你说裁判是不是看他不顺眼？判得这么严？"

"这你就不知道了吧，这教练外号叫'杀手'！"

"算了算了，或者他运气不好，刚好遇上'杀手'心情很差，撞枪口上了吧？"

或许是场外的议论声孙教练也有听到，因而脸色愈加难看起来，简直像一片片黑云堆积，仿佛下一刻就会迎来狂风暴雨。

场边的热议，对孙教练的判罚丝毫没有影响。如果有的话，也仅仅是扇热了他的怒火。

郭天宇只能眼睁睁地看着孙教练像一堵粗糙的厚墙似的，拦在他和球场中间，连争辩的机会都没有留给他，只是毫不留情地给出了判罚——

"离开球场！"

郭天宇尴尬地转身，一步一坑地走了出去。那一刹那，所有人的目光，都像刀子一样凌迟在他的身体上。仿佛有无形的枷锁重重地拖着他的步子，他连想走快一点都做不到，像是一个苟延残喘的囚犯踉跄着、恍惚着。

走了很远他都不敢回头看、回头听，他害怕看见最后的宣判，也害怕听见观众的注意力很快又被吸引，为场上的赢家欢呼。

但正如他所料想的那样，接下来的比赛似乎很快就以一边倒的局面结束了。

孙教练又一声哨响，宣布选拔结果将在几天后公示。人群于是无趣地渐渐散去。

这一上午，对郭天宇来说简直就是晴天霹雳。

比赛完的下午，暴雨倾盆。

他想不明白，干脆就不想了。郭天宇忍不住抱着球，来到了已经空无一人的球场上。

刚开学，正是 9 月的黄昏，站在夏天的尾巴上。空气似乎凝固，噼里啪啦的雨正在蒸发地面上积攒的热气。隐约可以听到阵阵砰砰声，昏暗的灯光下，空旷的篮球场中，一个埋没在雨里的少年正独自一人挥汗如雨。

投篮，捡球，再投篮，再捡球……

在这种高难度的投篮中，他的命中率居然还不低。偶尔失手，他的脸上就会露出愤愤的神色，狠狠地将球向地面扔去。然而，他的手上却没有停，周而复始地重复着这一动作。雨水和汗水，早已混成一片。

雨中的篮球划出一道高高的弧线，栽进了球框，空心！篮球和篮网摩擦的美妙声音，让郭天宇兴奋不已。他握紧了拳头，却又放了下来，急忙追着捡球去了。

“啪啪啪!”他背后想起孤立的鼓掌声。

孙教练? 郭天宇诧异地偏头看去,就这么一闪神,球滚远了。

郭天宇不知道自己此时该如何面对他,是愤怒,还是尴尬? 只能转身过去追球,全当没有看见。

孙教练也不觉得被晾在一边有什么尴尬的,而是看着郭天宇又投了好几个球。在孙教练的注视之下,郭天宇自己也没有想到竟然全中!

最后他还是扛不住这带着审视意味的打量,主动开口:“孙教练,你有什么事吗?”

孙教练没有回答他,而是挑起了他心头的一根刺:“你今天的表现虽然还不成熟,但也有亮点,控场能力是你的优点。”

郭天宇几乎翻了个白眼,现在来说这些还有什么意义。

“后卫是整个球队进攻的发动机,控制情绪很重要。”

郭天宇按下火气听完他的话,一言不发,心底催促着他快点离开。

孙教练看了看他的表情,叹了口气:“大学有四年,你好好练,还有机会。”

郭天宇愣了愣,仔细琢磨着这句话,等到他抬起头的时候,孙教练却已经走远。

暮色将至。

在雨中,仍然一个人对着球框发泄的郭天宇却没有注意到,有一个人正在向他靠近。他没有对上午的那场胜利沾沾自喜,而是对郭天宇被罚下场有着自己的看法。用这种方式淘汰对手,对他来说就是心底的一根刺,怎样都拔不掉。

“郭天宇! 我们再比一次。”

郭天宇惊讶地转过身,就看见刘帅站在他身后,面对他的目光,将刚才的话重复了一遍:“我们再比一次。”

“你说什么?”郭天宇满脸都是雨水,颇为滑稽地看着他。

“我知道你不服。”刘帅见郭天宇不为所动,脱口而出,“我要让你心服口服!”

听到这句话,郭天宇的血性被完全地激发了出来。他知道,这场决斗是不能推辞的,因为这场决斗正合他意!

这一场单挑,一上场就擦出了火花,甚至有演变为滔天大火的趋势。

两人的每一次身体碰撞,都是用尽蛮力,眉峰一竖之间已是飞花摘叶、杀机骤起。

夜雨，骤然加剧。球场上到处都是积水，在塑胶球场上，他们的每一步都踩出一大摊水来。

球在刘帅的手中不停地变换运行轨迹，转身后的强行出手，让他对这次进攻志在必得。

但落地的时候，刘帅的脚踩在了郭天宇的鞋上。

郭天宇想伸手抱住向后倒去的刘帅，但意外又一次发生了。

刘帅由于脚底打滑，在水里完成了一次“漂移”，落地时膝盖磕在了地上，发出一声痛苦的叫喊。

看着他脸上的表情已经扭曲成一团，郭天宇吓了一跳：难道是骨头断了吗？

所以，当郭天宇把刘帅送进医院的时候，满是歉意，或许这并不完全是他的责任，但是在雨天决斗？他们都在干些什么！

从主治医生办公室走出一个西装革履的男子，锃亮的皮鞋越过郭天宇的脚边，走到病房门前清了清嗓子，还未说话，就听见刘帅在里面问：“周叔，你来了？”

“是我。”

这是郭天宇第一次见到周叔，他好奇地看着这位硬朗的中年男子走了进去，关上了门。

接下来的话，就一句也听不到了。

郭天宇站在病房门口东张西望，忍不住想再找个护士问问刘帅的病情，但护士还没等来，一个女孩子风风火火地冲进了走廊——

“C－16病房在哪？”

“……”

一只玉手在他眼前晃动了一会，郭天宇才反应过来。

“你……你在问我？”

他张口结舌的样子，让对面的女生捂嘴而笑，郭天宇顿时也有些不好意思。但不能怪他愣神，那只雪白晶莹的右手，完全搅乱了他的思绪。几点细小花瓣似的指甲，镶在柔缎似的手尖上，心中本是烦躁的千头万绪，不知怎么地被拨动了一下，竟然一片空白。

再一看这手的主人，有些眼熟，可就是想不起在哪见过。普通的长款衬衫，偏偏被她腰间系了一根细带，穿成了裙子。一头黑发草草地绾成一个圈，浑身上下没有一丝点缀，但这简单中却露出别样的气质。

走近身前，郭天宇才看到那丝质的衬衫有雪花似的暗纹，领子的右侧还用毛笔写着一个“素”字。一双水汪汪的大眼睛正打量着他，柳叶细眉，浅浅的梨涡，百分百的素颜大美女。郭天宇看呆了。

“嗨，跟你说话呢！你那天的球打得不错。对了，我是你隔壁班的赵敏。”

“哦，哦！你好，我是郭天宇。”郭天宇竟然有些羞涩，又词穷了，挖空一个中文系学生的词库，也找不到一句合适的话接下去。

见赵敏没有回话，郭天宇也没有再说，兀自看着她，只觉得除了球场外，还在哪见过。这并不是什么搭讪的惯用招数，而是有一种旧人相识的感觉。难道是在系里的课上偶然一瞥？不对，像是很久以前就相识了，但又没办法开口问她。

近看之下，郭天宇只见她清白的面容上浮着一层绯色，眉眼间有一股书卷的清气，言语中又有一丝英气，绝不是那些扭捏柔弱的秀丽少女可比。一时之间，郭天宇仿佛舌头堵住了喉咙，更加说不出话来。

其实不过是短暂的愣神，赵敏就打破了寂静：“哎呀，刘帅不会出事了吧？”

见她甚是着急的模样，郭天宇恍然大悟，自己的尴尬和寡言在对方看来，大抵是刘帅出了什么事，不便言说的样子，于是赶忙解释道：“不不不，我忘了告诉你了，刘帅的病房就在那边，他的家人刚才来了……”

赵敏忽然就笑了，那份收放自如让郭天宇惊喜。她踮着脚走过去，古灵精怪地趴在门框上偷偷往里瞄了两眼：“哦，原来是周叔。我们等一会吧！”

说完赵敏也站在郭天宇旁边，眨了眨眼睛，学他一样靠着墙。

郭天宇不知该说些什么，干脆闭嘴。

夕阳满满爬进来，落在那个小小的毛笔字上。一个光晕里的“素”字，淡淡地落在一个素净的衣领上，渐渐被染红。

走廊上，郭天宇和赵敏渐渐找到话题，开始有一搭没一搭地聊天，但他们不知道的是，病房里此时也颇为热闹。

“少爷，你怎么这么不小心呢，这身体如果恢复得不好可是一辈子的事情……”周叔望了他一眼,意味深远。

雪白的被角、雪白的床头、雪白的墙壁,刘帅那张俊脸此刻也是冷得和雪人一样。

老爷就这一根独苗,可少爷……"唉。"周叔微不可闻地叹了口气,但听在刘帅耳中却十分尖锐。

"周叔,说完了就回吧。我爸他等着呢。"

这是摆明了送客。

周叔是父亲的司机,也是老伙计了,看着刘帅长大,所以这么说,已经是少有的不客气了。

"少爷,老爷说了,给你转病房,医生你也不用担心,科室那边都打过招呼了……"

"我累了,周叔。"刘帅一把扯过被子蒙在脸上,整个人抖了一抖。

周叔被打断了话茬,摸摸鼻子,看刘帅没有给父亲留话的意思,只好又苦口婆心地劝了一句:"给老爷说一声吧,他担心着。"

"周叔,别说了。"

"少爷,早知道你会受伤,老爷他……"

"啪!"房间里突然传出一声巨响。

在门口的郭天宇和赵敏吓了一大跳,郭天宇想也没想,撞开门就冲了进去:"刘帅,发生什么事了?!"

只见那个叫周叔的男人站在一旁,而向来冷静的刘帅面红耳赤,气鼓鼓地坐在床边,地上到处是破碎的杯盏。

"咳咳……没事。"见到郭天宇进来了,刘帅神色稍缓,"周叔,这是我的同学郭天宇。"

"嗯,郭同学好!"见有外人进来,周叔识趣地说道,"少爷!那你和同学好好聊吧,我不打扰了,你好好休息吧!"

从周叔离开后,刘帅一直都面无表情,和球场上的活跃判若两人。郭天宇觉得刘帅有点反常,一见到护士进来就问什么时候能出院,得到否定的答案后便气馁不已。

整个病房也安静下来,郭天宇不知该说些什么来安慰他,看刘帅精神尚好,待了一会就告辞了。

走出医院大门，郭天宇看着面前车水马龙的一条街，人们带着或庆幸，或悲伤，或麻木的表情走出医院，忽然闪过一个念头，转身而行……

刚刚回到刘帅的病房门口，“哐”的一声，又是平地一声惊雷。

郭天宇推门进去的时候，刘帅正摔在地上，前所未有的狼狈。

是的，狼狈。在这个帅气，一心想要自己输得心服口服的对手身上，郭天宇头一次看见了狼狈。

郭天宇呆在原地，看着刘帅，一时不知该说些什么。他不知道自己的目光该往何处放，只好四处打量，发现此时赵敏已经不在了。

“咦？那个女孩走了？”

刘帅忽然抬起头看着他，急促地问：“赵敏来过了？”

郭天宇点点头：“她难道没进来？”

“也是，这么大动静……见面也是尴尬。”刘帅紧皱眉头，一只手撑在身后，试图站起来，但最后只是换了个姿势，颓废地坐在地上。

郭天宇伸手去拉他，却被刘帅不着痕迹地避开了。郭天宇沉默了一会，不再动作，而是劝道：“你别多想了。”

他想起之前破门而入时，赵敏还在身后观望了两眼，似乎是见到里面的狼藉，便后退了几步，后来便没有见到身影了。要是我如此狼狈，大概也不愿被朋友目睹吧。想到这里，郭天宇忽然觉得那不食人间烟火的影子，也有些温暖的人情味了。

“天宇，我没事了。你早点回去吧。”

刘帅好不容易，在郭天宇眼角的余光里，努力了半天，回到了床边坐着，勉强平复着呼吸。但他的眼睛里，已经恢复了平静，不属于同龄人的那份平静。

“我没什么事，这里就你一个人，多少有些不方便。”

郭天宇话音未落，刘帅就摇了摇头：“没关系，我一个人习惯了。”

“习惯了？你发生这事，你爸妈知道了吗？对了，他们一时半会过不来，我当然应该照顾你啊。”

刘帅看向一边，一脸平淡地说：“说了也没用。他们一直都忙，所以从小我就一个人待惯了，也没什么大不了。”

“是，刘大公子要风得风，要雨得雨。”郭天宇一脸讽刺地说道，“那些球场上的女生哪个不为你倾倒?”

“还真有。”刘帅小声地说。

“你说什么?”

“说起篮球，其实并不是为了那些女生的加油呐喊去的，只是觉得过瘾。学生的生活，学校食堂家三点一线太痛苦了。”

“是啊，如果没有篮球，都不知道高三怎么熬过来的。”

“那时候打篮球是每天唯一让人清醒的事了。”刘帅感慨道，“能不管作业，不管家长，不去想太多的事情。”

“太棒了！我也是这么想的。只剩下那么三十分钟的篮球，能感觉自己活着，精彩地活着，浑身热血地活着，太不容易!”

说起篮球，刘帅也兴奋起来:“天宇，你去搞点酒回来，我们接着聊。”

郭天宇犹豫了一会，看了眼刘帅，吞吞吐吐地说:“这是医院啊，再加上你又受了伤……怎么能喝酒?”

“你是不是诚心来看我?”

见他磕磕绊绊就是不肯出门，刘帅盯着郭天宇问道。

郭天宇被他看得没有办法，最后只得点了点头。

“那你去买半打啤酒回来。”

平常看不出来，但这一句话，大少爷养尊处优、颐指气使的脾性已显露无遗。

不过，却意外地不让人讨厌。

刘帅见郭天宇边走边回头，一副自己只要一句“算了”，他就立马回来的模样，便又加了一句:“只是啤酒，有什么关系!”

郭天宇非常无奈，只得推门出去，迅速地买回了半打啤酒。想着刘帅这一番折腾，肯定也饿了，于是又捎了几碟小菜，像做贼一样溜回了刘帅的单人病房。

没想到刘帅对于菜肴看也没看，开了一瓶啤酒就喝，却发现郭天宇没有动作，便问:“你怎么不喝?”

“我没有喝过酒。”

“不可能!”刘帅似笑非笑,讥诮道,“男人怎么可能没喝过酒? 那还算男人吗?”

郭天宇看了看刘帅,心知他在用激将法,于是笑了,很干脆地说:“真没喝过,你再怎么激我,也是这样。”

刘帅闻言便挑了挑眉:“你今天是干吗来的?”

郭天宇愣了一下,还是很诚恳地说:“干吗? 还不就是跟过来看看你……”

“你一直没走? 都一个晚上了。”

“……我就是想……顺便跟你道个歉。”

刘帅乐了,一脸坏笑地说:“如果你是真心道歉,那就陪我喝一点。”

郭天宇坚持道:“我不会喝酒,而且你受了伤也不能喝酒啊!”

刘帅听见他一而再,再而三地推脱,脾气也上来了,便道:“你一个男人,连喝点啤酒的勇气都没有,算什么男人? 你这叫道歉吗? 你也太没诚意了。我不接受你的道歉。”

“你!”

见郭天宇被气得说不出话来,刘帅恶作剧的笑容更胜。

“郭天宇,你要是真心想跟我道歉,你就帮我做件事情,也许我可以原谅你。”

“你想让我做什么?”今天遇到刘帅,郭天宇也不知道自己怎么了,只能认栽了。

“这里有六瓶啤酒,一人一半,一口气喝掉! 如果你把这三瓶啤酒喝掉,我就认你这个朋友了。”

郭天宇把酒瓶握在手里,心里却还是犹豫不决,不知怎么地就被刘帅逼到了这个进退不得的地方。这是第一次,郭天宇发现他面前的这个男人,不仅在肌体上有一股强大的力量,更可怕的是,郭天宇从刘帅的眼睛里看到了一丝更强大的东西。

随之他也突然从心里冒出了一股豪气:难道他应该惧怕这双眼睛吗? 强大是应该致敬,却不能让他服输。他想了想,一咬牙就把三瓶啤酒都打开了。

眼见着刘帅一口气喝掉了一瓶,郭天宇也一拉脖子,有样学样,往自己嘴里就开始倒。

第一口,郭天宇就感到热腾腾的陌生的气息,充斥着他的口鼻,和空气产生了剧烈的反应。胃里像有火苗,并且迅速扩散,那股苦味更让他张嘴就想吐,低头就开始找垃圾桶。

刘帅马上出声阻止了他："不能吐！"

郭天宇顿时感到很为难，几秒之后，只能把啤酒咽下去。

喝完第一口之后，刘帅就一直瞪着他，郭天宇只能在他的注视下，为自己不断打着气，手里更是不敢停，继续往自己的口里倒，生怕手一放下就再也没办法举起来。

一瓶下肚，胃像是充了水的气球，郭天宇生怕它就这么碎了。

刘帅看到他的动作，故意激他："怎么样，一瓶啤酒，就这样了？你喝不掉也没关系的，把剩下的酒倒掉，你就可以回去了。"

"不行！"郭天宇打断了他，一手拿着一瓶酒，直接仰头就灌。几乎是眨眼之间，他以刘帅都无法想象的速度喝完，"嘭"的一声，空酒瓶就落在了桌子上，又猛地抓起第三瓶，向自己的已经灼热得难受的喉咙中一阵猛灌。

刘帅一声惊呼就要出口，却发现郭天宇的脸红得像熟透的番茄，眼睛更是呆愣地看着他，于是硬生生把到嘴边的话都咽了下去。郭天宇啊郭天宇，原来三瓶啤酒就可以放倒你了。刘帅想着，却看见郭天宇虽然动作麻木了，但是一双眼睛死死看着他，一动不动，没有一点瘫软和退让的意思。

话虽如此，但其实郭天宇的整个世界都在旋转，似乎到处是水，到处是酒，到处都是白茫茫的墙。

这时，从病床上伸了一只手出来，一把揽住了郭天宇。

"你这个朋友我认了，作为回报，我要告诉你一个秘密。"

郭天宇听到这话，清醒了大半，然后只听后面一声尖叫："你们干什么呀！居然在病房里喝酒！"

原来是值班的护士，她似乎还是个实习护士，但是今天晚上不知何故，领班的护士竟然不在。只见她夸张地叉着腰，对着他俩喝道："你们知不知道这是病房！你们这样……"

郭天宇慌了神，站起来就要收拾，胃里却一阵痉挛。而刘帅却用很平静的眼神看着小护士，一直看到她的声音越来越轻，最后犹如蚊声。

"没想到这世上还有这么漂亮的护士。"

"真……真的吗？"

刘帅微眯了眯眼:“你可以小声一点吗? 这么小的事情让整个医院都知道,多不好。再说了,这么可爱一个女生,大喊大叫会影响你的形象呢。”

小护士不知该如何回答,有些扭捏。

刘帅歪着头,很认真地问:“你可以往前再走一步吗?”

“什么? 为什么啊?”

“我想看清你的胸牌啊。”刘帅半靠在床上,眼睛里放着电。小护士的脸腾地就红了,然后竟然真的很听话地走过来,看着刘帅仍然有些苍白的脸和修长的睫毛,她更是说话都有些结巴了。

“那你叫什么? 单人……单人病房只挂了编号。”小护士问。

小护士的脸顿时变得和郭天宇一模一样,红灿灿的,似乎能滴出血来。

刘帅看到郭天宇难受的样子,转而对小护士说:“告诉你我是谁之前……能麻烦你替我们倒杯热茶吗?”

小护士中了邪似的听话,跑着就出去取茶水了,郭天宇也算是彻底对刘帅急中生智的“情商”服气了。

只见郭天宇一只手撑着床沿,青筋毕露,仿佛用了全部的力量憋着一口气,不让自己吐出来。刘帅说着,伸出一只手把床边的垃圾桶推到了郭天宇的面前。

“吐吧,吐吧,我认你这个朋友了。”

刘帅话音刚落,郭天宇就穿肠刮肚地把刚才喝下去的三瓶啤酒全体交给了垃圾桶。

小护士送上了一杯热茶,他来来回回又吐了几次,好容易胃里才平息下来。刘帅看郭天宇脸上的红色已渐渐退去,觉得他也差不多了,于是说:“你回去吧。”

“我回去了,你一个人怎么办?”

“这不是有小护士嘛。”

“你确定?”

刘帅笑得灿烂:“你不要影响我们了,快点走!”

见郭天宇还是磨磨蹭蹭,他不耐烦地挥挥手:“你赶快走吧,给我留点私人空间行不行?”听他这么说,郭天宇也只好开门离开,走廊里还碰到了那位脸红扑扑的小护士欲言又止。

酒是吐完了,但郭天宇人还有些云里雾里,跌跌撞撞地往门口走。夜风冰凉,月色忽明忽暗,整个世界都看上去昏暗不清。

这个时候,郭天宇忽然听到右边小树林里传来声音,仔细一听,竟然是有人在朗诵诗歌。

“把我留下/在一杯酒里/这生命之酿/稻米的泪滴

我举杯齐额/宛若端着自己

酒坐进我的杯子/我坐进大地的杯子/星星便游荡在酒里

这天空的泪滴/风栖于山岗/月光下我埋葬我的泪滴

这酒的醉意/透明的醉意/深入我的躯体/深入土地、河流和四季

从一双湿润的眼睛/流入古人寂寞的杯子

一杯酒/一面镜子/我可以照见自己/我寻找深埋的酒杯/我将格外豪饮!”

郭天宇循声而去,一个身穿白色长褂子的大叔,一手握着酒瓶,仰着头慷慨激昂地朗诵着诗歌。

“好诗!”郭天宇自小对诗歌有些研究,突然觉得自己被眼前这个人、这首诗感动了。这广阔天地之间,怎会有如此自由的灵魂!

白大褂转过身,见一个二十出头的年轻人站在月光下,大为震惊:“小光?!”

“你说什么?”郭天宇一时没有听明白,带着醉意晃晃悠悠走上前去,“是在叫我吗?”

却没料想,白大褂忽然站起身来,凑近两步打量了他一番,似乎有些失望,而后竟然有些怒气!

“年轻人,你怎么能这样?”

郭天宇又被问得一头雾水,只听得白大褂劈头盖脸地继续训道:“不是我倚老卖老,你个毛头小子,怎么能如此花天酒地!”

听到后来,郭天宇也是不耐烦了,盯着白大褂手里的酒瓶,问道:“你这医生也是奇怪,凭什么只许你州官放火,不许百姓点灯?”

“你这毛头小子知道什么。这酒酿造的过程有多么漫长,你们这些年轻人哪里懂

得珍惜和欣赏。人生如酒,年轻人呐,好好体会吧。”白大褂说罢,饮了一口手中的酒,又将酒瓶放在身前。

郭天宇突然顺手接过酒瓶,猛喝一口,这滋味,竟和自己刚才喝的啤酒是两种味道,入口浓烈,进入喉咙,一阵灼热感,但吞进肚子之后,腹中一阵暖热,竟有一种说不出的舒服。

白大褂也被郭天宇这意气用事的做法给逗笑了:“你个混小子!”

“你不是医生吧?”拿着酒瓶,郭天宇有点站立不住,晕乎乎地问道。

那人顿了顿,并没有回答,而是转身打算离开。

这时,一个发现让郭天宇哈哈大笑:“原来你不是医生啊!看你手上挂着病号环,脚上还穿着白色的病号拖鞋,哪有医生会穿着拖鞋半夜在外面打转的?你是从病房里溜出来的吧!”

白大褂停住脚步,转回身来,几步快走,狠狠地拍了拍郭天宇的肩膀。

见这个年轻人被拍得一个趔趄,他露出了乐不可支的表情。

“你小子!想告密吗?我可不是病号,别人都叫我‘神’!”

“神?什么神?”按理说,忽然有个人自称为“神”,郭天宇肯定会觉得对方脑子有问题。但不知为什么,这个人的话语,却让他十分好奇。他上下打量白大褂,发现他两鬓微白,身材也不算高大,站在那的气势活像个下山的土匪,但举手投足间却又有一股儒雅之气。

白大褂斜眯着眼看着郭天宇,又拿起手中的酒瓶灌了一口酒,正要说话,却听见远处传来混乱的脚步声,还有模糊的喊声。

“哎呀,他们来找我了,我得赶紧回病房去了。”白大褂调皮地朝郭天宇眨了眨眼,脸上露出孩子般的淘气表情。

郭天宇对这个神秘的老头充满了好奇,赶紧说道:“你在哪个病房呀,下次我买了酒来看你!”

白大褂头也不回地继续往前走,一个声音从远处黑暗中飘了过来:“又喝酒!小伙子,你别不知悔改!以后若让我看见你……”

郭天宇看着一帮医生护士从旁边追了过去,不禁苦笑着摇了摇头,自言自语道:“真是个奇怪的大叔!”

醉酒后的第二天一早，还未从宿醉中醒过来的郭天宇就被陈冠平从床上一把拖起来，说是孙教练在篮球场等他。

孙教练对他反复地看了又看，似乎是从头到脚地打量了一遍，然后半晌没有说话。郭天宇就这么站在操场上。

饶是满肚子疑问，但还是挺着背，任由一队人都盯着他看。

但没想到，孙教练最后开口说的却是："我宣布，郭天宇作为今年的新队员招入校队。有人有意见吗？没有就这样吧，归队训练！"

郭天宇满头雾水，左看右看没人有动作，于是自己举起了手。

"教练，我有问题！为什么是我？昨天……"

"我们确实一开始选的不是你。"孙教练对于郭天宇提问并不诧异，而是平静地说，"我们选的是刘帅。"

郭天宇急切地想说，那为什么变成了我。但还没说出口，他便恍然大悟，刘帅这次必定伤得不轻。

可是……就这样"顶替"刘帅，让他心里也很不是滋味。

他似乎感受到周围灼灼的目光中，有疑惑，也有不屑和轻蔑。

更不能忍受的是，完成训练走出球场时，几个老队员在不远的篮框下加练。郭天宇离开的时候，听见了他们的议论。

"你说那小子是故意的吗？"

"呃，这种事，还是不要乱说的好。"

"本来就是，如果他让刘帅受了伤，这位置就只剩下他了。"

"你也不怕'杀手'骂你们嚼舌根，要是真来个那么心狠手辣的人，我看我们几个位置都不保了！"

听到这里，郭天宇决定去找刘帅说个清楚。

"刘帅！你知道篮球队发生什么事了吗？"

他找到刘帅的时候，他正坐在行政楼底下的长椅上，刺眼的拐杖放在一边。但看在过路人眼里，却是闲情雅致地眯着眼，沐浴在阳光下。郭天宇跑过来喊他，他只是微微抬了抬头。

“你怎么回事？只是养几天伤，他们就要换人，这太不公平了吧。”

“你说的不公平就是你吧，他们换了你。”刘帅笑着说。

“你已经知道了？但是我……我是说让我替换你，这事我不同意。”郭天宇看着他的态度，更加着急了。

“天宇，我跟你说，这事换了别人我也不服气，可是换你，我还觉得算是公平，本来那场比赛，我就觉得你发挥得很好，被罚下去实在是意外。”

“可是！”

“我现在受伤不能训练，但球队现在正为了省里的队伍排名赛而训练，所以郭天宇，你顶上是目前最好的安排。别在我这磨叽，为队伍争个名次回来才是正经事。啊，我不跟你说了。”

刘帅忽然站了起来，郭天宇正要伸手搀扶，却被刘帅拎着拐杖扫开了：“走开别拦路，学生会在行政楼招新呢，你别挡着我去面试！”

走了几步，郭天宇似乎又想起了什么，远远地朝他喊：“刘帅等等！你昨天好像说有什么秘密……当时迷迷糊糊的，你说了什么吗？”

“我还以为你早就喝多睡着了！不提了！”刘帅一笑，转身走远了。

被刘帅这么一说，郭天宇一时也找不出什么反驳的理由。况且这是他一直想要做的事情，被刘帅激将了一番，他更是想要拿到一个名次，证明给他看，也证明给自己看。

但是有段时间，因为校队名额的事情，郭天宇对孙教练产生了隔阂，甚至开始消极训练，故意对孙教练的指令和责骂不屑一顾。

那些日子，他没日没夜地忙着“天下”的游戏比赛，不免有些精力透支，而且或多或少，因为“她”的事，耗费了更多的心力。

也许，人与人之间的相知，不是山路，而是水路。山路崎岖，不是对就是错，而水路呢，没有江还有河，弯弯绕绕，总能载舟。

而郭天宇和刘帅因为在病房中偷偷买醉，莫名其妙有了一个共同保守的秘密。本来剑拔弩张的对手，成了交心的朋友，他们把这天狼狈的医院之夜，称为“桃园结义”，陌上未见桃花，只见君子缓缓归。

只是，刘帅的秘密到底是什么？

第　四　章

网络英雄传·前传

光未盛

百团大战

郭天宇和刘帅击了个掌，异口同声：「赢！」，

第四章

百团大战

一阵凉风吹来，树上噼里啪啦洒下一阵露水，郭天宇忽然惊醒了。原来这一夜，他竟在往事的回忆中在寝室楼前的花坛沿上睡着了。

睡眼惺忪，郭天宇看到东方天际露出了鱼肚白，只是校园还笼罩在一片深蓝色中，乍一看，黑夜似乎还强大无边。渐渐地，从一片茫茫的云雾中露出了一片红光，把天边的白云都染成了红色，天色越来越亮，刚才的黑夜在这晨曦微露中消散殆尽。

光虽未盛，但足可以驱赶黑暗；他们虽还年少，也一定可以让“天下趣游网”散发出耀眼的光辉。

只是，钱还没有着落，郭天宇仍然不接纳刘帅的提议，两人的冷战还在继续。哪怕遇见对方，也目不斜视，连个招呼都不打，大步流星地从对方的身边走过去。赵敏和陈冠平发现了他们之间的问题，赵敏几次来问，陈冠平也有点担心，郭天宇和刘帅却都顾左右而言他。

不过，除了这件事外，其他事都还算顺利。就连杜总，好几天过去了，也没有什么异常的举动，这让郭天宇本来悬着的心也渐渐放了下来。他听说，杜总给赵敏发了一条道歉短信：

“赵敏，你是个美丽的姑娘，真的对不起。实在是我喝多了酒，才做出伤害你的事情。非常对不起！不求你原谅我，但请你放心，我再也不会打扰了。”

郭天宇不禁感叹杜总的能屈能伸，这实在是个看厉害吃饭的人物，这样的结局，看似是最好的结局了。

在陈冠平的忙碌中，“天下趣游网”的交易系统也横空出世了，此时作为一个网站，它已经羽翼丰满了。

与此同时，一个好消息传来，“天下趣游网”受到了学校推荐，获得了参加全国大学生社团大赛的机会。这可是全国大学生社团的顶级赛事，而且三年一度的比赛，也意味着在大学四年中他们只有一次参赛机会。

教务处那位李主任在给他们发通知的时候，还特意慎重地交代：“这个比赛事关学校荣誉，如果获得好成绩，对学校的排名都会有影响。由于现在国家鼓励大学生创业，因此这次社团大赛，是以互联网创业为主题的，而你们是学校里唯一正在创业的社团，一定得好好准备啊！”

通过初赛，对他们来说并不难，但是进入决赛的条件异常苛刻，在初赛后的两年中，参赛队伍需要筹集 20 万元“实际到位”的注册资金，才能拿到决赛的入场券。这个苛刻的门槛，曾让郭天宇打算放弃参赛，但现在邀请函已经放在了面前，就没有理由再退缩了。

只是，这 20 万元注册资金的敲门砖成为了所有人的心头大患。

转眼，大一的暑假就要来临，这是学生旅游的旺季，也是“天下趣游网”成立后第一个长假。这天，郭天宇、赵敏、陈冠平正在商量策划“天下趣游网”的暑期活动，姗姗来迟的刘帅突然给他们带来了一个惊人的消息：

“赵敏，冠平，你们知道吗？杜总那边也遭报应了！”他似乎刻意避开了郭天宇的名字。

“发生了什么事?”

“他们公司不知道是遇到了什么仇家，把他们公司做假账的事情举报到了税务局，税务局正在查他们的账本，没想到又有人黑了他们公司的电脑，把内部账本发到了税务局!”

“真是活该！大快人心!”郭天宇拍手称快，但他又看了看刘帅，本来还算好的心情，又不知为何抑郁了不少，不自然地继续往下说：“赵敏，你说是吧?”

“这还是便宜他了！要是我做的，还要狠呢！”

是啊，那会是谁做的呢？郭天宇想了很久，最后只能认为他是坏事做多，遭了报应。

“言归正传，现在网络上的售票渠道多样，51旅游网等几大在线旅游巨头针对马上就要到来的暑假，已经推出了各种学生优惠。如果在暑假到来前，‘天下趣游网’能够推出具有竞争优势的旅游资源和折扣，这将是一个巨大的商机。所以，我们要去寻找市场和资源都最为成熟的旅行社接洽。”郭天宇有一种迅速审时度势，向众人巧妙发出恰到好处的指令的能力。

然而，纵使他有让同伴言听计从的能力，但在残酷的市场面前还是遭遇了无情的拒绝。对方根本就对他们毫无兴趣。

“谈生意？没兴趣跟你们谈，小孩子过家家我们可陪不起。”西城旅行社的沈总一边穿上挂在一边的西装一边说。他们社可是坐杭州当地业内的第一把交椅。

“我还有事，先走了。”

被拒之门外后，郭天宇并没有气馁，而是接着又去了第二家。

“同学，今天真的是不巧。”辉煌旅行社的李总打圆场道，他出了名地好说话，只要不涉及交易，“我们今天是真的有事，要不你回头再来吧。”说罢，李总也匆匆离开。郭天宇好不莫名：难道这些老总连理由都懒得找，一个个见到我就离开了？

连着跑了好几天，郭天宇吃了不少闭门羹，但他依然没有气馁，第五天时又敲开了杭州骁龙旅行社的董事长办公室。但不巧，肖总刚换好球衣，正匆匆背着包走出来，正要离开，郭天宇一个闪身立马上前拦住了。

“麻烦您听一下吧，之前我们社团给您发过邮件的。”

“是郭同学啊。”他顿了顿，打开了车门。“今天是我们业内篮球赛，实在是没有空。”

郭天宇见他没兴趣谈业务，又见他手上拿着篮球，心念一动。虽然人家这么说，一定是希望他赶紧知趣离开，但郭天宇却不肯放弃，而是眼睛一亮，厚着脸皮吹嘘道：“我可是校篮球队的主力！我们队可是在省级联赛也夺过金奖的！”那时候大一的郭天宇还只是个替补，但这话他可没有说错。

“我当年也是学校篮球队的好手，既然这样，年轻人不要光说不练！你跟我来，若是今天比赛能打赢……”

到了球场，郭天宇却惊呆了，来球场的人全是旅游界的成功创业者，甚至有不少和郭天宇打过照面，比如前几天拒绝他的辉煌旅行社的李总，竟也在这里。

怎么办？是不是要故意让着他们？郭天宇暗自思量，不行！都是篮球爱好者，如果故意让球，都看得出来。那怎么办？

看着所有人都在跃跃欲试地热身，郭天宇已经下定了主意：拼！这样才能吊足这群人的胃口，获得再见面的机会。

这一场球，郭天宇开足了马力，该投篮的时候当仁不让，而且每一次都是拼了全力，打在板上都发出一声重响。他还抢下不少篮板。

“有两把刷子呀！”肖总抹了把汗，热气腾腾地少了三分冷意。

“就是就是，以后常来玩，这个球场是我们肖总名下的资产，想来打球随时欢迎！”

李总夸夸其谈，但就是不谈合作项目的事情。

“对了。”肖总笑道，“下礼拜是我们的季赛，你们学校如果有球打得好的男生，不妨和我们这些老球迷一决胜负。”

看来这里有不少旅行社的社长是篮球迷。肖总一发话，响应的也不在少数。

郭天宇思路转得很快，见打完球肖总一个人拎起包打算离场，立马追了上去：“肖总，如果您对篮球感兴趣，我们可以聊聊篮球的事吗？”

“哦？”肖总的脚步没有停，但还是应了一声。

“我的想法是办一场前所未有的篮球赛，不妨办成一场百团大战！”

“百团大战？”

“没错，旅行社团和大学生社团的混战，采用NBA赛季制，同时还能在社会上引发关注。”

“那你有什么目的呢？”果然是商人，心里对于目的和利益总是盘算得清楚，郭天宇也不可能别无所图。

“有人关注，就能获得宣传，说不定还能上新闻头条！同时比赛还有娱乐性质。能和你们这种有知名度的成熟品牌放在一起出现，这个效果本身就是我的目的。”

“当然，我们也可以有更深入的合作，希望通过组织百团大战，‘天下趣游网’的能力能够得到您的认可！”

"你这个想法有意思,哈哈,百团大战!我考虑考虑吧!"

郭天宇回到寝室,就这件事和刘帅、赵敏、陈冠平商量了好几天。为了赵敏一直待在男生寝室的事,宿管还来敲了好几次门!

第三次敲门,被宿管阿姨烦得不行的赵敏抱怨道:"真是的,她们以为我们在干吗啊!"

郭天宇和刘帅相视一笑,之前的冷战也随着这一笑烟消云散了。

说起百团大战的想法,刘帅沉思了一会:"想法不错,但你想怎么办?"

"旅游和篮球相结合!让杭州这些大学生旅游社团和旅行社一起办,在不同景点都办一场,把名气打出来。我们可以在活动协办上写上'天下趣游网',这样一来,我们的知名度一下子就能铺到所有高校,而且由'天下趣游网'来组织在杭高校的社团,成熟旅行社也会认为我们是这些社团中的NO.1。"

"如果这群旅行社肯出钱办。"刘帅想了想,"我们把钱江大学、浙西大学的竞争对手全拉出来,比个痛快,比篮球他们怎么比得过我们?"

听见他们讨论得兴高采烈,陈冠平犹豫了一下,才问:"万一我们输了呢,岂不是给他人做嫁衣?"

"输了不要紧,宣传权在我们手里,所有跑腿的活我们来干,宣传才是我们的第一目的。"刘帅提出了他的想法。

"就是,我都不怕,你们怂什么?"赵敏笑道。

郭天宇望了她一眼,又看了看刘帅:"莫非你忘了孙教练的口头禅了吗?一个字——"

郭天宇和刘帅击了个掌,异口同声:"赢!"

"你们的策划做得倒不错,可预算有点高啊!"

肖总手上拿着郭天宇他们花了三个晚上精心策划的执行方案,对这几个年轻人的能力暗自认可,但嘴上却显得犹豫不决。

"肖总,听说你们旅行社每年都要进行校招,这次比赛可是一个让你从全省高校里挑选最好学生的机会呀……"郭天宇忙不迭地想要说服肖总。

其实,肖总对校招并不热心,他愿意主办这次活动,重要的是看中了大学生旅游这块大家都想争夺的蛋糕。而之前,他曾尝试很多办法,都无法打进校园。

想到这些,肖总的表情也松动了。

“行吧,如果费用能够再降低一些,我就能够更快地下决定。”

看到肖总还是不能爽快地拍板,郭天宇有些急了,他现在太需要像肖总这样在业内有影响力的老板支持这个活动,否则很难带动其他旅行社跟进。如果不能借助百团大战迅速打响“天下趣游网”的知名度,尽快赚到一笔钱,也许“天下趣游网”的生命周期就只剩一个暑假了。

突然,他脑中灵光一闪,打出了最后一张王牌:“肖总,现在是互联网时代,我们有一个办法,让杭州的其他小旅行社都能以骁龙马首是瞻。”郭天宇故作神秘。

“哦?你说说看!”肖总果然有了兴趣,把一直靠在椅背上的身体朝郭天宇倾了一下。

郭天宇清清嗓子,认真地说道:“我最近跑了很多旅行社,发现不少旅行社竟然还没有网站,而我们社团的网站开发能力特别强,技术总监陈冠平还得过全国计算机大赛冠军。如果我们免费给它们设计网站,并且把它们的报名入口全部链接到骁龙旅行网的首页,这样不仅可以给骁龙带来很多流量,而且贵公司在杭州旅游界的领军地位也更巩固了!”

说到最后,郭天宇还用力地挥了一下拳头,好像自己都被这个想法打动了。

肖总听了之后,又把背靠回了椅子。其实,他早就想把这些小旅行社整合起来,一起抱团以获取更大的利益,只是苦于没有找到好的办法,而郭天宇的这个奇思妙想,确实让他心动。因为他清楚,那些小旅行社的确很想建立自己的网站,只是苦于没有资金和技术去做而已。

但老谋深算的肖总并没有把自己的真实心情显露在脸上,而是若有所思地看着郭天宇,问道:“小伙子,我有个疑问,距离比赛时间可不远了,我算了一下你们至少要做二十几个网站,来得及吗?”

郭天宇想都没想,拍了一下胸脯,斩钉截铁地说:“只要肖总您同意合作,这二十多个网站我们保证按时完成!”

“好!”肖总一拍桌子说道,“一言为定!我马上让手下拟合同,同时今晚之前把要做网站的名单给你们。不过如果你们掉了链子，不能及时完成这些网站，我会随时取消合作！”

“没问题，保证完成任务！”郭天宇兴奋得站了起来，用两只手紧紧握住肖总的右手，生怕肖总变卦。

但郭天宇不知道的是，当他离开肖总的办公室后，肖总立马打了一个电话：“股神，您的要求我已经做到了，您的投资……”

收到“没问题”的答复之后，肖总眉眼都笑得生动了许多。“按照您的吩咐，这忙呢我也没有多帮，只是推波助澜罢了。您放心，以后我也会多提携着他们的。”

电话那一头，股神却长长叹了口气：“不，创业这种事，还是要靠自己。帮多了，反而是害了他们。”

挂上电话，被称为股神的那位中年男子，满身疲惫地坐回了椅子上，望着书架上的照片，许久不能言语。

照片里是一个英姿勃发的青年人，那阳光下爽朗的笑容，竟和郭天宇有三分神似。

“小光啊，六年前你也正是他们这么大吧，整天叫着喊着要创业、要做一番事业，老爸我高兴啊！想着倾其所有都要帮你，把股市里的钱都清仓了，拿出来想要支持你。”

泪水泛上了他的眼角，顺着眼尾的皱纹，缓缓而下。

“那一年的股灾，我凑巧躲了过去，人家都说我是股神。可是……你却开着那辆刚给你买的保时捷911，赶出去应酬！”

“你一走我就觉得心慌，非常不好的预感。就在那个晚上，你连人带车撞进了桥洞！呜呜……那么多血啊……我都认不出你的脸了。”

长夜漫漫，以泪横洗。

“股神”姓徐，毕业于名牌师范华东师大中文系，八十年代大名鼎鼎的校园诗歌社团夏雨诗社的主力诗人。那是诗人辈出的时代，股神的诗歌老师，夏雨诗社的创始人宋琳就非常传奇，曾在学校大礼堂朗诵他自己的诗，一边朗诵一边把自己的诗稿往台下撒，搞得当时万众瞩目的校花因为抢一页诗稿差点走光。诸如这类的趣事，在著名作家毛尖的散文《没有人看见草生长》中，就有妙趣横生的记载。

多年后，当他和宋琳重返校园，来到美丽的丽娃河畔，丽娃桥还在，夏雨岛依旧，而河畔的树木已长成参天大树。在那树丛中间的石桌上，他曾和先锋作家格非一起下四国大战。那个时代的年轻人不止是在丽娃河畔鸟语花香的浪漫里，还在文学与诗歌的梦想里徜徉，与当下年轻人追逐成功与财富的冲动大相径庭。

股神后来在浙江一个小县城做过一段时间教育局长，居然在毫无内部消息的情况下，15 年时间，投资 100 万元起家，净资产达 10 亿元，成为江浙一带充满传奇色彩的“民间股神”。

这显然已经不是第一次了，巧遇郭天宇之后，他就常常想起他英年早逝的儿子，空有雄心壮志，可天意难测，厄运骤降。想起郭天宇那神似儿子的笑脸，他总有一刹那的心软，忍不住想帮上一把，就像帮了他在天国的儿子。但他也屡屡忍住了，因为过度的帮助，能让一个初生牛犊忘记了丛林的法则！在商场当中，创业是残酷而血腥的！

“郭天宇，你这混小子，以后就看你自己了。”

有人说，死去的人，能从生前的照片里，看见端详他们的人。

这些夜晚，照片那一端如果有人，是否又能安眠？

距离比赛只剩下两天，郭天宇觉得压力山大。

陈冠平还在奋力做最后 3 个网站。其实，在做到第 15 个时，他一度累到想要放弃。好在四个人聚餐时，赵敏说了一句“冠平一定行的”，就让陈冠平像打了鸡血一样，回到寝室继续拼命。

郭天宇走出寝室想透口气，但不知怎么地，走着走着就到了球场上。随着“天下趣游网”走上正轨，他到篮球队的训练也越来越少。孙教练的厉声呼喝，隔着很远的距离就传到了他的耳中。

“愚蠢！不可教！”

“你的脑子怎么长的，这个球都投不进？”

“看我示范，下礼拜再不会就给我滚出校队。”

他，始终没有变。但或许，是郭天宇改变了，这一刻他竟然有些激动。

郭天宇看着孙教练卖力地跑动在球场，跟着每一个人的动作而用心观察、指点甚至暴怒。这就是铁面的孙教练啊，郭天宇一时怀念起这个声音了。创办了“天下趣游网”后，他和刘帅已经越来越少来到这个球场了。

他忽然看见了孙教练停下来喘息，虽然年纪大了从专业篮球队退下来，但孙教练并没有来到大学里混混日子。退役的孙教练，最大的“怪癖”就是不停“折磨”这些新球员，让他们在一次次失败、失败、失败中不断求索胜利！

这才是一个男人。

半个月以后，艳阳高照，初夏的杭州到处荡漾着荷花初绽的气味。

而在西湖边，青春的荷尔蒙混合着花香，更是吸引了本来就众多的旅游者。

“我宣布，‘杭州旅行业界篮球百团大战’的决赛，在西湖边正式——开始！”

“最后一轮，是由大学生社团的翘楚——杭州大学的‘天下趣游网’，以及杭州旅行社中的优胜者——西城旅行社，进行最终对决。这是一场综合素质的考验，团结、配合、拼搏精神、团队能量，都以这一场阳光下的篮球赛作为舞台，我们期待最终的胜利者！是年轻有活力的杭大‘天下趣游网’，还是有着丰富经验的西城团队，请大家拭目以待！”

“还没有买票的朋友们，请扫描转发现场的活动，就可以参与进来了！”

“比赛开始前，我们先有请骁龙旅行社的肖龙，肖总来给我们说两句。”

肖总穿着运动装，在台上慷慨陈词。

赵敏他们在台下窃窃私语：“就是他呀，骁龙，我说这名字怎么这么好玩，原来是他的名字呀。”

陈冠平笑着点了点头：“准备好了没？”

赵敏握紧了一双粉拳，煞有介事地说：“不胜利，毋宁死！”

前方的人群里开始热闹起来，比赛即将要开始了。

“就是呀。”丹妮半个身子趴在了看台栏杆上，远远望着，“我们郭天宇肯定会赢！”

“栏杆上危险，我们离远点。”赵敏提醒道。

丹妮忽然激动地转过头来，看见是赵敏，眼里微微闪烁：“对不起啊……我以为是……”

赵敏见了奇怪，问道：“你以为是心上人？真是的，你这个心上人怎么藏得这么紧。"

"我……他也许不喜欢我吧?"

丹妮欲言又止,她以为赵敏听见了自己的心声,心里一阵紧张,脸上也微微泛红。赵敏见状也不再追问。

上半场打得异常艰难。很明显,郭天宇和刘帅都没有意识到,对方虽然身体素质并不如他们,但是经常在一起打球,配合得异常默契,而自从刘帅退出篮球队,他们已经很久没有在一起打过球了。

刘帅凭借高大的身体优势想要破防,却总是被对方提前预判,甚至常常被截传。

赵敏在场边看得异常着急,这样下去,会被远远甩在后面的呀!

转眼已近中场,对方的防线依然牢固,郭天宇这边却被对方进了球。中场哨声吹响,郭天宇不由得懊恼不已。

"嗨嗨! 加油!"

中场,一抹熟悉的声音传来。

场边,社员们努力地用鼓掌的方式打着节奏,甚至其他学校的社团也被感染了,人群中响着整齐划一的节拍。

本来就是篮球队拉拉队员的丹妮拉着赵敏,跑进了场中央。赵敏今天一身湛蓝的裙子,本来不是舞蹈的衣服,却宛如一朵云彩,飘到了球场。临时被凑齐的拉拉队,服装颜色各异,还有两个跳广场舞的阿姨也加入了进来,但是她们很认真地围着丹妮和赵敏,一招一势地模仿着。初看去,确实有些滑稽可笑,可是慢慢地,动作越来越整齐,场面渐渐变得鼓舞人心。

赵敏像一点蓝色的墨水,慢慢地浸润开来,扩散……散开成一整片天空。

郭天宇看向赵敏,仿佛心中有一首诗。

有很深很深的蓝,当起风的时候,很轻很轻,漏下身上的海。

下半场依旧很艰难,但是为了"天下趣游网",郭天宇和刘帅一起创业的默契也被激发了出来。比分慢慢接近了。但是仍旧难以突破……郭天宇一直绷着的一根弦也摇摇欲坠……

忽然有一道灼热的视线,照得郭天宇浑身不舒服,刘帅也向他看过来,很明显他也感受到了——“不会吧?”

郭天宇拿球转身:“孙教练!”

那一道视线有责备、严厉、失望,混合着很多郭天宇不敢直视的内容。确实是久违的孙教练,仿佛在怒声咆哮着!“我教的东西你们都忘了吗?”“这么怂,别说是我教的!”“不是男子汉的给我滚出校队,这里只收男人!男人!”

郭天宇低下头,几乎不敢再转过去看他,脑子里只声声回荡着这些振聋发聩的责备声。平时觉得侮辱、变态的那些话,现在听上去句句实在,他今天在球场上真算不上是男子汉,连赵敏这些女孩子都拼了……

这可是球赛!哪怕不能赢,也不能认输啊。

当比赛进行到最后时间,比分胶着在29∶30,郭天宇他们还落后一分。他们的粉丝屏住了呼吸,这是最后10秒了!最后一次进攻机会!

一声哨响,队友把球开出,郭天宇接球后迅速带球突进,碾过半场,他做了一个假动作,把球传给了已经潜伏在三秒区里的刘帅。

这时,全场所有人都把目光集中到了刘帅身上,以为他将以个人的超强能力完成最后一次进攻来扳平比分。而对方的三名队员,也凶狠地围了上来。

面对夹击,刘帅冷静地背对篮框,用身体护住球,突然转身起跳。

对方的那三名防守队员也疯了似的跳起来封堵,但出人意料的是,人在半空中的刘帅并没有选择投篮,而是漂亮地把球分给了在三分线外无人防守的郭天宇。

郭天宇心领神会,接球后从容起跳,在全场比赛结束只剩五秒时,稳稳地将球投了出去。

篮球划出一道优美的弧线,牵引了全场观众的心,瞬间整个球场静了下来,气氛异常紧张。

进,还是不进?

在箭在弦上,全场都屏息凝视的时刻,郭天宇突然异常清晰地听到有人在下面喊了一声:

“师傅,加油!”

他立刻朝场下看去,却不知道声音是从哪里传来的。

师傅?这声音他熟悉,但赵敏怎么会喊出这个词?

赵敏叫的是谁,是自己吗?已经好久没有人这么叫过他了。

“当”的硬硬的一声,所有支持“天下趣游网”的球迷,几乎都痛苦地闭上了眼睛,球砸在篮框上,弹了回来。

但,只是瞬息之间,全场又爆发出了热烈的欢呼。尤其是赵敏率领的拉拉队,直接疯狂地冲进了球场,围着场上的五个队员,庆祝起来。

原来,就在大家以为比赛结果已经尘埃落定之时,刚刚落地的郭天宇如猎豹一般,往前一个箭步,迎着弹回的篮球起跳,在半空中单手迎球一推,然后直接把球补进了篮框。旋即,裁判终场哨声响起!

完成这次进攻后,郭天宇几乎是仰天咆哮,兴奋地和冲过来的刘帅紧紧拥抱在一起。

“我们赢了!我们赢了!”

大家不断地蹦着,跳着,喊着。

在这个时候,郭天宇看到同样蹦着、跳着、喊着的赵敏,他突然有些迷惑。

刚才那声师傅真的是你喊的吗?

“你们赢了。”肖总大度地笑着过来跟他们握手。

郭天宇回过神来,紧紧握住肖总的手,连声说:“感谢肖总对我们的信任,也希望肖总能够支持我们!”

郭天宇很清楚,这次百团大战让“天下趣游网”的曝光度噌噌往上涨,连一些在西湖边散步的大爷大妈也已经表示回去要给孙子安利一下校园旅游。他们终于给自己争取到了一个让“天下趣游网”大发展的好机会!

“当然,当然!我相信我们一定还会有更多的合作。”

听到这句话,郭天宇仿佛看到一扇机会的大门已经向他们打开。

“你们在这么短的时间内完成了23个网站的建设,在篮球场上又能临危不乱,反败为胜,年轻人,我看好你们!”肖总拍了拍郭天宇的肩膀,笑着说道。

听到肖总的话,郭天宇回头去看刘帅,两人会心地相视一笑,再次紧紧地拥抱在一起。

很多年后，郭天宇思考过：什么是兄弟？不是勾肩搭背，不是酒后衷肠，甚至不仅仅是共同悲喜、共同患难，而是经历这一切凡俗和生命后，哪怕站在对立的位置上，都依然相信你是我当初的那个兄弟。

但郭天宇清楚，从那天病房里喝醉开始，他和刘帅已成了知己和朋友；而经历过KTV的那一场头破血流，以及为“天下趣游网”度过的无数个不眠之夜，再加上今天的深深拥抱，刘帅将会是他一生的兄弟，也会是一生的对手。

而此刻，刘帅也是异常激动。为了这个团队，他曾向家里低头。谁都不知道，在经历了那晚KTV的惊魂一刻后，为了防止杜总报复，刘帅拨通了他父亲的电话。

“爸，有件事我想求您。”就是这简单的八个字，刘帅在电话前反复练习了几十次，但在拨通电话的那一刻，还是说得磕磕巴巴。他极不情愿地向父亲讲述了他们的遭遇，得到的却是父亲对他们处事幼稚的冷嘲热讽，还有那句“你不是说过就算讨饭也不会来求我吗”。如果真的可以用讨饭解决，刘帅情愿去做几天乞丐，也不愿求他这个强势霸气的父亲。当然，父亲还是帮他们摆平了杜总。

现在，他紧紧拥抱着郭天宇，觉得自己一切的付出，都是值得的。

第 五 章

网络英雄传·前传

光未盛

校花黑幕

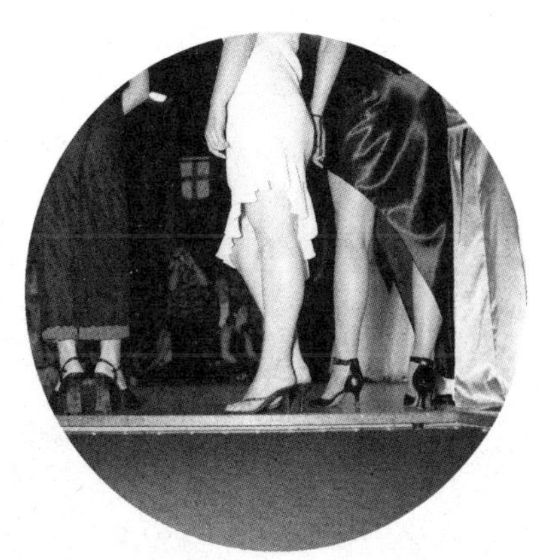

郭天宇却注意到了一个清冷的身影，她虽然站在她们当中，却似乎和所有人都隔着一个世界。

第五章

校花黑幕

“郭天宇！”是孙教练在喊他，把他拉回了现实。果然，孙教练今天来现场了。孙教练皱着眉头，似乎对于他站着迟迟不动有所不满。那一副表情，让他想起被赶下球场的那天，孙教练也是这般说一不二。想到这里，他的腿不受控制地就往前奔去。

一路上，郭天宇想起了他和孙教练之间的矛盾、冲突、理解、欣赏，心里五味杂陈……

那时候，郭天宇一直不明白，既然孙教练让自己进了篮球队，为何又处处针对自己。明明不达标的不止他一个人，被罚跑圈的，却总是他。

记得那次针对省内篮球排位赛的加强训练后，孙教练单独把郭天宇喊住了：“你最近怎么回事？训练成绩下滑成这样？”上来便劈头盖脸地问了一通，让郭天宇连话都说不出一句。

“你倒是说话呀？”郭天宇的沉默却把他激怒了。

“难道你还有委屈吗？”

郭天宇想开口，为了社团筹集资金的事情，他已经几天没有合眼了，但他却说不出口，也不想在孙教练面前做任何辩解。

“一个大男人，你打碎了牙也只能往肚子里咽，折断了翅膀也要在地上奔跑，丢进了油锅也该往外蹦！”他恨恨地看了一眼低头不语的郭天宇,大声道,“你太让我失望了。”

听到这一句,郭天宇双眼通红,终于抬起头,倔强地看着孙教练的眼睛:“我就是个替补,来不来都一个样,您又何必这样针对我?就因为您看上的天才和我比赛摔断了腿,您就拿我出气吗?”

郭天宇说完,反而有些内疚,不知道为什么,他总是想起那天孙教练去看他一个人在雨里练球。那个表情,分明也是看重他的,他就是不理解。

“教练,对不起……可是我不明白,我到底哪里比刘帅差了?”明明进了校队,却是因为顶替刘帅。只是个替补,还要处处被猜疑和挑剔。

而这次好不容易等到了校队要参加省内的大赛,训练成绩不错的郭天宇,却仍然坐在替补席上。

听了他的话,孙教练面上也是阴晴不定了好一会,似乎有很多话想说,但又终究没有说,他本就是不善言辞的。最后,他的表情却是愤怒的。

“郭天宇,我告诉你差在哪里!”

“刘帅是受伤了!可是我已经给了他休养6个月的机会,是刘帅不要!他自己一定要把这个名额让给你!你却在这唧唧歪歪的。”

“你知道吗?像你和我这样的人,如果别人不给我们机会,那就一点机会都没有!”

“什么?”听到孙教练接连犹如爆破般的声音,郭天宇一时被轰炸得迷迷糊糊的,但是当他听到这个名额背后的秘密时,几乎跳了起来。

如果不是刘帅拼命要把名额塞给他,郭天宇根本就没有机会踏入球队一步?怪不得孙教练对他如此不满,原来他是被硬生生推进来的。但是刘帅却把他推进了一个火坑里。他追求的这一切仿佛是个肥皂泡,忽然进入了阳光下,便碎得毫无痕迹。

“这到底是为什么?!”

这些一而再,再而三出现的事件,都是对他的刻意针对,但郭天宇想不明白,也不再思考该如何挽回孙教练对他的看法。

就在比赛前一天,郭天宇正在球队办公室整理球队的内务,是的,这就是替补干的活,坐在一边上网休息的队员忽然一声惊呼:“你们快看,这是孙老头吗?!”

平时孙教练不苟言笑,队员们不是称呼他“杀手”,就是私下里叫他孙老头。

“不会吧!他后面站的是姚明啊!你看,旁边那个是刘玉栋吧?孙老头到底是谁啊!"

顿时一个球队都趴在电脑面前去了,在百度上输入了孙教练的姓名后,才知道他就是传说中的小孙飞刀,当年国家队的传奇控球后卫,也就是郭天宇在球场上的位置。

"怪不得按他说的,最后都会赢!"

但是他这么牛逼的球员怎么会来一个大学当教练?

"小孙飞刀"甚至收到过美国NBA达拉斯小牛队的试训邀请,虽然没被选上,但也不愧是那一代球员中的佼佼者。这些人打球多少都赚了一点钱,即使退役,生活上也没有什么问题,为什么会来大学当教练呢?要知道,在大学里体育老师所受的尊重有限,不仅评教授的机会很少,即使是体育系的名教授,也只会被看成挂职的运动员罢了。而唯一能受人尊重的机会,就是他所带的球队能够成为学校的骄傲。

郭天宇忽然意识到,孙教练的隐忍和他对球队倾注的心血,造就了他"杀手"教练般的风格。因为孙教练太想要他们出众了!

从那天开始,郭天宇去校队的时间明显增多了。他一定要证明自己,哪怕没有身体优势,也要拥有刘帅的心理素质。他知道,刘帅的强大心理,来源于一直拥有;孙教练的拿得起放得下,来源于岁月。而他呢?

"像你和我这样的人,如果别人不给我们机会,那就一点机会都没有!"郭天宇知道,孙教练说的是实情,因为这一定是孙教练的人生经验,但是他不服!凭什么我就是"这样的人",难道一辈子都是吗?孙教练不是也成为了国家队的"小孙飞刀"吗?

正因为这样,他一定要证明,这样的机会,哪怕是别人不要的,他也要抓住,证明这是他郭天宇本来就该得的。

今天,他果然证明了这一点。

经过这一场百团大战,"天下趣游网"的局面算是真正打开了。至少在杭州的旅行社中,没有人不知道在杭州大学有一个在线旅行社团,去找旅行社谈资源多了一块敲门砖。肖总的骁龙旅行社还跟"天下趣游网"签订了长期协议,把他们专门针对大学生推出的线路入驻到了"天下趣游网"。

但姜到底是老的辣,肖总要求"天下趣游网"在今后一年里,只能与骁龙旅行社独家合作，除了郭天宇他们自己直接与景点对接的资源，其他旅行社资源不能入驻“天下趣游网”。而且，肖总同意给“天下趣游网”的分成也少得可怜。

但是，骁龙旅行社毕竟位列杭州旅行社的前三甲，能够与骁龙合作，对“天下趣游网”来说，也是不错的选择。在跑了其他几家旅行社，发现对方给出的条件几乎与肖总的差不多后，郭天宇他们最终同意了这个“苛刻”的合作条款。

那个暑假，由于有骁龙旅行社提供的丰富资源，“天下趣游网”的生意一下子打开了。“天下趣游网”专门结合大学生的暑期实践、专业特色等推出了兼顾休闲度假和专业拓展的线路，如主要针对历史专业学生的“徒步在历史长河中——穿越玄奘之路”、针对地质专业学生的“别和搞地质的一起出去旅游——玩转喀斯特”、针对中文专业的“我的矫情你永远不懂——文人眼中的江南”等。

这些旅游产品一经推出就在学生中引起了巨大反响，杭州各大高校学生的订单瞬间涌向了“天下趣游网”，不少团不得不增加团期，以满足学生们的需求。单单一个暑假，“天下趣游网”的在线交易额就达到了100万元，但由于分成太低，“天下趣游网”能分到的钱就只有可怜巴巴的7万元了，这与社团大赛的20万元注册资金还相去甚远。

转眼夏去秋来，郭天宇的大二依旧在上课、社团、篮球中无缝切换着。这天傍晚，刚刚下课，郭天宇便又急匆匆地往球场跑，虽然今天并不是训练时间，但他还是忍不住去练练手。郭天宇还没跑到地方，便看见操场上早早就围了一堆人。

远远地，只见校花大赛的招牌下站着满满一溜姑娘，真真是“髣髴兮若轻云之蔽月，飘飖兮若流风之回雪”。校花大赛是杭州大学颇为隆重的活动，从大一下半学期开始海选到现在已整整半年，所以，即使是对校园大事漠不关心的郭天宇也有所耳闻。

自古以西子称西湖，可见江浙出佳人不是虚言。郭天宇走近一看，真真是个个都有“翩若惊鸿，婉若游龙，荣曜秋菊，华茂春松”之势。这些二九年华的青春少女，手挽手站着，画面好不引人瞩目。

郭天宇见她们都挽着手，亲昵地交谈着，不由擦了擦眼睛，险些以为自己眼前出现了幻觉。

如果他没记错的话，校花大赛海选的时候，校园的论坛和贴吧就吵了起来，为了争谁是第一，闹得不可开交。不光讨论颜值，还讨论人品，你爆我的黑料，我就扒你的外皮，掐得一塌糊涂。

他之所以知道这件事，还是因为赵敏作为夺冠的热门人选，被很多嫉妒她的人说得非常难听。什么抱大腿、假清高、绿茶婊都是轻的，还有人信誓旦旦说赵敏被包养啊，当外围女啊！甚至晒出了赵敏从豪车上下来，旁边站着一个中年男人的照片。

刘帅知道后气得不轻，破天荒在论坛发帖澄清，说那是赵敏家的司机，并指责那些听风就是雨的人：不了解赵敏的家世，就不要乱说。

他以校园男神的身份站出来，上蹿下跳的人才有所收敛，不敢无中生有，胡乱造谣。陈冠平也帮忙查那些黑赵敏的帖子到底是谁发的，顺手把对方的电脑黑了。

郭天宇没能帮得上忙，心里有点过意不去，但更多的是酸涩——在这个过程中，赵敏一句话都没有说，表现得风轻云淡，若无其事，就像那些满天飞的，将她说得十分不堪的传言半点都没有入她的耳一样。

究竟是淡然，还是习惯？只怕是后者居多吧！

想到赵敏一直以来都可能被孤立，再看看那些手挽着手，亲密无间的姑娘们，郭天宇只觉得好笑——为了一个名次，这里面不少人黑别人黑得飞起，表面上却都亲亲热热，仿佛亲姐妹一样。他不禁想起了《倚天屠龙记》里，殷素素对张无忌说的话。

越漂亮的女人，就越会骗人。

或许，还真有一定道理。

为了一个比赛名次，众多美女笑意盈盈的，心底却各有心思，眼底各有打量。若是多年后回想起来，这一幕也是滑稽。

但在这一群莺莺燕燕里，郭天宇却注意到了一个清冷的身影，她虽然站在她们当中，却似乎和所有人都隔着一个世界。

赵敏？

郭天宇有点奇怪，在他的印象里，赵敏遗世而独立，根本就不会争这些虚名，她怎么会参加这场比赛？

郭天宇走近几步，越过参差的人群，仔细瞧着“她”的身影，那真真是俏丽，雪白的容颜，秀眉星目，全身素衣，不染分毫。尤其是那一双乌溜溜的大眼，透着精灵的味道，和那周身的清冷，亦是格格不入。这到底是如何一个矛盾的美人？那眼里的活泼温暖，为何到了人群里却是冷冷清清？

郭天宇不自觉间，竟然拨开人群，越走越近。

“一定要赢啊！”陈冠平也站在不远的地方，一脸认真地看着，双手紧紧握拳，内心默默为赵敏加油。

“我宣布，”一个保养良好的中年女教师笑得花枝招展，“这一届杭大校花的最终归属是，我们投票数遥遥领先的——赵敏同学。”

几人欢喜几人忧，赵敏旁边的几人面上自然难看。其中就包括赵敏的室友丹妮，她是第二名，但是什么荣誉都没有。

“赵敏，恭喜你。”丹妮眨了眨眼，还是挂着笑容走过去，挽着赵敏的手。

台下的相机成片地闪了起来。

初秋就有了落叶，赵敏就踏在这落叶上，不急不缓地走，她似乎对这校花并不十分看重，仿佛这几步，只是去领一个随随便便抽到的玩偶。郭天宇看着她缓缓走过，仿佛又有夕阳的余晖落下。

只是这么几秒，台下就安静了。

有流言的地方就有嫉妒的眼神。

郭天宇听到身边的议论一波胜过一波，几乎都要盖过台上的种种声音。

“你知道吗？这个第一名是假的，她根本就没有报名参赛。”

“不可能吧，那她是怎么选成校花的？”

“还能怎么回事，不就是潜规则上位的呗！”

“嘘……你知不知道他跟刘家公子哥的事？”

“天哪，若是他安排的，那还不是随便一勾手指头的事。这绿茶婊也上位太快了吧！”

“就是就是，你们看她一脸清高淡然的样子，实际上婊气冲天。刘帅追她，她却不拒绝，苦苦吊着人家，把别人当备胎。”

“人家是大美女嘛，总要找更好的上家，刘帅虽然条件好，但一片痴心，就只能是备胎了。这样一来，进可攻，退可守，指不定还让刘帅做接盘侠。”

“哼，刘帅也是她能染指的？不过是故意传出来的八卦罢了。为了这场校花大赛，还不知道勾引了多少男人呢，说不准就有那个秃了头的地中海教务老头。”

听见这些阴阳怪气、酸味冲天的议论，郭天宇心下发寒。

“星如雨”以前说的勾心斗角他不理解，但听到这里也多少明白了些许。

从来没有哪一刻，能让他更加清醒地认识到，什么叫“人言可畏”。

他忍不住转身去看台上的赵敏，她脸上那淡淡的笑意早已消失不见，不知听到了多少，只见她呼吸急促得厉害，眼里已有些发红。

饶是郭天宇一个大男人，也忍受不了被人如此谈论，甚至胡乱猜疑，并且这些嫉妒的话语编出的故事，源头或许就来自自己亲近的同学。

从她中途参赛开始，这些流言便在背后传来传去，这“校花”之名，远没有郭天宇想象中的风光和得意，倒是引得多少人猜忌和嫌恶。

那个素净的和诗一样的姑娘，会有争校花的心思吗？

在郭天宇看来，这校花之名多么麻烦，赢了换来嫉妒，输了又都说她背后做手脚，偷鸡不成蚀把米。赵敏留给他的印象，仍然是那个气质宜人的女孩，而她却去争夺一个这样的名声，该是多傻呀。看到台上的赵敏肯定是听见了不少议论，眼角隐约有了泪光，他又于心不忍起来，想起自己在篮球场上也是颇被舆论中伤，只能默默叹息了一声。

见赵敏站在那里，似乎是愣住了，并没有站出来接受花环奖牌的意思，台下更加热闹了。

其中传得最凶的还是她和刘帅的“奸情”。听到刘帅的名字，郭天宇也忍不住耳朵冒尖，好奇起来。

“你们不知道吧，赵敏是刘大帅哥的女朋友，据说都见过家长了。”“我听说，他们从高中的时候就开始好了，刘帅为了赵敏都放弃了出国留学的机会。”

“这次赵敏来参加校花大赛，就是刘帅给她拉的票，不然，就凭她半路杀出来，能得到这么多票么!”

……

听到这里，郭天宇也无奈地笑了，毕竟刘帅着实是人中龙凤，这样的男孩在学校里总是引来众多的视线和猜测,这一点他自己也是远远不能比的。而赵敏,又恰巧是才子佳人中不可少的那个佳人形象。光是瞧上一眼合照,也觉得两人是一对金童玉女。

可是……赵敏怎么想?

郭天宇看见沉默了许久的赵敏忽然站了出来,眼角已经没有了泪光,取而代之的,是一脸坚毅的表情和被夕阳烫得通红的脸颊,她似乎终于拿定了什么主意。

看着赵敏冷着一张脸抢过话筒,冷峭地立在台前,下面渐渐地安静了。一旁的教师立马笑靥如花,顺势说道:"请赵敏同学发表获奖感言。"郭天宇站得靠前,却觉得赵敏此刻寒如冰,目光犀利得甚至有些刺骨。那番倔强,总让郭天宇觉得像一个熟悉的人,也是这样一旦认定了,就绝不跨过这条线。"星如雨"?既然在同一个学校,可能是她吗?可是赵敏一直都给他一种诗画般的印象,和记忆里那个懵懂的少女难以重合。

"谢谢喜欢和支持我的人,各位评选的老师也辛苦了。"赵敏端庄大方,一应工作人员也都露出喜色。

"这次评选颇多风波。"赵敏依旧淡淡的,相较而言,台下交头接耳的声音更加显得落地有声,几乎都要盖过她了。

"很多人都在议论,说我这个校花来路不正,是呀,中途才杀进来,怎么可能翻天覆地呢?"

台上风轻云淡,但台下听了这话彻底就炸了锅!有起哄的,也有诧异的,但总之,这场子彻底沸腾了!

赵敏,她该怎么收场?!

第　六　章

网络英雄传・前传

光未盛

坠入陷阱

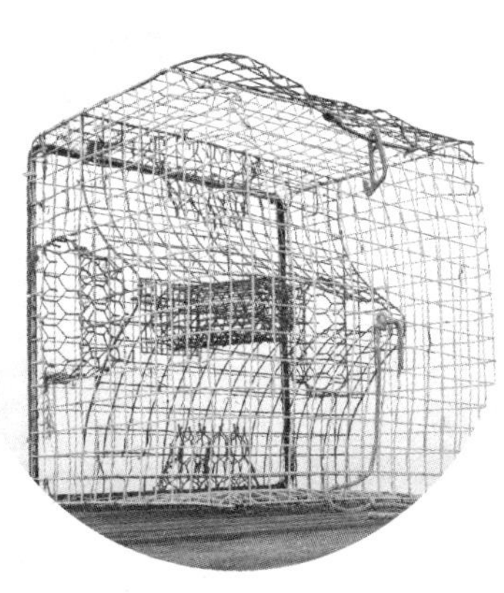

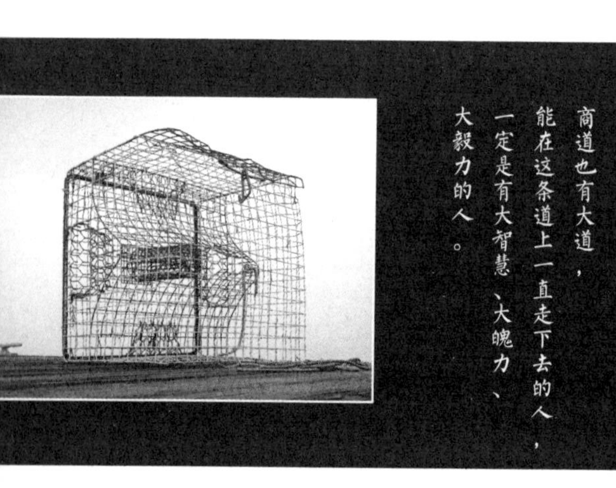

商道也有大道，
能在这条道上一直走下去的人，
一定是有大智慧、大魄力、
大毅力的人。

第六章

坠入陷阱

喧嚣一阵后，台下忽然又静默了。郭天宇身边甚至有几个男生左右张望，想要开口为赵敏说些什么。

此时，赵敏却微微俯身："我给大家赔不是了。"

正在大家以为赵敏就要在这样的风度中收场时，她又道："很抱歉，这次的奖我不能领。"

台下人群立马炸开了锅。七嘴八舌、叽叽喳喳的喧哗盖住了一切。

"可是，为什么？"台下不知是谁高声问道。嘈杂声立即平息下来，所有人都在等赵敏接下来怎么说。

赵敏只是轻轻地笑了："正如大家所质疑的，这次比赛我的确是半途加入的，甚至连我也不知道，是哪位'好心人'帮我报了这个名。"

"这位'好心人'，我谢谢你，谢谢你对我赵敏的欣赏。其实，在我得知被推到参赛选手的队伍中时，我曾想过退出比赛，毕竟这不是自愿自发的行为，违背了主办方的要求。但让我最终选择站在这个台上的，是'校花大赛'的奖金。"

"居然是为了钱！"台下又是一片乱。

大家听了，都有些不相信——赵敏家里不是很有钱么？她怎么也会缺钱？

"我想为我们步履维艰的'天下趣游网'筹措经费。'天下趣游网'

是我们社团里每一个人的梦想，大家为了这个梦想都在努力拼搏，如果我能赢了这次比赛，我也可以为‘天下趣游网’出一份力。”

“虽然我很需要这笔钱，但是我不能领这个奖。这个选票的结果，的确令人生疑，甚至可能影响到了比赛的公平性。我想，我团队的小伙伴也不会让我拿一笔靠不公平竞争得来的奖金去帮助‘天下趣游网’。”

“所以，这个奖我不能领，不能纵容这样的行为！”

赵敏说完就离开了舞台。三秒之后，台下的观众才回过神来，顿时爆发出一阵热烈的掌声。他们被赵敏的这份真诚感动，刚才的所有疑虑也被赵敏这一番慷慨的陈词打消。

“赵敏，你才配得上校花这个美称！”又有一个声音在人堆里爆发出来。接下来，“赵敏”“赵敏”的呼喊响彻整个操场。

郭天宇没有想到，赵敏居然是为“天下趣游网”参加了校花大赛，才备受舆论的指责，顿时心中一阵怜悯。今天，赵敏如此沉着大气的应对，让郭天宇对她再度刮目相看，也更加坚定了自己要把“天下趣游网”做成功的信念，他绝不能辜负大家的付出。

校花评选，其实是校庆的一部分。那天，很多校友都回来了，这一结局轰动全校，也成为了大家茶余饭后的谈资，顺带着，“天下趣游网”的名声也在杭大校园传了一遍。

“天下趣游网”的业务有条不紊地进行着，但是自从骁龙旅行社入驻后，他们的资源占了网站页面的绝大部分，郭天宇对这个情况不是很满意。一则“天下趣游网”似乎成了第三方的中介平台，自身的主导性降低了；二则虽然订单量大了，其实赚得并不多。而且，为了配合骁龙旅行社的订单，社团里仅有的几个人都用上去了，自身开拓业务的步伐减慢了不少。

这天，郭天宇把刘帅、赵敏、陈冠平还有其他几位社团骨干召集在一起开会。

“根据‘天下趣游网’目前的形势，我们必须要开辟新的线路，不然我们辛辛苦苦建起来的‘天下趣游网’就只是一个骁龙旅行社的校园网站！”郭天宇虽然说得夸张了点，但一针见血地指出了社团的痛点。

第六章

坠入陷阱

“天宇，这个问题我也注意到了，如果我们不尽快解决这个问题，‘天下趣游’就成了‘骁龙趣游’了。”刘帅皱了皱眉头。这段时间为了应付高数老师惨无人道的作业，他都已经有好多天没到社团报到了，但是只要一有时间他就会打开“天下趣游网”的后台管理系统，查看情况。

“我有一个想法，现在虽然有一些对大学生推出的优惠折扣，但不少远途线路的价格对于不少普通大学生来说还是偏高，我们针对大学生推出穷游线路，你们看怎么样?”郭天宇说出了这几天自己反复琢磨的想法。

“穷游，我赞成！最近好多明星穷游的节目，特别有意思，他们是有钱穷游，我们没钱就更可以穷游了嘛!”郭天宇话音刚落，一旁的丹妮就神采飞扬地附和道。

“我也赞成，花更少的钱，走更远的路，而且还可以培养吃苦精神，这不正是我们这一代大学生所欠缺的嘛。”赵敏抬起头望向郭天宇，却发现郭天宇也正看向自己，两人的目光在空中交汇。

“我也赞成！不过，穷游也有风险，我们不能忽略穷游中可能隐藏着的安全问题。”刘帅露出了迟疑的神色。

“我们可以先试一次，找一条可以穷游的线路，自己经历一次，就可以知道中间会存在什么样的安全问题，然后逐一解决。”

“对，试一次，正好好久没有旅行了！”

“那我们去哪里呢，我觉得四川不错！”

“湖南吧，我特想吃那里的臭豆腐!”

……

大家你一言我一语，显然穷游这个方案已经得到了认可，会议再发展下去就是旅行去哪儿的讨论，但这个问题即使讨论到明天也不会有一个明确的答案。

“既然大家都同意穷游，那我们就试一次，线路我来定，大家自愿报名参加，由于是尝试，范围也不适宜太大，现在，想去的举一下手。”看时间不早了，郭天宇打断了大家的讨论。

穷游的玩法引发了大家的热情，几乎社团里的每个人都想报名参加。最后，他和刘帅室友几个，加上赵敏和丹妮她们一个寝室，还有社团里几位骨干，总共十二个人决定成行。

这事情定下来之后，各自回程，赵敏忽然单独叫住丹妮："妮子，我看你对我们郭社长挺上心的，他说什么你都支持，你说的不一样的那位，不会就是……"

"什么?! 你不也说赞成了嘛! 难道，你要抛弃刘大帅哥，还是想一脚踏两船呀?"说着丹妮伸出手去挠赵敏。

"别乱说! 刘帅是我最好的哥们儿!"

丹妮白了他一眼："刘帅有什么不好，标准的高富帅欸，多少人的梦中情人。算了算了，反正我是一直仰望着男神的，不过距离太远了。再说了，他可是留给你的。"

"丹妮!"赵敏听完直皱眉头。其实，赵敏的确曾对一个男人动过心，只是这个人并不是刘帅。她欣赏他的果断、睿智、热血，路见不平、拔刀相助的侠气，因为有他的陪伴，她的高中才不那么孤单，但最终那个人居然悄无声息地消失了，甚至连一声告别都没有。

这也不能怪他，毕竟是自己先说的要安心高考。

见赵敏生气了，丹妮才吐了吐舌头，拉着她往宿舍走去。

旅行的事极其琐碎，到了策划安排的时候，只剩下郭天宇一人头痛不已。他预先只向大家象征性地收了些费用，说最后再结算。等到预订行程的时候，郭天宇发现虽然是穷游，但预估的金额还是差了些。

正在为预订费用着急的时候，赵敏带着丹妮主动来找郭天宇。

"天宇，手上钱不够预订就找我要，千万别客气。"

"是呀是呀。"丹妮帮腔道，"赵敏姐刚刚和系里的学长学姐们拿了游戏大赛的金奖，总是要请客的呀!"不知道为什么，明明是同龄的两个小姑娘，丹妮却总是喊着赵敏姐，似乎有她在就安心不少。

"游戏大赛? 这么厉害!"郭天宇心里一动，嘴巴上没忘记对于赵敏接连不断的喜讯表示十分赞赏。

"什么大赛呀，都当不了真的，何况我也没出多少力气，都是学长们的功劳。"

"赵敏姐都成我们的传奇了，还谦虚什么呀。"丹妮调笑道。

见郭天宇犹豫，赵敏接着说："那就这么定了! 大不了算我垫上的，最后再算吧。”

赵敏走后，郭天宇满腹疑惑：游戏大赛？听说“天下”赛的奖金前两天刚发下来，虽然最后没有赢得比赛，但郭天宇对“天下”赛的风吹草动都是了如指掌的。丹妮口中的游戏大赛会不会就是“天下”赛？金奖？那不就是当时跟他们打对台的那个团队么？

难道？郭天宇想得头有点儿疼，但不管说什么，他也不愿意向一个女孩要钱呀。何况大赛的奖金，平分下来哪有她说的那么丰厚，他又怎么好意思让赵敏给大家买单呢？

为了省钱，也为了有趣，郭天宇硬是开辟了一条人迹罕至的旅游路线，从杭州到贵州。在网上订了火车票之后，他又开始琢磨住宿的事了。最后郭天宇选择了一家评价不错的民宿，听说他们都是大学生，人数又比较多，民宿便同意给他们折扣。甚至还有不少民宿告诉郭天宇，如果他们人数再多一些，比如一个班级都来，还能给更低的学生价。

在门票和导游的问题上，郭天宇也遇到了同样的情况，他不禁开始思考，如果把这些资源都整合到一起，是不是会有更多的折扣和可能性。这虽然是被逼出来的办法，但在郭天宇的实验下，已经找到了可行性。

结束了忙碌的期末考试，寒假终于来了，一行人终于坐上了去往贵州屯堡的列车。

老式火车呜呜作响，一路上也颇为无聊。

陈冠平坐在卧铺上翻看小说，忍不住抱怨道：“怎么想到去那么远的地方？贵州屯堡有什么好玩的？”

郭天宇听完耸了耸肩，并不回答他的问题，而是沾着矿泉水在小桌子上写了一个字，赵敏他们都围过来看：“亻”旁一个“难”。

“你知道这是什么字吗？”

大家左思右想，不得其解。刘帅反应迅速，拿出手机查了查字典，一字一句念道：“‘傩’(nuó)——意为驱逐和除却。”

但显然这个答案很莫名其妙。此时赵敏走近，托着腮想了想，说：“我记得有本书上写过,傩就是远古先民的原始宗教吧,类似于某种图腾崇拜,远古时代驱逐鬼神的活动,就叫作‘傩’吧,是这样吗?”

“赵敏知道的还真是多。”刘帅夸赞道,众人也忍不住附和。

“她说得没错,‘傩’文化是中华民族特有的古老文化哦,夏商的时候就有了,现在却失传已久。只有在我们去的地方,还能看到一点神秘的习俗哦。”

“鬼神驱逐?要不要那么可怕!不过还真的很神秘啊!”丹妮缩了缩脖子,众人又是一阵笑闹。

见大家讨论得那么热烈,郭天宇又郑重其事地说道:“其实,屯堡最大的特点还不是‘傩’,如果我说在那边可以见到明朝美女,大家信吗?”

郭天宇的话,让大家产生了极大的好奇心,但郭天宇却不肯透露更多的信息,无奈火车在山中穿越,无法上网查阅相关信息,这让大家对这次屯堡之行有了更多的期待。

终于,一行人抵达传说中的屯堡。驻足屯堡外,大家产生了一种穿越历史的感觉。这里的房屋都是明朝的堡垒式建筑,每户人家都用坚固的石头搭建起一个个独立的堡垒,墙体厚重,每面墙上都有一些小孔。走到里面,才发现小孔后面有窗户大小的空间。这些小孔原来都是防御的枪眼。

郭天宇看到大家兴致盎然,就开始把自己之前做的功课“卖弄”了一遍:

“屯堡人都是明代屯军的后裔,朱元璋在平定云贵之后,就在这儿屯下重兵,确保西南边陲的安全。在清兵入关之后,这些明朝士兵不肯归顺清军,就脱下了军装,成了普通老百姓,在这里生活了下来。”

“由于这里地处偏远,几乎是一个封闭的空间,这些屯军的后裔便将明朝的文化原封不动地保留了下来,至今依然恪守着明朝的生活习俗。600多年前的历史在这里凝固,屯堡也因此而被称为汉族文化的‘活化石’。”

这时,赵敏被一阵独特的古调吸引,侧耳听了一会,激动地说:“你们听这个调子,有点江南小曲的味道呢!”

“没错,朱元璋当时就派他的嫡系部队来这里驻扎,他们都是南京人,他们的口音还带着现在南京郊区方言的味道。”

“你们快看!”刘帅眼尖,指着远处袅袅走来的两个身影说道。

那两个女人的衣服甚是奇异,还保持着汉服的模样,一身宝蓝色的长衣大袖,尖头的绣花鞋轻盈地打磨着地上的石板路。

“这就是一片突然凝固的历史湖泊啊!”郭天宇忍不住感叹道。赵敏回过头看了他一眼,微微一笑。郭天宇几乎又要以为自己看花了眼,赵敏穿着一件简单的素青色羽绒服,但那笑得月牙弯弯的双眼,却像是从哪个堡垒的转角处冒出来的一般。她简直和这神秘的屯堡,有着相同的气息。

话音未落,拐角处却出现了一个突兀的地摊,摆放着一排花花绿绿的手机壳,旁边还写着四个字“专业贴膜”。两个摊主模样的年轻人,穿着牛仔裤、戴着墨镜,由于客人不多,正低头玩着手机。

“从外面打工回来的年轻人,也把现代文化带了进来,在这个小小的屯堡里,正进行着一种历史和现代的交融。”郭天宇笑着解释道。

郭天宇抚摸着墙体,带着大家一步步深入了这个神秘的院落。

“你们看,堡垒之中还筑有高层碉堡,简直就像迷宫一样,你们可千万不要迷路。”

“这门怎么这么矮?简直就是拦路嘛。”

“没错,就是为了拦路的,一夫当关,万夫莫开嘛。”

郭天宇的功课做得扎实,所以最后连导游这一环节也取消了。

“这个村寨内部巷巷连通,纵横交错,巷子又可直达街道,处处都有玄机哦!说不定还有可怕的机关呢。”

有些话还真不能多说,多说可能就会灵验,尤其是在这种黑色石块遮天蔽日的地方,人都笼罩在一片片命运凝固的阴影之下。

刚刚才说有玄机,众人便走散了。

“刘帅?陈冠平?你们去哪了?”

郭天宇苦着个脸,一个不注意,自己身后就只剩下赵敏寝室的几个女生了,刘帅和陈冠平几人都不见了踪影。

赵敏顿时也着急起来:“这可怎么是好?前面的路还有聚合吗?”

见她焦急，郭天宇倒冷静了下来："没事，几个大男人丢不了，我们订的民宿就在尽头，我们到那边遇上没问题的。这里虽然九曲十八弯，但是也条条大路通罗马，你就别担心他们了。"

赵敏脸色稍霁，便又听见"哎哟"一声。

转头看去，真是祸不单行，丹妮扶着旁边的石墙，露出一脸痛苦。

"光听着你说，没看见路上的石子，不小心崴脚了……"丹妮一脸委屈地说，"这路怎么这么凹凸不平啊！"

果然，在还算平整的石路上，凸出了几块不大不小的石块，好整以暇地围在路边，活像个奇怪的阵法。

"怎么也不看路啊？小心点嘛！"郭天宇本意是提醒后面的人。

但听他这么说，丹妮忍不住噘起了嘴："这能怪我吗？"

赵敏扶着丹妮的另一只胳膊："你还好吧？我扶着你能动吗？"可是刚抬脚，丹妮便冷汗直冒的样子。

"我可能是不能走了，你们谁来背我一下吧？"丹妮干脆一屁股坐在地上，居然在崴脚的痛苦中还带着点撒娇的味道，目光却瞟向郭天宇。

郭天宇正要伸手，却看见赵敏正看着他。也不知怎么了，鬼使神差地，他就把手缩了回来。

"就你一个男人，快去背她啊！"赵敏见他磨叽，瞪了他一眼，干脆下了命令。

郭天宇耸耸肩，甩了甩手，一副大义凛然的样子，走过去背对丹妮，像一只听话的狮子蹲下。

见郭天宇唱戏一般地蹲在她的眼前，还做着鬼脸，丹妮俏脸通红，好容易忍住的泪珠，都笑落了。

但郭天宇的脸，也不知道为什么突然渐渐绯红，几乎要滴出血来。丹妮的身体柔软地倚在他身上，一缕发丝落在他的脖颈处，他的身体本能地有了反应，跟着微微一颤。刚才是一时意气站了出来，别无他念，但毕竟是血气方刚的少年，一碰到她的身体，托住她的腿，心中不禁一荡，但接着便是惴惴不安，见赵敏冷冷地看着他们，更是尴尬不已。

迷路加上丹妮"受伤"，这一路顿时安静了下来。

倒是装着“受伤”的丹妮心里那个得意呀，一阵甜蜜，一直在没话找话说来活跃气氛，剩下郭天宇和赵敏却沉默下来。赵敏平时虽然看着伶俐，但偶尔对着他们话也不多，甚至有些拘谨似的。不说话的时候，她和谁都淡淡的，似乎有着天然的一层屏障。

到了民宿门口，天都黑了大半。不出所料，刘帅和陈冠平他们几个早已等候多时了。院子里早早生起了篝火，晚餐都摆放在一旁。

当地人邀请大家一起加入跳舞的队伍中去。郭天宇与刘帅他们会合自然也是一脸兴奋，兴头很足，这回他拿出了勇气：“赵敏，我们一起跳吧。”

当地人的篝火舞，极其随意，不过是手勾着手，或者搭着前一个人的肩，来回跳跃奔跑。但赵敏冰凉的指尖不经意间划过他的后颈，还是让郭天宇一个激灵，几乎忘记了要出左脚还是右脚。

隔着人群，只能看到丹妮一个人孤单地坐在一边，用羡慕的眼神望着一群人围着篝火跳舞，郭天宇心里掠过一丝歉意，但很快他又集中精力在群舞之上了。这时，他突然发现赵敏拽着一个女生悄悄地走了过去，陪着丹妮坐在边上。篝火越烧越旺，他们的血液越烧越热，郭天宇觉得自己仿佛又喝高了似的，灵魂正从身体里飘了出来，只知道不停地追着前面的影子奔跑。

那时候郭天宇怎么也不会相信，以他的智商，竟然还会再迷一次路。

跳完篝火舞，大家各自回民宿去休息，由于民宿大都空间有限，他们分别住在离得不远的几处。郭天宇住得比较远，他按照村民手画的地图，一步一步地走在青石板上。

走到拐弯的地方，却意外地看到了一个奇怪的影子。“他”似乎有着一条尾巴，拖在地上发出响声，一深一浅的脚步很是踉跄，在深夜的巷子里发出阵阵回音，分外吓人。

郭天宇也吓了一跳，但是很快好奇心战胜了一切。他追着那个影子，渐渐出了村子。他躲在一个石头后面，看着那个身影将“尾巴”放在地上，坐了下来。

等等？把尾巴放在地上？

在空旷的月光下，郭天宇看清楚了，恍然大悟：那是一根拐杖！只是弯弯扭扭并不笔直，一根毛糙的粗木拐杖。正要离开的时候，郭天宇叹了口气，他竟然迷路了。

"是你啊！"那个"尾巴人"叫住了郭天宇。

郭天宇惊得倒吸了一口凉风，脊背发冷。

直到他听见那人说："医院里的小兄弟，你不记得我了？"

郭天宇转身定睛一看，这不是那个喝着酒朗诵诗歌的大叔"白大褂"吗？只是小胡子长成了大胡子，遮盖了半面脸颊，也不怪郭天宇一时没有认出来。

其实，那次在小树林与"白大褂"相遇之后，郭天宇就对这个奇怪的大叔念念不忘，隔了两天便提着两瓶白酒去医院找他，只是找遍了医院的所有病房，都没有找到他，问了护士才知道他已经出院了。而他也从护士口中得知了这个大叔的另一个称呼叫"股神"。自那以后，郭天宇就盼着能够再见到"白大褂"，从他身上学些东西。

"你怎么成野人了？"郭天宇指着"白大褂"的大胡子噗嗤笑了出来。

"哈哈！怕被人认出来！""白大褂"故作神秘地说道，"环游了大半个中国，明年打算出国去，没想到在这里能碰上你！"

"是啊，太巧了，要是等你出国，以后再想碰见你就难了吧。"

"命运嘛，在一个运字，有缘分自会相见的。"

"白大褂"一边说，一边在石头上坐下来，问："听说你在创业，现在怎么样了？"

郭天宇愣了一下，没想到这个"白大褂"居然消息这么灵通，不好意思地摸了摸脑袋："才刚开始，万事开头难。"

"开头难，更难的是未来。创业，就是在没有未来的地方开创未来。"

见郭天宇忧心忡忡的表情，"白大褂"说道："你也不要担心，你迈出了第一步，以后会越走越好的。我看得出来，你可以的。"

"为什么？"郭天宇一直对这位大叔有种特别亲近的感觉。

"因为有些人琢磨了一辈子，也没有行动，但你已经开始行动了，所以你要抓住机会。"

郭天宇听到"机会"这个词，心中一酸："像我这种人，别人不给我，就连机会都不会有。”

“这世界不缺乏美,缺乏的是发现美的眼睛;这世界不缺乏机会,缺乏的是发现机会的能力。你有这种能力!”

这个“白大褂”总是能给郭天宇带来意想不到的信心,他愣了一下,有些激动地说:“没错!这次旅行就让我有了很多想法,我感觉到互联网旅游市场有很大的机会,我想抓住它!”

于是,两个人就在幽黑的屯堡小巷里,投机地聊了半个晚上。

“你为什么要创业?这可是一个九死一生的选择,你看到的那些创业成功者都是从尸骨堆里爬出来的,这些你知道吗?”“白大褂”突然问道。

“不怕你笑话,”郭天宇倒是无所谓,厚着脸皮说,“改变自己的命运呀!就是有个梦想可以寄托,多赚些钱,在这个瞬息万变的世界里有自己的立足之地,让家人过得好点。”

大胡子夸张地摇着头,说:“好孩子!但你还不上道。”

郭天宇听了并不气恼,也摇着头笑了:“是的,还差得远呢!”

“创业,可不是年轻的那点豪情、那点梦想就够了。你炒过股吗?股市就是商场的缩影,你呢,是那个放风筝的人,从高空坠落只需要一瞬,而飞起来也只需要一阵风。但是,很多人都放断了线。”

郭天宇听着“白大褂”高深莫测的话语,忽然想起他的一个身份:“大叔,听说你是‘股神’?”

“那只是虚名罢了。”他虽然谦虚,但说话间,却不自觉地露出孩子般得意的神情,活像个老顽童。

“所以……怎么样才能放高风筝却不断线呢?”郭天宇若有所思。

“年轻人,是风筝总有断线的一天。”“白大褂”说,“因为商场如战场,兵者,诡道也,所以总会有人扬名立万,更多人沦为白骨。但是商道也有大道,能在这条道上一直走下去的人,一定是有大智慧、大魄力、大毅力的人。光有梦想不行,光有现实也不行。”

郭天宇皱着眉头看着他,似乎还不太明白。等他抬起头的时候,大胡子已经背上了他的双肩冲锋包。

“好了,再送你一句话,穷则独善其身,达则兼济天下。今天聊得很开心,如果有缘再见,希望你已经创业成功。”“白大褂”说完,就头也不回地走了,留下郭天宇一个人,像是做了一场梦。

回程的火车上,郭天宇几人都已经累瘫了,疲惫的旅程,加上放肆的夜晚,让这几个年轻人也体力透支了,但精神却是极度活跃。他们躺在拥挤潮湿却洒满月光的床铺上,开始了一轮真心话大冒险。

“丹妮你中签啦!真心话,你上大学这两年喜欢过谁?”

“没有啦!”丹妮脸颊微红,但大家肯定不会就这样放过她,纷纷调笑着。

“没有喜欢的吧,如果非要说有一点好感……我觉得社长没有人不喜欢吧?”

“郭天宇!社长表示一下啊!”

“但是那是……再说了,我也不能和好闺蜜抢吧。”

赵敏瞪了她一眼:“什么跟我抢?你可别瞎说。”

“我没瞎说!”

“快点换下一个,话真多!”下一个转到了刘帅。

“刘帅你也中招啦,一定要说真心话哦。”

郭天宇本来想问,为什么明明有机会,却一定要退出球队,还把名额指定让给他。但犹豫之间,又错过了这次机会。

“天宇,你发什么呆,轮到你了!你现在正在想什么?”

“瞧这发呆的样子,肯定是思春了,哈哈!”

郭天宇被说得红了脸,大男孩般甩甩手,有些气恼:“你们!真是的,我是在想——这样的旅行,什么时候可以再来一次。”

“那还不简单吗?”刘帅笑道,“我们暑假再出来玩。”

郭天宇默默地在心里汗颜,也不是人人都是你这样无忧无虑的公子哥呀,若不是赵敏救急,或许这趟旅程都不能成行了——但这话他没有说出口。

“其实这一次我还有很多地方没有安排精细,但大学生穷游肯定会有市场。一路过来我做了调研,只要我们的人数再多一些,就能享受更多的折扣。再加上依托于网络的便捷,真的说走就走,不是梦想了。”

赵敏忍不住惊呼："你也太有心机了吧，简直是心机 boy！"

从贵州回来后，郭天宇和他的团队趁着寒假的时间，一气呵成，一下子整合出了五条经典穷游线路，主打的当然是"贵州屯堡"。

这天晚上，赵敏窝在寝室写贵州屯堡的游记，丹妮躺在床上捧着电脑看韩剧，寝室的另外两个室友因为是周末，都回家去了。

"赵敏姐，你说这男主怎么这么蠢，女主都这样暗示他了，真是让人着急！"

"丹妮，这部剧你都看了五六遍了，不腻么？"赵敏仰起头，冲着上头的丹妮说道，虽然就算这样她也看不到丹妮。

"老师说，经典的作品要反复研究，我这叫研究，这学期我选修的那门中韩文化比较课程，就打算用这部剧做案例了。"说着，丹妮从床上探出半个身子，"亲爱滴赵敏姐，帮我递一片面膜上来呗！"

"我看你是带入感太强。有人说，你在看一部作品时的带入感越强，就证明你跟主角的经历越相似。你说，哪个蠢男生没明白我们丹妮的心思呀？告诉姐，姐帮你去敲敲那个榆木脑袋。"赵敏从丹妮的桌上拿起一片面膜递了上去，"我看不会是郭天宇吧，他在感情上可真的是愚钝至极。"

"哪有什么蠢男生，倒是赵敏姐你，杭大第一高富帅刘帅可一直等着你！"

"你就别拿我打趣了，别人不知道，你还不清楚吗？我对他就是好朋友……"

正说着话，赵敏的手机响了。"喂，天宇，这么晚了有什么事吗？"

"没事，就想问问你，贵州屯堡的攻略写得怎么样了。"电话那头传来郭天宇疲惫的声音，为了五条经典穷游线路的筹备他已经 30 个小时没有合眼了。

"还差个结尾，一会就给你发过去。天宇，你早点休息吧！"赵敏有些为郭天宇的健康担心。挂上电话，赵敏又开始对着电脑敲打键盘。

丹妮拿起放在床头的日记本，写下了一句话："那个'蠢男生'，真的还不懂我的心思吗？"

五条经典穷游线路加之由才女赵敏写成的一个"屯堡之行"超级攻略，在大学生中引起了热烈的反响，"花最少的钱享受最美的旅途"更是让大学生们跃跃欲试，"给自己一个说走就走的旅行"话题飙升至各大高校论坛的榜首，不少学生还在论坛里征集驴友。

可惜的是由于错过了寒假这个学生党的旅游高峰期，这五条经典穷游线路给“天下趣游网”带来的实际成交订单量并没有达到郭天宇他们预想的目标，不过因为这些线路资源都是“天下趣游网”自己谈下来的，所以利润也还算可观。

转眼，冬去春来，离“全国大学生社团大赛”的决赛资格审核截止时间不到四个月了，也就是在大三开学后的一个月内，他们必须筹集到20万元“实际到位”的注册资金。为了凑钱，他们不得不接下一些数量不小的预约单子。这在未来，会是一个沉重的负担，但即使这样，他们距离20万元仍然差两万元。

现在，还有什么办法呢？

“我们和骁龙旅行社的独家合作马上就要到期了，接下来我们可以去和更多的旅行社谈合作，现在我们需要宣传！”刘帅一边开车一边正色道。

郭天宇依旧不说话。说实在的，他现在的脑子乱得很。

“宣传？”赵敏忽然眨着眼睛，看着郭天宇说，“我这边倒是有一个渠道，你们想不想听？”

“听，你就快说吧。”

“就是丹妮，她现在进了一家广告公司，据说很是厉害，是省电视台的一个主要合作伙伴，叫什么紫阳广告公司……”

“好像是挺有名的，我听说过，还是家外资企业呢。”刘帅也感兴趣道。

“她好像在什么客户部，就是拉生意，挺苦的，我们可以找她的公司试试做广告，有熟人，多少好办点！”

“可是钱从哪里来？总不能是公益广告吧，除非……”刘帅说着，就瞟了一眼郭天宇。郭天宇一愣，就知道了刘帅意有所指。除非，郭天宇愿意从已经筹集到的18万元中拿一笔钱出来。

以前的郭天宇或许愿意一赌，毕竟年轻气盛，可是现在距离大赛资格审核只剩下四个月，在大三开学后的一个月内他们必须筹集到20万元。这四个月里不能出现任何的疏漏，否则，万一这笔钱投出去了，没有效果，那他们这个漏洞将会越来越大，他们之前的努力都将功亏一篑。但是，如果不做广告，按照他们现在的盈利节奏，四个月内赚两万元，几乎是很悬的一件事情。

他抬起头，整个眼圈都有些发红，他深切地感受到了疲惫、绝望和固执在自己的脑海里打架，最后咬了咬牙，像是下了决心地说："我们赌！"

赵敏一时有些呆愣，仿佛没有听清地问了一句："天宇你说什么？"

"我说拿出3万元做广告，我们赌一次。说不定5万元就赚回来了。"

"但是，社团联肯定不会同意！这不符合规定。"赵敏犹豫道。

"是呀，这笔钱出去了，也有可能会赚不回来。"连平素不太说话的陈冠平也着急起来，"我们要想清楚啊。"

郭天宇一一看了他们一圈，坚定道："你们说，我听你们的！"

赵敏笑了："郭天宇，那我们也听你的，赌一把。"

说这句话的时候，她和刘帅对视了一眼，陈冠平也在一旁点了点头。

出乎意料地，谈判非常顺利，紫阳公司并没有因为他们是大学生社团而有任何轻视，比起在拉赞助时受的冷眼来说，这次简直是上宾的待遇。

负责接待的女士甚至为他们倒好了咖啡，洁白的沙发座纤尘不染，发髻梳得规整的前台小姐也不时主动跟他们搭话，生怕冷落了他们。整个办公室就在省电视台对面的小巷子里，是一栋漂亮的法式小楼，挂着会所的牌子：4A会所。

接待的妹子很热情地告诉他们，其实他们大部分的办公楼都不在这里，这只是个招待客户的场所，楼上还有他们市场部的同事。

负责市场的人很快就下来了，一片都是妹子很是养眼，赵敏的室友丹妮赫然也在其中。没想到谈判的过程也很顺利，丹妮不断地在替他们说好话，估计在他们来之前丹妮也做了不少工作。

"那就这么定了吧，我们可以给一个优惠价，支持大学生创业嘛，其他高价的我也不说了，真正是良心推荐。"

"我们的广告你们会在哪些渠道发布呢？"

"我们会给你考虑微博大号、户外广告等等，你还不放心吗？你看合同的条约里有提到的，看到了吗？"

不愧是专业公司，速度非常之快，在他们随便聊聊的时间里，连合同都做好了。

郭天宇对紫阳公司的专业性佩服不已，但心里还是有些忐忑。他忍不住瞥了一眼丹妮，她化了一个精致的妆容，一身黑色的连衣裙外套着一件白色的小西装，显得特别精干，与平时小女生的样子截然不同。她也正看向郭天宇，摇了摇头，表示更多的自己并不知情。

郭天宇还在犹豫，因为那个负责商务谈判的女主管，总给他一种不是特别靠谱的感觉。而且，这个合作谈得也未免太容易了些，让人不免有些不放心。

刘帅平日见惯了父亲签上亿的大合同，因此觉得这样的小合同不会有大问题，于是拍了拍郭天宇，向对方说道："那就定个数吧，我们的预算是真的不高。并且说实话，也不是非做不可，毕竟你知道我们只是在校社团，这点也请你们原谅。"

对方也不气恼，反而笑呵呵道："那你们报个价吧。"

刘帅犹豫了一下，看向郭天宇。

"3 万元，我们只有这么多。能做什么，就在这个基础上谈吧。"郭天宇的语气有点不容辩驳，并没有给对方留下多少谈判余地。

看着赵敏着急的眼神，郭天宇回了一个安慰的眼神，让她放心。他清楚必须要把握住这个机会，因为对其他广告公司来说，可能根本不会看上他们这么小的业务。但是，3 万元已经是他能够承受的最高限度了，他不敢拿更多的钱去冒险。

没想到，对方还是颇有耐心地微笑着："钱是少了点，不过没关系，也算我们支持一下大学生创业吧，我跟领导申请一下。"

这件事最终定了下来，郭天宇也认为对于他们现在这样的小网站而言，这样的广告已经够为他们开局了。

"丹妮，这次多谢你了！"在紫阳广告公司门口，郭天宇对送他们出来的丹妮感激地说道。

丹妮俏脸一红，但还是大着胆子说："那你请我喝咖啡吧。"

"没问题！"郭天宇一口答应，广告这事给了他们很大的希望，一杯咖啡算什么。于是他对着一旁的刘帅和赵敏说："我们一起去吧！请丹妮喝咖啡！"

说完，郭天宇就大步流星地带着大家朝街口的咖啡馆走去，他没有注意到，丹妮不开心地皱起了眉头。

但谁也没有想到，这个时候陈冠平能否继续负责网站开发这件事，出现了变数。

半个月前的全国计算机选拔赛结果出来了，杭州大学获得了代表中国参加 ACM 国际大学生程序设计竞赛全球总决赛的机会。陈冠平将作为主力选手和其他两位同学一起去美国德克萨斯州参赛，比赛时间将长达近两个月。

这一全球性比赛由美国计算机协会自 1970 年开始主办，是目前国际上最具权威性的大学生计算机竞赛。因此，陈冠平不想放弃这次难得的机会。

在这个时候，郭天宇思前想后，也只能接受"天下趣游网"在这段时间暂不进行技术升级的现实。本来郭天宇有一肚子的想法，希望通过网站增加功能来吸引更多的用户。

"陈冠平，一家兄弟不说两家话，我们都希望你比赛凯旋。"

"可是……网站的技术该怎么安排？"赵敏打断了他的话，带着犹豫问道。

"你们放心，如果网站有问题，你们随时告诉我，我可以在美国抽时间远程解决。"陈冠平斩钉截铁地说，"而且你们不知道吧，这次比赛获奖的队伍，有几千美金的奖金，我算过了，能有 3 万元人民币。社团不是缺钱吗？"

刘帅被陈冠平的这番话感动了，觉得有些不好意思："这……怎么行？"

"你们平时为业务跑进跑出，我却只有在技术上出过力，我也想为社团多做点贡献。"陈冠平说完这句话，发现赵敏向他投来了赞许的目光，下意识地挺了挺胸，很快又将头给埋了下去。

"好兄弟！不要担心我们，别想那么多，好好发挥！不然回来削你！"

郭天宇狠狠在陈冠平肩膀上拍了一下。虽然平时玩笑居多，陈冠平此刻也动容了，双眼发酸，差点流下泪来。他知道这个时候走，"天下趣游网"无疑是危险了，但为了凑齐那 20 万元的资金，顾不得那么多了。

时间过得很快，广告合同签约后，已经过去了一个月。

但要命的是，郭天宇天天刷着微博，却从来也没见到宣传他们的消息，在坐公交车的时候，也特别注意路两边的广告牌，可从未能够看到任何有关"天下趣游网”的信息。打电话给对方,总是让他们再等等,说紫阳公司的项目太多,希望理解。

见他们一拖再拖,郭天宇和刘帅也没有耐心了,因为网站一直没有升级,“天下趣游网”每天的访问量已经跌到了可怜巴巴的百位数。商量过后,郭天宇和刘帅打算再去一趟广告公司,当面进行交涉。

这一次,对方的态度则非常冷淡。

“请你们稍等。”前台小姐说,然后就把他们晾在那里近一个小时,才让他们上楼找上次那个主管。

主管倒是还算客气。“你们的广告啊,我们做了呀!”她说,“你们要理解,3万块钱能干什么呢!你自己算算。”

刘帅也被她这么胡搅蛮缠的话弄得没有耐心了,说:“别扯那些了,都扯了一个月了,你说做了,那给我们亲眼看看吧!”

那个浓妆艳抹的女人瞥了刘帅一眼,微微一笑,几步就走到她办公室朝东的一个窗户前面,“哗”的一下拉开了窗帘:“看见没有,就在对面,户外广告!”

朝着她手指的方向,郭天宇和刘帅找了半天才发现,对面写字楼的中间楼层,挂了一块并不显眼的幕板,上面简单地印着他们的网站名称,和一张不知哪里找来的春游学生图!旁边挂的一排空调排风扇,都要比它美观显眼!

郭天宇大为吃惊:“你们上次可不是这么说的啊,这也算广告吗?”

“这块破牌子也值3万块?”刘帅也急了。

“哎呀,同学你好好算算,高速公路上一块广告牌一年要三四十万呢,3万块也只能做这么大了,要知道这是在市中心,我可是还给了你们很大的优惠呢!”

“那其他的渠道呢,合同上还写了微博大V推荐?”郭天宇追问道。

“哪有那些多余的经费,再说了,你既然提到合同……我们写的是使用这些渠道等,是作为参考的,并没有指明哪一项,我们最后选择了户外广告。”

“你们这是商业欺诈!”郭天宇气不打一处来。

刘帅也非常生气,但他明白,这次的事情确实是他们失察。

果然,那女人看了看他们,无所谓道:“那你们就去告吧,合同都看不懂,还出来谈生意。我们这样算很客气的了。”

第六章

坠入陷阱

郭天宇和刘帅被女主管连嘲带讽地“送”了出来，回到学校真是越想越气，这时候赵敏和丹妮也来了。

“怎么回事？听说你们去公司了？”丹妮问道。于是郭天宇将今天的遭遇从头到尾说了一遍。

“这也太欺负人了！”丹妮听完不禁也为他们抱不平，“不行，我明天上班一定去帮你们问清楚。”

“丹妮你别急，那也没什么用。”赵敏想了想，“你们主管哪里会看你的面子，就把今天说的话收回去呢？”

商量了半天，大家也商量不出什么解决的办法，只能怏怏地散了。

回到寝室没多久，只见刘帅步履沉重地走了进来，郭天宇关切地问：“怎么了？”

“我以为这件事也许还有转机，既然没效果，应该可以把合同退掉吧？”刘帅叹了口气说。

“说得没错，可是他们不同意呀。”郭天宇说这话时有些垂头丧气。

刘帅当然也知道自己这个想法天真了，进了对方口袋里的钱，哪有那么容易掏出来？只见他闷闷不乐地说：“我刚才想了半天，最后给我爸打了个电话，你不知道，上次杜总的事，最后我也是找他兜底，才能通过一些商业利益，让杜总打消报复的念头。”

“什么？”郭天宇大为吃惊，他还一直以为杜总是真心给赵敏道歉的，没想到竟然是个扮猪吃老虎的人。

“可没想到，他把我拍给他的合同看完后，就臭骂了我一顿！”

“合同有问题吗？”

“有大问题，他说签之前没有给他看过，现在已经没办法了，连法律都站在不要脸的紫阳公司那一边。”

“怎么会这样，问题出在哪里？”郭天宇急切地问道。

刘帅苦笑着回答道：“合同中虽然列了很多广告渠道，但是没有明确用哪几种方式来给我们做。而且，要求我们在没有看到广告前就一次性付款，是在把我们当傻瓜耍！其实，我们当时应该按照效果付费的方式去谈，那就不会上这么大的当了！”

郭天宇听到这里顿时明白了，当时只顾着兴奋，根本没有意识到广告合同里有这么多细节，直接就跳进了对方设计的陷阱里。现在想想，3万元确实做不了太多的事情，广告公司一开始就没打算给他们认真做！

这件事让两位意气风发的大学生体味到了巨大的挫败感。

第　七　章

网络英雄传·前传

光未盛

疯狂暴走

什么是伙伴？
那就是有人掉队了，
但我们还是在一起。

第七章

疯狂暴走

一连串的打击，让大家对“天下趣游网”的未来一筹莫展，而郭天宇感到身上的压力更重了。3 万元的广告费打了水漂，原本只差两万元实际到位的注册资金，一下子又扩大到了 5 万元，他觉得自己一刻都等不起了。这天，郭天宇把“天下趣游”社团的人聚在一起，商量对策。

此刻，社团会议室静得出奇，所有的人都选择了沉默，或许是大家都觉得“天下趣游网”已经山穷水尽了。

“现在股市行情不错，我们还有 15 万元本金，如果去股市转一圈，赚 5 万元应该不成问题。”刘帅似乎早已有所考虑。

“炒股？我不赞成！这风险太大了！万一赔了呢？”郭天宇第一反应就否决了这个提议。

“做生意哪有什么万无一失的，机会总是蕴藏在风险里。更何况现在大牛市！”

“隔壁 610 寝室的小萌还不是亏光了这个学期的生活费，到处在借钱呢。”

“那就老办法，举手表决，赞成炒股的举手！”刘帅率先举起了手。

郭天宇将双手叉在胸前，算是表态了，剩下的赵敏和陈冠平还有其他 7 名社员，有 4 个举了手，5 比 6，提议没有通过。会议室陷入了尴尬的气氛。

“让刘大帅哥去卖艺吧，生意肯定不错！”赵敏为了活跃气氛，拿一旁的刘帅打趣，“你长得帅，那些小妹妹看见你就被你迷得七荤八素，肯定乖乖掏钱！”

刘帅一下就被赵敏逗乐了，刚还阴霾的脸色舒缓了不少，一时间，社团里的人居然活跃了起来，纷纷表示赞成，还讨论起了刘帅可以卖些什么才艺。甚至有人说，刘帅压根不用卖艺，只要往那里一站，颜控们就已经被倾倒了。毕竟这是一个看脸的时代，颜值就是王道。

一旁的刘帅无奈地看着大家，什么都没说。

能够在这个时候让大家开心一下，或许也是件不错的事情。

“卖艺？我们的确可以用‘卖艺’的方法来筹钱。”郭天宇看着大家你一言我一语，突然正色道，“不过这个‘艺’要我们大家一起卖！”

“郭大社长，你就别卖关子了，赶紧给我们说说，我们这群人有啥‘艺’可卖的！”

“毅力！”郭天宇有些激动地从座位上站了起来。

“毅力也能卖？”这个答案让大家倍感疑惑。

“只要能吸引注意力，就能卖！这是一个注意力经济的时代，如果能够用我们的毅力完成一次暴走，吸引到足够多人的注意，就可以产生经济效益！”郭天宇兴致勃勃地解释道，“当然，这次暴走必须要挑战极限，比如在烈日下暴走30公里，相信一定能够引起广泛关注。”

“是的，我们花3万块钱去做广告，不就是为了能够吸引更多的注意力吗？如果一次疯狂暴走可以让更多的人知道‘天下趣游网’，当然值得尝试！”刘帅也有些激动。

听到这里，赵敏有些兴奋得坐不住了：“那我们就行动起来！我报名！”虽然一些男生提出这对女生来说是个不可能的任务，但为了鼓舞士气，赵敏第一个举手报名。

见刘帅和赵敏如此积极，大家对郭天宇的话虽然还是将信将疑，不过既然是一次不需要金钱投入的活动，试试又何妨呢？

宣传海报很快就到处贴满了，一场奇怪的活动拉开了帷幕。

“暴走？”

“脑子没摔坏吧？”

“这怎么可能呢！”

第七章
疯狂暴走

看着人群聚集在海报周围指指点点，郭天宇顿时就有了信心。

“你们看，不少人都拿起手机了！”

这个活动其实非常简单，就是从下沙高教园区一路暴走到西溪湿地，路程有32公里。在别人看来，这完全是自虐的活动。当年大一烈日下的军训，让大家对5公里训练留下了不小的阴影，何况是三十多公里？根本不可能完成！

郭天宇拉着社团的成员，踏上了一场拉练。不仅如此，他们在白T恤上手绘了“天下趣游网”的名字，印上了群的二维码，还拉出了一直积灰的社旗。

你猜猜：他们能不能走完呢？还是自取其辱？

很多人都是抱着看热闹的心态，扫描海报上的二维码加入了公共群，来围观他们的进程。关注的人多了，学校老师的目光也被吸引过来了，也有不少热爱运动的同学加入到他们这场暴走的活动当中。

这样一场阳光的体育活动，正符合最近的号召。社团联的老师很是满意，虽然没有给出什么实质性的帮助，但是答应他们如果这次活动成功，下次可以帮助筹办，还把校刊的活动板块也留给了他们这次的事件。

不少好奇的同学和一些老师，也同意在终点处为他们是否到达作证！

在这样的风潮下，一些旅游企业也被郭天宇他们充满想象力的活动吸引了，甚至还派了两三个人在终点处设置了摊点，安排了些自己的传单和免费的饮用水。虽然廉价，但是郭天宇相信，如果这次活动能够达到效果，那么日后想要同他们谈合作，也会容易很多。

是日，天气晴朗，钱塘江涨潮时分，一阵一阵的浪发出巨响。

郭天宇站在江水边，望着整装待发的队伍，颇有一种看着征战前的将士之感，他神色少有地严肃，还有一种豁出去的豪情。

“天下趣游，意在天下。现在互联网千变万化，如果我们没有争夺天下的决心，那么这个孩子迟早会死在我们手上！成败在此一举。成，则天下兴；败，则天下亡！”

“成，则天下兴；败，则天下亡！”刘帅不自觉地重复着这句话。

这仿佛是一支真正的远征军，随着一声哨响，一个四五十人的方阵冲出起点，向西溪湿地进发。走！走！走！郭天宇每向前走一步，就感觉离全国大学生社团大赛的门槛又近了一步。

或许是被他们庞大的阵势所吸引，也或许是被他们洋溢着的活力所感染，很多路上正在晨跑、散步的人自发地加入了他们的队伍。

那一天，整个钱塘江的浪潮都异常汹涌，远远回荡着那一句誓言。

时间过得很快，日头高照，已经迎来正午。

赵敏脸色通红却一声不吭，连一直热情的刘帅也不说话了。郭天宇看了看日头，怕再走下去人也要晒中暑了，于是提议走到不远的西湖边避避暑。

这一坐不要紧，却没有人再爬得起来了。郭天宇暗自懊恼，想起外公和他说过的故事，长征路上爬雪山时，高寒缺氧，人在极度疲劳时往往一坐下就再也站不起来。现在怕是出现类似的问题了。

就在郭天宇抓耳挠腮的时候，刘帅却带头站了起来。

郭天宇眼里露出感动。刘帅笑道："不能再坐着了，不然再也爬不起来了。走，等我们到达终点，让社长请客！走咯——"

郭天宇佯怒道："刘帅！你给我等着，我让你爬不起来。"

一名社员揽住刘帅的肩，他比刘帅矮了不少，所以这个动作尤为滑稽："帅哥，你看我们社长是不是越来越像母夜叉了？"

刘帅噗嗤一笑，答道："不像啊！"

郭天宇刚松了口气就听见："社长是公的。"

赵敏听到这里也忍不住笑了，从地上爬起来拍了拍灰，乐不可支。

此时的郭天宇心里是愉快的，虽然"天下趣游网"前途未卜，但这一群社员却是有心为之前行的。至少，他们都认他这个社长，愿意跟着他走这么长的路。

可是正当他们给自己打气的时候，天空却丝毫不给脸面，一层接着一层的阴云飘来，仿佛承受不住一般，发出了低哑的雷声。

雨水还未落下，但眼看着不远了。

更为糟糕的是，为了修地铁，前面的道路被封了！那栅栏很高，这一大队人却只能望洋兴叹。一个星期前，在设计路线时，他们来过这里，当时还没有这些栅栏，可为什么偏偏今天堵上了？也许只能怪他们运气不好。

见天空满布阴霾，路线又受阻，郭天宇只好宣布休整，同时调整一下路线。

此时就连刘帅也不顾形象地瘫在了地上，嘟嘟囔囔道："下次我还是开车跟着你们吧，穿越沙漠都行！"

"别做你的春秋大梦了！"赵敏一个盖帽拍在他的脑袋上，笑道，"要不然我搀着你？"说着就想要去拉刘帅，也不避嫌，但是倒也不叫人多想，而是显得娇俏可爱。赵敏今天身穿背带牛仔裤，和平时淑女的样子很不同，随意斜扎的马尾，活脱脱是个郊游的少女。

"赵敏！"刘帅一脸窘色。

但赵敏却故意不理睬，淡淡地笑着走开了。

看着赵敏，"星如雨"这个名字突然浮现在了郭天宇的脑海里，他忍不住想：这两个人根本不像啊！唯有那单纯恶作剧的模样，那么相似。难道……真的是她？

想到这里郭天宇犹豫了，他转过头低声问赵敏："赵敏，你参加的那个游戏大赛是什么呀？"

"怎么没头没脑问这个，就是个小游戏。"

听到这个答案，郭天宇松了口气，见赵敏奇怪地盯着他，不自在地咳了一声。

"瞧不起女孩子？我可还能走，你们不会吃不消吧。"

"走还能走……可是前面封道了，我们只能绕路了。"

此时大家分成了两派，一派认为现在返回学校还来得及，今天走到终点是不可能了；另一些人则认为不管怎样，也一定要走完全程，这个赌他们输不起。

不出意外，又有两个女孩打车走了。郭天宇对这个结果还算满意，虽然酷热的天气加上体力透支，出发时浩浩荡荡的队伍，只剩下十几个人了，但至少"天下趣游"社团的成员都还在。他看了看明显体力不支的赵敏，询问的意思很明显。不过，赵敏只是摇了摇头："我没事，你们可不要小瞧了女孩子。"

郭天宇忽然感到，她眼睛里的神采又回来了。自从上次发生了 KTV 事件之后，他总觉得赵敏身上有些郁郁寡欢的色彩。

"哎哟！"丹妮娇呼一声，将赵敏吓了一大跳，来不及伸手她就摔在了杂乱的路基上。

正好这一段修路，到处都是碎石屑，丹妮的腿摔得好不惨烈。

“你今天不舒服,本来不该来的。不是叫你一直扶着我吗?”赵敏略带责怪地说道。丹妮从早上开始就一直肚子疼,赵敏劝她就不要参与了,可她偏偏不肯,倔强极了。

“赵敏,是你说扶着我的……你怎么松手了?”丹妮眼泪汪汪地看着赵敏,叫人好不心疼。

赵敏正想说是她自己见了路上有趣,松开了手又跑得急,不免受伤,但见她红着眼眶,也不好多说。倒是站得近的陈冠平不动声色地站在了赵敏前方。

见丹妮眼泪止不住地流,赵敏蹲下身去看,只见丹妮膝盖上模糊一片,犹豫了一下,还是打开了水杯,将仅有的一点水洒在她的伤口上冲洗。

“啊!!”丹妮忍不住痛呼起来,“哎呀,姑奶奶你轻点呀!”

郭天宇走过来安慰道:“丹妮受伤了,错在我,我这个社长竟然连你身体不好都不知道。”随后拿出准备好的医药箱,跪在丹妮旁边,开始细心地给她简单包扎。

丹妮此刻痛苦地咬着嘴唇,扯了扯郭天宇的衣角:“是我自己不小心,怎么能怪你们呢?”说完在郭天宇的搀扶下,硬站了起来:“走吧。”

郭天宇也急了:“走什么走,你伤成了这样……”

一听郭天宇怒声对她喊,丹妮也是倔强,竟然甩掉他的手就自己往前走,却差点又摔在了地上。

郭天宇看不下去,一把扶住她的胳膊:“丹妮,你还是回校医院看看去吧,到时候留疤就不好了。”

“可是我一个人……再说,怎么也不能拖你后退,拖大家后腿……”

“你一定要去?”

“一定!”

话音刚落,郭天宇就蹲下身子,一把将她背在了背上:“那我背你走!”

丹妮立马脸红了,半推半就地说:“放我下来。”

郭天宇果然不顾丹妮的反对,一个劲地往前走。为了不让自己的身体打到丹妮受伤的膝盖,他硬是将丹妮的身体尽可能地往上抬,走起来颇有些吃力。

丹妮看见郭天宇在这么多人面前,视若珍宝地背着自己,虽然觉得有些难为情,但心里却生起了一丝甜蜜。

经过一路波折,总算是靠近了终点。此刻天已经全黑,星星闪烁,前面的西溪湿地，也就是他们的终点，漆黑一片，莫名地恐怖。最要命的是，约定好见证他们越线的那些老师和同学似乎早已经撤离，远处的西溪湿地看上去空无一人。

忽然一声响雷，埋伏了一下午的大雨倾盆而下。

而早已体力不支的队员，有几个干脆一屁股坐在了雨水里。所有的人……都不行了。刘帅和赵敏不自觉地看向郭天宇。

郭天宇背着丹妮，其实早已体力透支，见大家看着他，本来已经有些松懈的精神又为之一振，努力用残存的力气朝大家喊道："来都来了！走！咱们总该看看终点是什么样子吧？"

"就是！累了一整天，要是终点都没看到，那就太亏了！"大家纷纷附和。

丹妮也从郭天宇背上跳下来，左右的人立马站起来搀扶着她。于是一个接一个地，大家都手挽着手，在大雨狂作的夜晚，一声不吭地往前走。

有的人鞋都掉了，女孩的头发都贴在脸上，完全不顾形象。但是——

什么是伙伴？

那就是有人掉队了，但我们还是在一起。

他们到达终点的时候，所有人都浑身湿透了。

所有加油的标语都撒在地上，栽在泥里，字迹都看不清了。大家都目瞪口呆地看着这萧条的场景，说不出话来。

这一场暴走，虽然大家精神上都得到磨练，但最终的结局，无疑又是失败。郭天宇和在场的所有人，都深深感受到，要做成一件事情其实很难。

愿望和现实之间，隔着万水千山。

几乎是带着沉痛的心情，这一小撮人走向了茂密的西溪湿地。

苍翠的色彩，白色的飞鸟，到了夜晚只剩下黑暗和静谧。

没有张灯结彩，没有掌声鲜花，甚至没有人在意他们是不是九死一生才来到了这里。

"啊！"赵敏忽然短促地叫了一声，在安静的湿地显得尤为突兀。

"你怎么了？"郭天宇和刘帅同时伸出手来。

赵敏虽然脸色发白，但是还是摆摆手道："没什么，应该是松鼠之类的。"

刘帅没有说什么，把手搭在她肩膀上，像哥们似的拍了拍："别怕，我在。"

正当大家松了一口气的时候，那一阵吱吱嘎嘎的声音又出现了。"这绝对不是松鼠弄出来的动静。"

一阵诡秘的气氛在人群中散播开来。赵敏在黑暗里，想也不想就抓住了郭天宇的衣袖。郭天宇低头看了看赵敏，却只能看到她微微颤抖的眼睫毛。郭天宇见四周无人注意，也脸颊发烫，像做了什么错事一样任由她抓着。

声音忽然停止了。

一束光线忽然照射过来。赵敏被吓得几乎跳起来，和那天勇敢地扇了他人耳光的她，一点也不像。郭天宇觉得此刻的她就像一只受惊的兔子，几乎想要伸手拍拍她的脑袋。

就在这时，一个身影从远处走来，渐渐近了。

真的有人！但这唯一一个出现在西溪湿地的人，却出乎所有人的意料。

其他人或许没有认出，郭天宇却再熟悉不过，远远就认出了来人。但他和刘帅从头到尾都没有主动找过他，他又为什么会来？

"天宇，是我。"

"孙教练！你怎么在这里？"刘帅也颇为惊讶的样子。

"听说是你俩小子弄出来的把戏，我就知道你们肯定会到达终点。"孙教练却只是无所谓的样子，看着郭天宇，难得地温和，似乎他只是偶然散步经过。

但是这怎么可能，况且他们比预定时间晚了那么多？

孙教练就像金庸小说中的那个武林高手扫地僧一样，在这落叶遍布的树林边上踱步，直到等到这些人。那个在球场上大声教训他，在办公室丝毫不给他面子的孙教练，此时在郭天宇心中，却仿佛得道的高僧，在粗暴的外表之下，有着一颗淡然而执着的心。

"你是我教出来的队员，肯定不会放弃。就像一场加时赛，打到最后，不认输的人，就赢了。"

见郭天宇还呆呆地看着他，孙教练一声吼："跑呀！还等着我给你们都带伞来吗？"

一行人回到学校已经是深夜，大家纷纷散去，郭天宇却被孙教练叫住了。

第七章

疯狂暴走

他坐在孙教练的宿舍里，窗户开着，夏天夜里仍然升腾着热浪，很快他的衣服都被烤干了，只有袖口和头发还有些濡湿。孙教练随手把白色的毛巾扔给他，一起递上来的，还有一个牛皮纸信封。

“天宇，这个信封你替他们收下。”

郭天宇竟有些反应不过来：“什么？”

“篮球队正好要组织一次旅行，大家都指定你给他们策划一条好玩的线路，这不，委托我来给你下‘任务’呢！这里是7万块，旅行的费用。”

“可是，我怎么没有听说？”郭天宇疑惑地把信封推给了孙教练，“再说了，篮球队都是短途旅行，哪里用得了7万块！”

“你还说，你都多久没来队里了！我们这次打算搞一个跨省7日游，郭社长，你该不会是不想做我们篮球队的生意吧？”

“这，这怎么敢呀！”郭天宇有些不好意思，他知道，能组织这样一次长途旅行，孙教练一定花了很大力气去说服上头的领导，顶了不小的压力。

“虽然我能力有限，但能帮你们的，我还是愿意帮一点忙。上次在教务处，还给你们泼了盆冷水。现在想想，是我老孙武断了。但你们能如此坚持，就一定会成功。”孙教练仍然说不出什么华丽的客套话，但每一句话，对郭天宇都有着重要的意义。

“我知道这次又出了漏子，社团联的经费还是不会批给你们的。”

郭天宇看着孙教练望着他的眼神，是真的很简单的那种目光，仿佛只是给了饥渴的人一杯水，理所应当。

但是他低头看着手里的信封，那是厚厚一叠，差不多要把封口撑破了。孙教练是个老古板，平时一直对于微信啊、网络啊一窍不通，让他们私下里笑了半天。但是对于他们这些“胡闹”，却一直这么关心和在意。

对于“天下趣游网”来说，这的确是雪中送炭。一切都可以重新开始了。

这天，郭天宇正和刘帅商量着，累了这么多天，该放松一下，去后门喝个小酒什么的，赵敏的电话却突然打了进来，说是陈冠平的美国之行又遇上了变故。

郭天宇脸色由红转黑，立马拉着刘帅赶了过去。

“对不起，是我们的统计工作发生了错误，预赛结果中并没有你的名字。”负责带队的书记员是个戴眼镜的小姑娘，一脸正经地对陈冠平说。

“这怎么可能?”郭天宇率先嚷了起来。

陈冠平半天都愣在那里。“这不可能！怎么会出错！怎么会……”

“就是啊，我们陈冠平的计算机能力可是出了名的，派人肯定要派他去。这个队伍，还得靠他才行。”赵敏见他脸色不好，也急忙附和道。

“一定是有人做了手脚!”郭天宇想了想，首先怀疑是暗箱操作。但是在这个节骨眼上，任人明抢也太说不过去了。学校也要顾及面子吧?

想了半天，郭天宇还是决定从信息来源入手，他走到戴眼镜的女孩身后，状似随意地问了一句:“你就是书记员吧，这是哪里下来的文件?”

“嗯，我是从学校党委宣传部拿来的。”

理论上学生活动是团委负责的，怎么会惊动宣传部？莫不是陈冠平犯了什么错误？想到这里，郭天宇眉头一皱。

这时赵敏主动拉住小姑娘的手，亲亲热热地问:“你是叫玉颖吧，我在团委开会见过你。你还记得吗?”

“咦?”赵玉颖思索了一会，依旧没有印象，但见赵敏笑颜如花，温柔可亲，说得又是那么笃定，赵玉颖也就相信了，还以为自己忘记了赵敏，有些尴尬地笑了起来，腼腆地露出两个虎牙，装作认识的模样:“是你呀。”

虽然拉拢了传话的女生，可对于为何这名额会突然不见，一个下午也没有讨论出结果。在百思不得其解中到了傍晚，众人送走了赵玉颖。郭天宇见陈冠平还是情绪不好，便叫上了刘帅，来到后门的小酒馆想开导开导陈冠平。

但是陈冠平却是一言不发，啤酒上来以后，更是一个人默默地喝酒。

“别喝了!”刘帅忍不住劝道，“不就是一个比赛名额吗?”

刘帅抢过陈冠平的瓶子，却被他一手夺了回去:“你让我喝个痛快！不行吗!”

郭天宇见状心中叹了口气，按住刘帅的手腕，低声道:“算了，你让他发泄一下。”

陈冠平一口气喝见了瓶底，眼里全是混沌，就像是啤酒瓶底般厚重。郭天宇拿起酒杯，什么话也没有对陈冠平说，只是陪着他默默地喝。陈冠平喝空了一瓶，他也一仰头灌了个干净。刘帅看到这个架势，转头对赵敏说:“要不，我先送你回去吧。今天我们陪他醉一场。”赵敏点了点头，但坚持道:“那我便走了，不要你送，我也劝不了他，你陪陪冠平吧。”

刘帅沉默了一会，注视着赵敏走了出去，也倒了一满杯酒。

赵敏走了，陈冠平也许是喝多了，总之他开始说话。但听了一会，郭天宇和刘帅就发现，他不是对着他们在说，只是自顾自地说，而郭天宇、刘帅二人也只是默默地听。这个酒馆不大，密闭，空气很差，地上还都是瓜子壳。

陈冠平絮絮叨叨说了很久很久，久到郭天宇一抬头，发现酒馆里只有他们头顶上的灯还亮着，刘帅已经趴在桌子上不省人事，似乎是睡着了。但陈冠平把牙咬得吱吱作响，一脚踩住掉落在地上的瓜子，使劲地把它们碾得粉碎，他继续半醉半醒地说着心事，郭天宇也就继续听。

陈冠平说自己以前叫阿平，养在山村里的孩子十岁之前都没有大名。其实他原本叫阿贫，贫贱好养活的意思。十岁那年他遇到一个说书先生，先生给他起了个名字叫冠平。母亲听完说书先生的讲解后很难过，但是最后在户口本上，还是给他填上了这个名字。冠是男子的成人象征，也是官帽，大概陈冠平的未来也会是仕途平平的。换句话说，他走不出这个山坳坳。说书先生就劝慰他妈妈，走出去也没什么好的，外面总是险恶，飞出去的就飞不回来了。

后来母亲就常常对他说：“阿贫，贫穷没什么不好的，不属于你的东西，只会让你拼了命去抢，最后连自己都回不来了。”

他不明白，他厌恶母亲，更厌恶她把自己生出来。从小陈冠平没有见过他爹，大概是死了吧。

但是后来人家告诉他，他还在妈妈肚子里的时候，他爹就不要他了，也因此不要他的母亲。家里总是很穷，仅仅维持着母子有口饭吃。

有一年，过年的时候，他的母亲给他炖了一锅鸡汤。虽然大多只是汤水，漂着少许的肉末，但鸡汤很好喝，很香。他一辈子都记得，只是不知道她哪里来的钱，平时他们家连肉星儿都见不着，吃不起啊。所以，陈冠平一直就是黑黑瘦瘦，矮矮小小的。村里有人跟他说，他母亲是偷鸡贼，他信了。他开始讨厌这个她，为什么会是他的母亲！于是，他把装了鸡汤的锅砸了。

那晚，母亲哭了一夜，哭得很伤心。

大年初二,母亲一个人就去了县城里做工。

那是1997年夏天的某一天,陈冠平到了要上学的年纪了,母亲回来的时候,满脸喜色:“阿平,你可以去县里上学了,你开心吗?”陈冠平懵懂地点了点头,他记得村里的孩子都说,县城里可好玩了,要什么有什么。

很快,陈冠平发现母亲更加勤快了,经人介绍,去县里做保洁。她总是带着他去县城,在同一户人家做家务。那户人家只有一个男主人,每天傍晚,母亲就坐在餐桌前做着针线,等着他付工钱。然后,陈冠平就会一个人坐在客厅里,等着母亲从男主人的卧室里,拿了工钱出来。

过了不多久,母亲就带着他上了县城里的学校,交了学费,头也不回地走了。他在住宿制的小学里上了几年学,再回到母亲身边时,已经要上初中了。那时候,外来务工人员的孩子并不能在城里读书,因为没有户口。但不知道为什么,等到陈冠平上初中的时候,他却如愿地升了学。

母亲带他去报到之后,就领他回到那户做家务的人家,对着男主人说:“阿平,喊爸爸,快喊!”她拍了一下他脑袋,陈冠平却一直愣愣地看着这个陌生的男人。后来,母亲带他回过一次村里,村里的阿婶跟他说,母亲见到城里好,就勾引了城里的男人过好日子,肯定不要你了。

陈冠平听完,什么都没有说,但母亲或许听到了什么传言,再也没有带他回过村里。他的新爸爸是个工人,平时不怎么说话,但有时候喝完酒就骂骂咧咧,指天骂地:“这万恶的命!这么一个便宜儿子!老天爷哟!”

那时候陈冠平刚刚上初中,十一岁,个子纤细,站在那就像一根崴脚萝卜。他想母亲说得对,强求来的不是他的,求来的爹也不是。现在他已经知道了,他没有爹。

不喜欢他娘,一是因为害怕别人说,他在学校的一切,都是她娘出卖身体和灵魂赚来的。二是,娘又怀孕了,不久以后,那个男人的孩子,会把他唯一的母亲也抢走。

于是他拼命读书,考上了镇上的高中,一个月只回来一次。后来,他的弟弟出生了,他更加不愿意回来。

“这小兔崽子,连爹娘都不要了。枉费你平日对他这么好!”他后爸对他妈这样说,他娘哭得很伤心。但是,陈冠平还是没有回来,他找了个最远的学校填在高考志愿上。

第七章

疯狂暴走

后来,陈冠平是村里唯一一个考上大学的,但村里没有几个人知道。他甚至谁都不想告诉,那一切人事,都是他想逃离的。

那时候他喜欢的,或者说全身心渴望的,是一台电脑。只有代码能带给他快乐。玩电脑让他沉浸在另一个世界里,可以暂时远离这个让他痛楚的现实。他帮同学做了一个网站,后来无疾而终,人家考上了大学自然高飞远走,他的心血本来就什么都不算。不过也不坏,人家终于答应,把电脑送给他。

于是,他就带着唯一心爱的那台电脑,到了杭州。

第二天,郭天宇醒来就头痛得厉害,依稀记得陈冠平醉酒时聊起的身世,他马上想到了陈冠平。"陈冠平?不在?去哪了?不对,昨天我怎么回来的?"

再一思索,多半是人家店里的人送回来的,但剩下的事情都记不清了。郭天宇马上给刘帅打了个电话,他和赵敏这些本地生有时会住在家里:"陈冠平在你那吗?"

"没有啊!什么?冠平不见了?"

在这个时候,陈冠平的失踪惹出了更多的麻烦。他们甚至没敢告诉赵敏,不愿让她担心。郭天宇想到昨天陈冠平酒醉后好像说了什么,但后面的他也记不清了,大家都喝得不少。所以,他想要从中获得一点线索,也是极其困难的。

没想到这时候,昨天的书记员却突然来了。

赵玉颖慌慌张张地走进活动室,径直走向了正呆看着她的郭天宇。"你……你是'天下趣游'的社长吧,你看见上次那个……对,陈冠平同学了吗?"

郭天宇心想不好,怎么有这么多人同时在找他,还偏偏是这个时候,真是屋漏偏逢连夜雨。但他还是不情愿地问:"他不在,不过你有什么事,我替你转告吧。"

女孩脸上一红,郭天宇以为他看错了。赵玉颖虚咳了两声:"我也和学校反映了情况,可是老师说……要找陈冠平去了解情况。"

"后来,我便又托同学打听了一下,听到了了不得的事情!"

"什么?!"

郭天宇一听就愣住了,急忙让赵玉颖说下去。

"据说有人向公安举报了陈冠平!"

“公安？冠平吗……这事不可能吧？”

“本来我也不信，可是人家公安局找上门来了。好像说他非法入侵人家公司后台，盗窃公司账目，把公司黑账发给税务局，虽然那家公司后来被查出来的确干了偷税漏税的事，但这种行为却违反了规定，那个公司报了案……而且公安局一查，不仅核实了他违法入侵公司电脑，竟然发现他之前还黑了一栋别墅的网络防火墙，弄得整栋房子都停电了！他还挑衅学校校花大赛，恶意刷票！”

郭天宇一时收到的信息太多，大脑都要短路了。但他知道，由公安局捅到学校——

这回陈冠平是惹了大麻烦了！

那天晚上，郭天宇几乎一夜未眠，但第二天还是起了个大早。他顶着黑眼圈，来到活动室，刘帅和赵玉颖已经等在那了。

对于那天宴会断电的真相，刘帅并不意外：“其实，后来维修人员告诉我进一步检修结果的时候，我已经猜到是冠平了，那个黑客居然在我们家智能系统上加了一道防火墙。”

“维修人员说，那道防火墙可以阻挡99%以上的黑客，即使是他们公司的技术人员也写不出如此精密的防火墙。照道理，如果黑客有意要破坏照明系统，怎么可能再帮你写一道保护程序？”

“那天，大家玩得那么高兴，没人发现居然把他一个人丢在了寝室。刘帅，你当时是不是忘了邀请冠平呀？”郭天宇内疚地说道。

“唉，我在寝室说过了，只是没有单独对他说。”刘帅摇了摇头，“会不会是他觉得我没有单独邀请他，不算是邀请呀？”

“很有可能，冠平生性比较敏感，还有些自卑，我们平时都太忽略他的感受了。”

“但是学校最在意的，是他入侵了别人公司的电脑，现在警方把这件事通报给学校了，学校脸面上有些挂不住，肯定要做做样子。”

“那个杜总真的是欺人太甚，这么不要脸的事情还敢报案！但冠平也是为了帮我们出气啊！”

“所以我们不能不管他啊，这个名额，一定得帮他要回来！”

“怎么要？”

“上次姑娘说了这比赛非他不可，那么我们一定要让学校也觉得，非他不可。”

“学校怎么会听你的？”

郭天宇想了又想，一拍脑袋：“那就比赛吧！”

“上次不是比过了吗？”刘帅摇头道。

“不对，上次是刚好学校有比赛，就通过它选人了。这次进行和这场国际大赛一样的模拟比赛，如果陈冠平夺冠，那么他就一定能去。”

“可是学校会同意吗？”想到这里，大家顿时又都有些气馁。

“我去！我去和学校交涉……”沉默中，赵玉颖忽然站起来说，“就这么定了，这事就交给我来做。”

“可是你是带队的书记员，说来算是学校的人……没关系吗？”

赵玉颖一脸坚决地摇了摇头。

最后，赵玉颖拿着郭天宇和刘帅动员了两个班的计算机系学生签好名的建议书，去找学校谈判。

他们都没有见到赵玉颖是如何据理力争的，只知道她在各个部门跑了三天，这事最终就定下来了。

比赛就定在两天后的早上9点，然而陈冠平却依旧不知所终。郭天宇、刘帅、赵敏疯狂地给陈冠平打电话、留微信，所有的信息却都石沉大海，甚至在陈冠平常去的网吧，也没有找到他的身影。

两天后的早晨，郭天宇、刘帅、赵敏早早地来到比赛教室，带着最后的一丝希望，希望陈冠平看到他们的留言后，会出现在这个赛场上。

墙上的时钟无情地走着，发出的“滴答”声徒增郭天宇他们内心的焦躁。教授们已经陆续来到教室，在座位上坐定，气氛一下子更为凝重。工作人员过来提醒，如果陈冠平9点钟不能准时到，比赛资格将立即取消。

距离比赛开始的时间只剩下3分钟了。

就在大家几近绝望的时候，赵玉颖拽着陈冠平的衣袖气喘吁吁地出现在众人面前。

“冠平,你可把我们急死了,这两天到底去哪里了?”

“玉颖,你是在哪里找到这小子的,你真是我们冠平的大恩人啊!”

“来了就好来了就好,赶紧准备比赛吧,别辜负了玉颖这忙前忙后的!”

比赛正式开始。

他们面前摆着一个 8×8 的棋盘,棋盘的一端是还未开机的电脑,另一端就坐着出题的几位教授。

教授很快公布了题目,就叫作黑白棋。

“黑白棋,又叫奥赛罗。它的游戏规则简单,因此上手很容易,但是它的变化又非常复杂。有一种说法是:只需要几分钟学会它,却需要一生的时间去精通它。”说话的教授是一个头发已经花白,但很精神的老头。

“奥赛罗是莎士比亚一个名剧的男主角。他因受小人挑拨,怀疑妻子不忠而亲手把妻子杀死。后来真相大白,奥赛罗懊悔自杀而死。黑白棋就是借用这个斗争和挑拨的故事而命名。”

“游戏通过相互翻转对方的棋子,最后以棋盘上谁的棋子多来判断胜负。在 8×8 方格的棋盘中,当横、竖、斜八个方向内有一个自己的棋子,则被夹在中间的全部会翻转成为自己的棋子。并且,只有在可以翻转棋子的地方才可以下子。双方都没有棋子可以下时,棋局结束,以棋子数目来计算胜负,棋子多的一方获胜。”

郭天宇坐在台下,已经听得一头雾水,更不要提还要写出程序,将它拷贝进那台电脑里,最后和教授博弈了。

一个小时过去了,饶是郭天宇坐在台下也手心冒汗了,有些人更是无聊到直接离开了。所谓编程大赛也真的没有什么好看的,只能看到一群人坐在那敲代码。

只半个小时,有一个人完成了,是陈冠平!

教授推了推老花眼镜,狐疑地看着他把 U 盘插进了对面的电脑,屏幕亮了。时间过得很慢,在老教授慢悠悠的动作里,又是半个小时过去了。

教授的眉头越皱越紧,反复地演算着。忽然他在一个地方卡住了,思考良久,抬头看了看陈冠平,道:“这个地方……有问题,你多出了一段没用的代码!”

第　八　章

网络英雄传・前传

光未盛

残酷青春

他将孤独都注进电脑的铁皮箱子里，所有感情只留下了一个小小的USB接口，那是赵敏。

第八章

残酷青春

“其他的程序我都运行正确了，你赢了。”

“我们几个老头子都输了！”老教授突然兴奋地大喊，似乎输给陈冠平是一项科学大发现。

“你怎么做到的？这个题目，我们几个老家伙出就出了三天，你居然用了不到一个小时就解开了。”老教授打开了U盘，看到标准答案有整整三页的代码，陈冠平却只写了一页，就更加吃惊了。

陈冠平只是瞥了一眼标准答案，就明白了：“答案确实是高效正确的算法，但还不足够，对局面的评估是决定棋面的重要因素。所以，还要熟悉奥赛罗棋的战术技巧。”

“布子于边上的对方两子之间，同时在其他方向上夹吃对方棋子，这样的棋子不但自身安全，而且能在以后的战斗中发挥重要作用。”

老教授目瞪口呆：“那么你这多出的一段代码又是什么意思？”

“对行动力的判断也很重要。下棋时，如果有很多位置可选择，就称之为行动力强，反之，我们称为行动力弱。下棋过程中，必须尽量削弱对手的行动力，同时加强自己的行动力。而一旦无子可布时，对方会尽力增加连续布子的次数，对己方不利。所以，行动力也需考虑在估值函数中。”

“好啊好啊，你比我们还要想得周全！”

郭天宇他们惊呆了：陈冠平真是一个电脑天才！

比赛结果显而易见，在老教授吹胡子瞪眼的坚持下，学校也妥协了，最终同意将陈冠平送去参赛，以“将功赎罪”。

周日，郭天宇和刘帅、赵敏约在萧山机场，送别陈冠平一行人。巨大的机场建筑有一面几乎透明的玻璃墙，看着无数的起飞和降落。或许，很多人最喜欢的就是起飞的那一刹那，地板微微一抖就挣脱了地面的束缚，飞赴远方。可是，也总有那么一刻还要回到这里，重新面对留下的一切烦恼、矛盾、火药。

“冠平！”

在他的眼中，赵敏永远笑得风轻云淡，一切在她眼中都晕起了诗意：“不就是离别嘛，别弄得桃花潭水深千尺的，要不然最后我们要跟你上飞机怎么办？你看，连玉颖都笑了。”

赵敏眼珠子一转，看着俏脸飞红的带队书记员赵玉颖，转身调笑道：“咱们冠平现在待遇高了，出行还有美女给你做书记员，你可要照顾好人家啊！”

陈冠平讷讷地点头，忽视了赵敏一脸得逞的笑，以及丢给赵玉颖的“姐只能帮你到这了”的眼神。

郭天宇发现，赵敏临场“破坏”气氛的本事真是越来越强了。

被她这么一闹腾，离别的悲伤倒是消解了大半，刘帅也一拳锤在陈冠平的肩膀上：“嘿，冠军，咱平了他美国人的土地去！”

陈冠平最后一眼，落在了郭天宇的脸上。然而郭天宇只是笑笑，向他点头，把一切担心和祝福都化为一个眼神。

因为他担心的事情实在太多，以至于这个笑容也略带勉强。陈冠平走了，“天下趣游网”要怎么办？

作为一个学生社团，能够走到今天这一步实在太不容易，其中的难，只有经历过的人才知道。但就在他为剩下的3万块钱焦头烂额的时候，社团联的人又盯上了“天下趣游网”这个香饽饽。

当初想要跟他们申请一点经费，是百般不乐意，一个劲地把他们往外面推，现在瞅着“天下趣游网”有了知名度，又想“招安”他们。前两天居然直接找到了社团办公室，要求他们将账目放入学校公账，统一管理，但是郭天宇谎称他们还没有盈利。

“那么之前，老师给你们的捐款呢？”看来是孙教练给他们资金的事被学校知道了。

“那个啊……那不是捐款，是孙教练带全家去美国旅行的费用！”

之所以不愿意交给学校管理，实在是那一套学校的管理体系太过麻烦，一旦交入公账，只能开具发票事后报销。像上次一次性购买服务器之类的行为，他们就要先垫上才能等待报销手续，这对现在正在寻找突破口的“天下趣游网”来说实在是太不利了。

另一方面，技术核心离开，资金链跟不上发展速度，自己又屡次受挫，该何去何从，这个问题已困扰他许久。

刘帅早已看出郭天宇的颓废，只是他不说，怕伤了郭天宇的自尊心，但是有些人没有就这样放过郭天宇。

那天篮球训练的时候，郭天宇颇为心不在焉。

“运球都能把球运掉了，放羊你怎么不把羊丢了呢？！”他竟一不小心连出了几个失误，孙教练也忍不住朝着他吼道。

等到训练结束，孙教练来找他，郭天宇一点也不意外。

但没想到的是，孙教练并没有来指责他的三心二意，而是和他说起了刘帅的事。

“你不是一直想知道刘帅为什么要把这个位置让给你吗？”

听到孙教练的话，郭天宇眉间一跳，疑惑地望向孙教练，不知他为何提起这个当初不肯点破的话题。

孙教练叹了口气：“我知道你困惑，我想了很久，也觉得应该告诉你，你为什么在这里，在这个位置。”

他指着球场对郭天宇说：“你知道，第一场比赛你为什么被罚下吗？”

“难道不是……”

“判你犯规是没办法的事，你们刚好冲撞到了一起。如果再打下去，你们之间，根本难以分出一个胜负，我最后的决定也会受到质疑。当时我需要的，球队需要的，都是一个控球后卫。对，郭天宇你是个后卫，稍加训练也是一个出色的控球后卫。”

“刘帅不是前锋吗？”郭天宇似乎明白了什么，又似乎什么都不明白。

“但是他的父亲以前给学校捐过一栋实验楼，副校长很是看重，他赛前来找我，说他儿子喜欢篮球又是个苗子。”

“可是后来在医院，刘帅知道了这个内幕。他父亲说早知道他会受伤，当时怎么也不会让副校长自作主张让他进篮球队。”

“所以虽然我提出让他休养两个月，但刘帅自己坚决不同意，他想要把这个名额给你，因为你是该得的人。”

“郭天宇，你在这里，是因为你该在这里。”孙教练说完就走了，留下郭天宇一个人站在操场上，看着球框发呆。

回到寝室，郭天宇在微信上遇见了陈冠平，得知陈冠平此时已经到了纽约，而且，这次作为中国选出来的代表队，他们享受了颇高的待遇，竟然在比赛之前有整整一个月游学和海外训练的机会。昨天他们就和波士顿来的美国大学生一起训练了一天！

而今天本来想留在电脑房的他，硬是被那个书记员拽上了车，一众人正要去逛曼哈顿。所有人都如泥牛入海不见了踪影，平时的天才在和街边的涂鸦合影，不动声色的女生却抱着购物单钻进了第五大道，更有几对情侣自己去爬菲乐大楼了。陈冠平说这些的时候全是抱怨，但听在郭天宇耳里，却是乐不可支，毕竟难得有让陈冠平这个天才也不知道如何是好了的时候。陈冠平给郭天宇发了几张随手拍的照片，那街边的黑白涂鸦，是个只有翅膀而无躯壳的形状，仿佛是飞升的天使，抛弃了自己的身体。

“冠平，没发现你还有摄影天分啊！”郭天宇用微信语音发道。

“赵玉颖，你怎么走路没有声音！”没想到陈冠平发语音的时候，似乎受到了惊吓。然后就听见赵玉颖笑嘻嘻在旁边说话的声音，也不气恼：“因为我一直在这里呀。”

于是这大半个月郭天宇听得最多的，就是陈冠平对这个书记员的不满。

比如美国的牛羊肉都是一大块一大块的，陈冠平很不习惯这种一磅两磅的午餐，而且别无他物。他吃得很少，书记员赵玉颖却总是多管闲事，一板一眼地指责他：“陈冠平！把你的东西吃掉，这个队伍还要靠你带队呢！”

陈冠平有一次忍不住了，放下筷子：“是吗？你不说我还以为你才是领队呢！”

看赵玉颖憋得一脸通红，陈冠平笑了出来，一众人也跟着笑，任凭赵玉颖对他吹胡子瞪眼。

郭天宇听到这里，不免笑他孩子气，怎么跟书记员还能闹成这样。

陈冠平有时候彻夜不眠，偶尔发几条朋友圈，然后郭天宇总能看到赵玉颖在底下训斥他，毫不留情。

这让郭天宇有些担心，陈冠平向来一个人惯了，除了天宇几人，他从不主动亲近别人。而这一次，没有热情主动的天宇和刘帅，那些队员如果不主动搭理他，陈冠平肯定会被孤立在外，这一点在赛场上也是一个大麻烦。

第一天进入正式比赛，郭天宇找到赵玉颖询问情况，赵玉颖告诉他陈冠平最近确实极其安静而压抑："这样的烦闷，一直持续到收到你们的邮件才好转一些，应该是赵敏发的吧。"

"赵敏果然是极细心的！"郭天宇不禁感叹道。

"唉，最近社团的事情太多，我们顾不上他那边的情况，还请你多照顾！"

赵玉颖没有说第一天的积分赛已经输了一场的事情，但郭天宇却知道了，那边的老师早已经好几个越洋电话打了过来，学校领导也是颇为担心。

但陈冠平不说，郭天宇也不问，假装什么都不知道，免得他伤心。若是他自己，或许不会兜这么大圈子。但是，这是赵敏特意跟他交代的，说陈冠平也是很细心又冲动的，这样的比赛千万别让他有压力！

"你怎么知道他细心又冲动的？"郭天宇打趣道。

赵敏认真想了想，告诉了他一件事。有一次郭天宇他们几个去为"趣游"筹措资金，陈冠平由于准备比赛缺席了，刚好看见她一个人红肿着双眼跑了回来，坐在自习室的最后一排抹眼泪，谁问话也不搭理。等到晚上要关门了，阿姨劝他们早点回去，陈冠平才好说歹说拉住了她。

"走吧，赵敏，你跟我说说：是郭天宇他们两个小子欺负你了吗？"

她摇摇头："冠平，让你担心了，我没事。"

"怎么会没事呢，你等着，我这就去找他们！"

"别呀。"她眼疾手快扯住了陈冠平的衣袖，这才告诉他在赞助商那边受了委屈。陈冠平当下就暴怒了："怎么能这样欺负一个小姑娘呢？赵敏，你不能受这样的气，我去……"她看陈冠平着急，便努力地想笑。

但陈冠平说着却站起来，要去为她报仇。

“怎么就受不得气了？”她不得已还反过来安慰起陈冠平，“你还记得书上写的刘邦吗？”

陈冠平茫然地点了点头。

“刘邦可是个能屈能伸之人。当年，他执行楚怀王的命令，向西攻秦，率先进入咸阳，擒住秦王子婴。根据约定，刘邦应该受封为‘关中王’，或者‘秦王’。但是，项羽率领四十万大军随后冲入关中，刘邦的军队无论在人数上，还是在素质上都远远不敌项羽，只能屈就于项羽。项羽将刘邦另封为汉王，统治巴、蜀、汉中三郡。这个地方远离中原，对于家住沛县的刘邦及其手下众将，近乎于流放。不仅如此，刘邦原来统率十万大军，项羽只让他率三万人。就是这等受气，你说他怎么办？”

“这是把他往死里整，怎么能忍呢？”陈冠平想也不想就说，“不反抗的话，刘邦就不可能是汉高祖了。”

赵敏摇了摇头，说：“错了，刘邦不仅丝毫不与项羽计较，而且干脆将身后栈道全部烧毁。一方面，这是防止有人偷袭自己，另一方面，向项羽示意无东归之心。这一招果然迷惑住了项羽，他不再视刘邦为主要对手，而将目光转移到其他诸侯身上，结果，这可给了刘邦以喘息之机呀！四个月后，刘邦击败项羽用来防范他的原秦国三将章邯、司马欣、董翳，将关中都收归己有。所以说，困逆苦厄，要能忍得住气；患难危险，也要能沉得住气。”

陈冠平半天也说不出话来。

“但那天我还有作业没写完，也没和他多说。”赵敏对郭天宇说，“我转身走了，才听到他说了一句话。”

“什么？”郭天宇好奇道。

“陈冠平说，其实，我更喜欢项羽。”

郭天宇想了想，成王败寇，项羽无疑是失败的那一个。项羽虽然英雄已死，但他依然是个英雄，还有虞姬与他同生共死。不像刘邦，一世帝王，却连喜欢的戚夫人也保护不了。他想，陈冠平应该也是这么想的吧。

赵敏、郭天宇真的猜透了陈冠平的心思了吗？

第八章

残酷青春

不知道是谁说的，天才都是孤独的。想想也对，因为自傲，所以孤独。陈冠平就是其中的典型，他将孤独都注进电脑的铁皮箱子里，所有感情只留下了一个小小的USB接口，那是赵敏。

但是陈冠平仍旧孤独，摸不着看不见的时候，尤其在美国参赛的这段时间，他把USB接口也封得密不透风，久而久之几乎憋出病来。

后来这段话，还是郭天宇若干年后看过陈冠平写下的回忆录才知道的。看过后才不得不感慨，人的确是复杂的生物。

在陈冠平的回忆录里，他们同行之中，有一个学霸书记赵玉颖，负责他们的赛程和学术记录。这妹子生得没有赵敏那么生动甜美，相反倒是有一种学霸的呆萌可爱，比如厚厚的眼镜片下，总藏着说不尽的道理，有时候直把这群计算机天才说得叫苦不迭。

那时候，两栋宿舍楼荷尔蒙泛滥，在异乡的长亭调里，生出了满树的桃花。无处可去，又接连失利，那里仿佛是他们唯一的桃花岛。

在QQ上，他们也偶尔跨过太平洋聊天，但时差很大，所以常常还跨着黑夜与白天。自从上次刘帅在宿舍楼下当众“解救”了赵敏，在众人的眼中，他仿佛已经和赵敏堂而皇之地走在一起，郭天宇则整天扑在社团的事务上不见踪影。只他一个人形单影只地在异乡和荷尔蒙的洗礼中沉默。不过他想，这样就好了，能偶尔看到大家在群里发的照片、看见大家的合影里赵敏的笑容、收到她代大家写来的信，他也满足了。

美国的夕阳和东边并没有什么不同，美国也有河边，也总坐着或黑色头发或金色头发的人影，亲密地挨着。宿舍楼门口依偎着依依不舍的男女，连自习室和他神圣的电脑房，也沦为了话别和谈情的秘密据点。

更不要提，他刚打开手机，就看见了肩并肩主持活动的刘帅和赵敏的合影！

陈冠平正恼火地四处乱窜，一个不长眼的妹子却迎面和他撞个满怀，是那女学霸！

赵玉颖差不多齐陈冠平肩高，看上去满身的书卷气，这一撞也撞愣住了，只瞪大了双眼看着他。

陈冠平也是气红了眼，平时好脾气的他竟然单手抓住了玉颖的领口，待看到姑娘满脸通红时，竟然也呆住了。

因为两人离得太近，赵玉颖羞得闭上了眼睛。两朵红霞顿时飞上了双颊，像整个夕阳都落在了她的脸上。

“砰砰！”

陈冠平从敲门声中回过神来。他们的住宿条件也是极好的，男女生分别住在两栋小楼里，楼下有保安，没有门卡都要通传才能放进门来，也是为了保护他们这些参赛者。不仅中国队，所有参赛人员几乎都住在这两栋楼里。

保安来敲了好几次门，陈冠平都回绝了，谁来找他，他都并不在意。虽然，他猜到，来的是赵玉颖。冰箱里还有两瓶生啤，陈冠平犹豫了一会，拿了出来，一个人关着门喝起酒来。

第一轮积分赛输了之后，赵玉颖又拖着手提包，扭扭捏捏地坐在楼下。陈冠平其实一直都从旋转的楼梯上，远远地注视着。

眼看日头也落了，连美国籍的保安也坐不住了，劝导道：“姑娘，你想开点……要不，今天先回去吧。”

一听这话，玉颖的眼眶一红，泪珠子不知怎么回事像开闸放水一样迸出来，落地有声。旁边的保安饶是见惯了场面的，也绷不住一张扑克脸，转过头去吼道：“我去把楼上那中国小子给拖下来！”

玉颖抽抽搭搭地说了一句：“不用了，我走了，就是……就是你们帮我把东西送去吧，没有毒的。”她甚至想打开来先吃一口证明她的话，但保安连忙点头，把东西收到手里，说：“我们一定送去。”

陈冠平心里也不好受，他知道：赵玉颖为了照顾他，在美国也吃了不少苦，可这女孩子怎么就不知道放弃呢？

“他是队伍的支柱，输了一轮，心里不知道有多少压力，可是……他不肯说，我又帮得上什么忙呢？”

陈冠平走下来的时候，听到的就是这么一句。

看着赵玉颖挂着泪花愣在那里，陈冠平后知后觉地想着她有哪里不一样，或许是厚重宽大的眼镜框摘掉了，背后那双饱含泪水的眼睛竟是灼灼发亮。

竟然恍惚间见到了赵敏，想到这里他硬是一狠心咬住了自己的舌头，以抑制泛起的涟漪："你走吧。"

赵玉颖看着脸色变了又变的陈冠平，不知从哪里来的勇气："陈冠平！老师让我……让我检查你的衣食住行，我要完成任务才能走。"

赵玉颖本来以为会被赶走，毕竟这理由是她瞎掰的，却没想到陈冠平答道："好，那你便去查吧，我领你上去。"

后来的事，没有人知道。保安说，那夜楼上灯亮了一夜未熄。

赵玉颖陪着他喝了几乎一晚上的啤酒，不多说话，也不知如何劝解，就像那夜郭天宇陪着刘帅一般，喝着水酒。

第二天赵玉颖从男生宿舍悄悄地溜走了，只留下几个金发的保安在背后不怀好意地窃窃低笑。

后来陈冠平掌舵，积分赛平安通过，接下来准备决赛。那几天夜夜挑灯，赵玉颖也一言不发，偶尔以关心队员的名义，特意跑来给他洗洗衣服、做做饭，陈冠平也未多说什么。

既不感动，也不拒绝，实际上，他也没有时间处理这些事情。因为决赛马上要到了。

福无双至，祸不单行。

"你们这是严重违规！社团联决定取缔'天下趣游'社团。"社团联的主席瞪着郭天宇。

郭天宇默不作声，赵敏会意地问道："主席，您说得这么严重，到底是哪里违规了？"

主席看看赵敏，冷哼了一声，心想这小子哪里找来的美女替他说话，不说还好，一说他就更气不打一处来。

"这次所有社团审计之后才发现，你们根本没有上报盈利收入！你们的收入也没有交到学校，这本来就是不符合规定的。这笔钱一定要打到公账里，不能私人管理的。"

郭天宇刚要开口辩驳，他又说："别跟我说，你们运营这么久没有赚到钱，早在一个多月前，我们就有人去提醒过你们了。之前孙教练拿出来的钱，你们也是违规操作的,别以为我不知道。"

"即使这样说,这笔钱……"

"这笔黑账,你们用到哪里去了?"

"这是业务正常使用,怎么不行了?"

"我们和广告公司签订了合同……"郭天宇本想随便找个理由糊弄过去,没想到又被对方抓住了辫子。

"你们学校章程都没有看过吗?!所有社团,凡涉及金额一万元及以上的进出账,必须上报社团联,我可不管你们签的是什么合同,我们怎么知道你们没有私吞,甚至用作违法乱纪的勾当?"主席气得连桌子都拍上了。

"墙上就是社团管理办法,写得清清楚楚。"

墙上贴着一张旧纸:

> 凡违反我校社团经费管理办法的社团,涉及金额较大(超出一万元整)者,必须补齐手续且将账目交由社团联监管。凡拒绝者,校方可取缔其我校社团的资格。

这简直是拿着鸡毛当令箭!当初申请经费,学校不给;现在他们赚钱了,却一副苦口婆心的样子来管理他们。

郭天宇忍不住想,他们一直都是按照创业公司的模式来要求自己,根本没有料到还有这一出。上次本以为已经应付过去了,却没想到社团联的人走了之后,便一直在暗中调查他们。郭天宇此时恨不得干脆退出社团联的管辖,但只要是在学校里,又怎么可能呢?

如果就这样把"天下趣游"的账目交到社团联,社团的发展肯定会受到限制,即使要交也得等"天下趣游网"的注册资金凑齐了20万元才行。

但如果他们继续与社团联僵持下去,社团联的人肯定不会放过他们,看那架势有种今天就要把他们解散的感觉!

想到这里,郭天宇不得不为自己和小伙伴们争取时间。

"不是我们不补手续,你也知道,创业有风险,这手续牵涉到其他公司,流程走起来比较麻烦,可以宽限几天吗?”

主席脸上不露声色,但语气却已颇为得意。

他朝一边的新生厉声道:“你们几个,愣着干什么?通知发下去,明天下午开会,讨论‘天下趣游’社违规操作的事情。”

“我也不是不近人情。”他顿了顿,挑衅地看着脸色铁青的郭天宇,“那么郭大社长,我们明天这个时候会议室见吧。”

多亏了刘帅和赵敏在社团联里还颇有些人脉,这一场会议开得有惊无险。由于靠近暑假,马上就要考试了,最后会议同意他们在放假回来的新学期再把账目补齐。

“可是马上就期末了?”会议开完,赵敏还是不甚满意。

郭天宇看着她和刘帅,说实话,不感动是假的。他们这么帮郭天宇和社团说话,早就惹得一群人不高兴了,估计要想在大三得到什么升迁,也有不少的困难。更何况,刘帅本来是下一任主席的人选之一。

“起码还有一个假期,我们还有机会。倒是你们,下学期在社团联难做了吧?”

“那有什么关系。”刘帅无所谓地笑了笑,“又不是大一的时候了,将这些看得这么重。现在我们恨不得专心把‘天下趣游网’办好,哪有时间理会他们!”

虽说还有一个暑假,但其实时间也很紧迫。因为广告的效果根本没有实现,现在“天下趣游网”的浏览量与日俱减。

“时间不多了,我们需要钱去做市场,才能使‘天下趣游网’恢复盈利。”刘帅说。

“还想着做市场?上次做市场,就白白损失了3万元。”赵敏低声嘟囔了一句。

“那怎么办?离全国大学生社团大赛资格审核截止时间只有三个月了!就算算上孙教练那一单生意的盈利,距离20万元也还差3万元!”刘帅看向郭天宇。

郭天宇顿了顿,仿佛一句话说得极其费力似的:“可能,我们真的跟这个比赛无缘吧。”

见大家陷入沉默,郭天宇抬起手想拍拍刘帅的肩以示安慰,但刘帅躲开了。

“不然……这笔钱我来出!”刘帅说。

“你是想跟你爸要?不行!我们一起在雪地里约定过,不拿家里一分钱,创业靠自己!”

刘帅听见郭天宇这么说,眉头也皱起来了:“可是除了这个办法,我们根本没有办法在剩下的时间里赚到3万元!”

“就算不可能,我也不能让你向家里要钱!”郭天宇正色道,“我宁可不参加这个社团大赛!我宁可解散‘天下趣游网’!”

“是吗,社长!”刘帅挑衅地拿捏着这个称呼,看着郭天宇气得脸色都变了,还不忘继续刺激他道:“谁都知道你把‘天下趣游网’看得比自己的命还重要!”

“行了!”赵敏忽然喝道。

“你们干什么呢!”她难得厉色喝道,两人都愣住了,看着赵敏,脸色发白。“问题都没解决,你们两兄弟倒先掐上了?”

郭天宇和刘帅相视一眼,顿时不说话了,也知道彼此刚才都已经过火了。其实这一切都源自目前差的这一笔3万元,对于他们来说太难了。

一番争执后,郭天宇心里有些不痛快,想找陈冠平再商量商量是不是能从网站上做些突破,吸引一些流量。这时,郭天宇突然想起来,自己已经好久没有见过陈冠平了。上次见他,还是一个星期前,陈冠平拿最新版的“天下趣游网”给他看。从美国回来后,陈冠平就一直窝在寝室对网站做后台升级和页面改版,对他在美国期间网站出现的一些漏洞都做了修补。只是这之后,郭天宇就再也没有在寝室看到陈冠平的身影了。

一路走过去,郭天宇突然发现学校到处都在谈论陈冠平!

在美国德克萨斯州举行的全球总决赛上,陈冠平率领团队,根本没有用完规定的五个小时,只在两小时内就用C++语言写出了一个解决组委会提出的难度极大的八个问题的程序,并且都运行正确,成为那一届比赛中耗时最少解决问题最多的代表队,拿下了全球总冠军!这是亚洲大学迄今取得的最好成绩,也改变了之前这项赛事北美大学一枝独秀的格局。

后来跟计算机系的同学一打听,才知道一家互联网巨头看中陈冠平在美国拿了全球总冠军。那个比赛虽然是团体赛,最多可以有三个人参赛,但每个队却只能使用一台电脑,因此主操作电脑的陈冠平是这次团队能够获胜的关键。于是,该公司便邀请他参与一个用户数过亿的大平台的建设,还让他负责其中一个模块的编程。据说,不到一个星期,与他共事的程序“老鸟”对他都赞誉有加,认为他完全可以独当一面成为技术总监。

郭天宇打心眼里为陈冠平高兴。在他看来，陈冠平有过在大企业的经历，回来后，“天下趣游网”的建设一定会如虎添翼。他倒是也不担心陈冠平会留在大公司不回来，在他看来，陈冠平和自己一样也早就把“天下趣游网”当成了自己的小孩。在有几千名程序员的大公司，陈冠平只是无数个程序员中的一个，何况他还只是个经验不足的学生，在一个大项目中的作用，也就相当于一幢高楼里不起眼的一块砖而已。在“天下趣游网”，才能真正发挥他的才能。

陈冠平的事告一段落，郭天宇立马想起自己家的状况，还是一筹莫展。但或许陈冠平的处境给了他触动，他知道，他的未来也只有这么一条路！父亲下岗之后，他创业的愿望便又强烈了几分，因为只有这条路，才能够让家人尽快过上没有忧虑的日子。

想到这里，他这几天来第一次主动给母亲打了个电话。

“妈，我有办法了，我决定创业了！”

“您就别操心了，在学校办社团我都能赚到钱，何况是创业呢，你们放心养老就行！”

郭天宇是这样告诉母亲的，其实也是这样对自己说的。挂电话的时候，他余光里忽然看到斜对面的女生寝室楼下，停着一辆眼熟的香槟色宝马760，不由得多看了几眼。那车停了不多一会，竟看见丹妮从楼上匆匆而下，径直上了车，然后绝尘而去。

郭天宇愣了一会：那是同一辆香槟色宝马吗？这样骚气的颜色本来就很少见。如果如他所料，那么丹妮是要去杜总那里吗？

但转念一想：这事情实在缺乏证据，只是匆匆一瞥，也许他看错了车或者看错了人？或许他该找赵敏问问，可是这样的话，万一引起她们俩的矛盾……再说这多少是丹妮自己的事情，还会怪他多事甚至跟踪自己，赵敏在旁边亦是不好做人。这段时间以来，郭天宇也逐渐沉稳细致起来，不再像刚进篮球队时那般冲动且执着，所以他打算将这件事再多观察一阵。但是人算不如天算，最后却发生了其他的事件。

时间过得很快，一晃一个暑假又过去了。陈冠平果然不出所料，回到了学校，但并不是回来上课的。

郭天宇这天是在操场上遇见一脸憔悴的陈冠平的，瞬间却不知道怎么开口，嗫嚅了半天。

“陈冠平你怎么来了？遇到什么问题了？”

陈冠平沉默了半天，把郭天宇吓出一身冷汗：“难道是‘天下趣游网’遇到什么 bug 了？你快说呀……”

“不是！”陈冠平低着头道，“你能借我点钱吗？”

郭天宇松了一口气：“这事啊，我还以为怎么了。这是五百，这个月生活费我就剩下这么多了，够不够啊？”

陈冠平脸一红，也不回答，拿了钱就跑了。

跑远了才回过头说：“天宇，我会还给你的。”

郭天宇听得一头雾水：陈冠平到底想干什么？想来想去，决定还是去找刘帅商量商量，却在宿舍门口刚好撞见了他。

刘帅打着领结正要出门，见他便问道：“你又怎么了？”

“冠平有来找过你吗？”

郭天宇一边想着，一边却觉得自己多心了。虽然陈冠平确实像是遇到了什么困难，但他这样开口问他们借钱却是第一遭。之前即使刘帅主动想要帮他，也总是被陈冠平误解。那还是大一的时候，陈冠平虽然是个技术宅，但是作为一个男生，对于运动有着天然的热爱，郭天宇和刘帅的篮球都打得不错，但也从来没听陈冠平说要一起打篮球。郭天宇有一次发现他一个人在球场上默默运球、投篮，但事后问起，他却没有承认。

后来问起刘帅，刘帅也说起了一件往事。一次，陈冠平自己的球鞋裂开了一道大口子，刚好看见刘帅刚买来的耐克“科比款”篮球战靴，很是动心。他鬼使神差地就抓在了手里，似乎想要试一试。没想到，刘帅这时候正好踏进寝室，将这一切尽收眼底。陈冠平把鞋子往身后藏，却两手一松，球鞋落在地上砰砰响，倒是吓了刘帅一跳：“冠平，你干吗呢！”

陈冠平一言不发。后来刘帅专门买了一双“勒布朗款”送他，他却穿上自己的破球鞋头也不回地跑出了寝室……后来有人告诉刘帅，陈冠平认为刘帅送他这双鞋，是因为科比一直说有我在，勒布朗就别想夺冠。

“真不知道他为什么这样想!”

然而这一次,郭天宇这样直接问,让刘帅忍不住疑惑道:“他确实来找过我,应该是想要借钱。”

当时,陈冠平找到刘帅,一副欲言又止的样子,神情颇为纠结。刘帅就问他:“陈冠平,你遇到什么事了?”

陈冠平摇了摇头,不肯吐露。

刘帅抽出一沓纸币,拍在陈冠平的手心里:“这里是两千,你说不说随你,但我看你不只差这么多吧。”陈冠平一时语塞。

刘帅一副心知肚明的模样:“我身上只剩下信用卡,你告诉我什么事我就和你一起去刷卡,你不告诉我,我也没有办法。”

陈冠平纠结了好一会,看着接刘帅的车在路边按喇叭,一跺脚跑远了。

听刘帅这么说,郭天宇直觉这次一定有大事发生,可是左思右想,也想不出出了什么事。

“陈冠平到底怎么回事?”

“我也不知道啊,刚刚突然也跑过来向我借钱,像是挺急的。”郭天宇说道。

“原来他也向你借钱了……”刘帅恍然大悟。

“他借了多少,一共就这么多……这个数字说多不多,说少不少,他到底想做什么?!”

郭天宇和刘帅相视一眼,觉得陈冠平一定是出事了!此时郭天宇似乎想到什么似的,给赵敏拨了个电话,问她有没有赵玉颖的消息。结果赵敏问来的消息却是,赵玉颖似乎也同时失了踪迹。

“天宇,你觉得冠平去哪了?”

听见刘帅这样问自己,郭天宇想了想,不由摇头:“不知道,你有什么想法?”

刘帅沉吟片刻,才道:“那天不知道为什么,冠平一直在看我新买的电脑,我想,这台电脑是目前最新的配置,冠平或许会想试一试。但他不提,我也不好主动说。然后这几天就看不到他的人了,晚上也不回来,我刚去他们该上课的地方看了一下,没见他去上课,本来想找你商量……”

郭天宇心中清楚,刘帅虽然不玩游戏,但他的电脑无疑是顶级配置,就连鼠标、键盘也是游戏玩家梦寐以求的"神器",一个定制黑轴键盘就要五位数甚至六位数,更不要说显卡之类的。陈冠平忽然看刘帅的电脑,难道……郭天宇想了想,就说:"我们先去附近网吧,从好一点的找起!"

大学旁边网吧众多,郭天宇和刘帅两人分头而行,一家家找过去。找了半夜,郭天宇终于发现了陈冠平的踪迹。乌烟瘴气的门面,一张红字贴在窗户上,掉了一半,被风吹得噼啪乱撞。进门是一个走廊,然后是一大片陈旧的机器,大部分坐在前面的都是学生。其中并没有陈冠平。

"这种地方?不会吧……"他一边想着,但还是往里走去,四处打量才发现这间狭窄的网吧还有楼梯和地下室。地下室却分成一个个称得上豪华的包间,虽然设施较新但是烟雾缭绕,他看到了囚犯一样的陈冠平。

说真的,他不知道一天一夜怎么能让陈冠平变成这副模样,硕大的黑眼圈几乎占满了半张脸。处在这种环境下,嘈杂,所有的音量都开到最大,在空气中混响,陈冠平的身体时不时因着节奏抽搐一两下,只有他的手还稳稳地放在鼠标和键盘上。

陈冠平双眼全是血丝,身边乱七八糟地堆着泡面杯、快餐盒、矿泉水瓶,他全神贯注地扑在游戏上,就连郭天宇进来都没听到。

郭天宇一看,简直不相信自己的眼睛:"冠平,你在做什么?"他一边说着,一边三步并作两步地走上去,扫了一眼,就皱眉:"这不是你的账号,你在做代打?"

陈冠平急急地站起来,下意识想挡住屏幕,眼前却发黑,直接倒在了椅子上。郭天宇一看他的脸色,顿时吃了一惊:"冠平,你多久没休息了?"

知道瞒不过郭天宇,陈冠平好半天才颓然道:"我需要钱。"

郭天宇眉头紧锁:"你不能再打了,赶紧跟我走!"

但是陈冠平却一直在摇头,嘴里还不知在念叨着什么,眼神和声音都有些飘。郭天宇一个着急,伸手就去拽他,一把将他从凳子上提了起来。

这时电话却突然响了,郭天宇刚腾出一只手接电话,那边陈冠平就一个趔趄摔在了地上。

"天宇,你快让陈冠平接电话!"刘帅急促地说道。

"他?"郭天宇看着坐在地上的陈冠平摇了摇头,问道,"到底怎么回事?"

“赵玉颖的室友发现她已经失踪了一天一夜！大家怕出了什么不测，正到处找人呢，你问问陈冠平见过她没有！”

“什么……”郭天宇被这个爆炸性的消息彻底震惊了。

还没说完，刘帅那边的电话就断了。

听完郭天宇的转述，陈冠平一个激灵站了起来：“我应该知道她在哪！”

“什么地方！”郭天宇拉住他，“你们发生什么了？”

但陈冠平却突然挣开了他的手，转身就走。

“她最喜欢的地方，那里景观最好，能看到整个学校！”陈冠平一边迎着风朝学校跑，一边被风吹得口齿不清地念叨着，“她说等回了学校，想去那里看星星。”

图书馆是全校最高的一栋楼，在上面的天台能看见整个学校。

看着图书馆越来越近，陈冠平心中却涌出一阵烦躁不安：他都这么努力了，为什么赵玉颖还是不放过他呢？

陈冠平依然记得有一天晚上收到的消息：“冠平，本来不想在这样重要的时刻打扰你，不过事情真的很紧急。”

看着闪烁的头像，陈冠平忽然有些不安，他知道自己一直在躲着玉颖，但没有料到她竟然主动找来了。朋友一场，陈冠平也不忍心无视她，于是回道：“有什么可以帮你的？”

“我怀孕了。”

这一次，玉颖什么都不需要做，第一次让陈冠平不得不正视她的存在。陈冠平自从美国回来之后就一直躲着她，或者说他是不知道应该怎么面对她。

当时他太过不知所措甚至迅速下线了。

陈冠平甚至把电脑都关了，一个人坐在黑暗里发了很久的呆。

等到他再次上线的时候，只看到赵玉颖的头像已经暗了，只留下了一句：明天见面谈。

一整晚，赵玉颖那句话都回荡在他的脑海里，他心里知道赵玉颖来找他的原因。陈冠平也不知道魂不守舍了多久，这才重新打开了电脑。他上网查了查，发现到大医院去做手术，包括术后护理、补养，林林总总的费用，加起来可能要一万之多。当然，这些钱也不是不能少一些，如果去黑诊所做手术的话，或许三四千就能解决掉这件事。

但不知出于什么心理，陈冠平并没有那样做。他把抽屉里的牛皮纸信封都拿了出来，这里面放着每次开学母亲塞给他的学费和一丁点的生活费，加上他做一些编程赚的钱，都在这了。他省吃俭用也只剩下两千多块，加上美国大赛的奖金倒是够了，可是学校说跨洋过来，可能还要等上一两个月。

于是陈冠平打算去网吧代练，他的“天下”分数很高，确实有人请他代打。他算好了，只要凑齐了这笔钱，他就可以让赵玉颖去把孩子打掉。那天在操场明明已经都说好了，为什么又突然玩起失踪？

陈冠平心思复杂地打开了天台的门，她果然在这。

“我以为你不来了。”赵玉颖说。

陈冠平的语气有些气急败坏：“我怎么知道你在这？”

赵玉颖看了他一眼，黑洞洞的，转过来的半边脸上一片不正常的潮红。

“你的脸怎么了？”

“我妈打的。她问我孩子的父亲是谁，我没有说。”

陈冠平沉默了，他认识赵玉颖的母亲，她是学校物理系的副教授，性子一直很和蔼。听说早年就离了婚，这么多年走在学校里一直形单影只，一个人带着女儿。

“她一直以我为骄傲，因为我很听话，成为了带队的书记员，妈妈也很有面子。她觉得很光荣，能够带团去美国比赛。”

“你不要再说了，我不想听。”陈冠平打断道。

但是她似乎没有听见，仍然喃喃道：“但是女儿回来却发生了丑事，所有同事都知道了，所以她辞职了。”

“啊？”陈冠平不可置信地低呼道。

“冠平，你知道吗，她逼我把孩子打了，不然她就和我断绝关系。她为什么不能接受，那是我的孩子啊！”她的抑郁让陈冠平感到害怕，从美国回来之后，她就一直是这样。

“你本来就该打了，那天我们不是明明都说好了吗？你……你难道还是想要生下来？这不可能！"陈冠平听完也慌了，这完全不在他的计划之内。

赵玉颖抬起头看着他，目光里全是安静的悲戚。

"你难道不在乎他吗？他也是你的孩子啊！"

"什么！凭什么说是我的！"陈冠平后退了一步，"你想怎么样？"他的脑海中浮现出赵敏的影子，突然一个激灵，如果赵敏知道他有了孩子，那么他永远都……

"如果你想打胎，我帮你。但孩子不是我的，一定不是！"

"你！"

她后退了几步，低头才发现，郭天宇他们都在楼下仰头观望。陈冠平也随之发现了："你为什么要弄到所有人都知道?！有什么好处！"

"是啊，有什么好呢？这个孩子，妈妈要杀了他，你也不承认他，甚至他也不愿意要我这个母亲。"她扭过头，露出水肿的脖子，这是母体和胎儿排斥反应的一种。陈冠平忽然感到了一丝内疚，或许孩子真的是他的，或许他一开始就知道孩子是他的，不然他也不会那么拼命去赚钱。可是，这个孩子，怎么能是他的呢！

陈冠平内心开始了天人交战，他看着从美国回来每次看见都是抑郁表情的赵玉颖，尤其是和赵玉颖在操场上为怀孕的事情起了争执后，他开始怀疑她是不是在用这种方式操纵自己。她会不会是有了孩子才和他……又或者在美国喝醉了酒，根本就没有发生过什么？想到这里，陈冠平冷冰冰地审视着她，似乎想看出她说的是真话还是假话。

"你想怎么样?"

听到陈冠平这么说，一直低着头的赵玉颖忽然仰头直直地看着他："冠平，我真没想到你是这种人。我都有些后悔了，孩子的父亲是你。"

"我说了！我不信，那不是我的孩子！你有证据吗?"

"证据……就是你们两个人，都那么恨我。"她越说声音越轻，最后一个字有如蚊声，一行泪水轻轻地从眼角坠落，似乎等了很久，终于落在了地上。

陈冠平看到楼下连赵敏一寝室的人也都来了，很是焦灼："你别说了，不就是钱吗，打胎的钱我出，你不要再说了！"

赵玉颖看着他的脸，陈冠平不敢直视她，她忽然笑了。

"我的秘密都说出来了。我没什么要说的了。你放心吧，我不会烦你了。"

她站起身来,陈冠平以为她终于想通了,愿意把孩子打掉。

但是,她很仔细地看了看陈冠平的脸,凝视着他的眼睛,然后快走了几步,毫不停留地……向天空走去。

这时,在图书馆楼下,郭天宇只看到一个黑影,从眼前风一般地刮过,他甚至都没有听见一声闷响,只觉得眼前突然黑了一下,仿佛短暂失明了。

接下来他只看到陈冠平风一样狂奔下来,砰的一声跪在血泊里,抱着一个已经看不出人形的赵玉颖,那鲜红逐渐将他浸透、浸透……

郭天宇实在是不忍心看下去,他转头看着远处。夕阳又要落下了,那一抹血色的晚霞——据说人死后,会从太阳落下的地方,回望人世最后一眼,她会看谁呢?

“玉儿……”陈冠平第一次也是最后一次,轻声地喊。

已经血肉模糊的她,竟然听到他的呼唤,微微地睁开了眼睛。

她那一副标志性的眼镜早已不知道飞到何处,那双饱含泪水的眼睛正灼灼发光……陈冠平看着她张口,似乎想说些什么……她挣扎着似乎在笑,用力地笑,两朵红霞飞上了她的双颊,像整个夕阳都落在了她的脸上。

陈冠平俯下身子,她张开了嘴,努力地吐出音节:“平……我……记得……”

第　九　章

网络英雄传·前传

光未盛

杭大四少

如果说创业是一个梦想，
这些实地体验和经验积累，
则是把梦想丢在了泥沼里，
看它能否存活。

第九章

杭大四少

赵玉颖的死，给陈冠平留下了一句永远没有说完的话，也给他们几个人的回忆都蒙上了一层黑雾。郭天宇终于知道人的最后一口气，就像卡在胸口的刺一样，会忽然就断裂了。

整个学校都沉浸在悲痛和沉默当中。但是不知是谁把消息捅出去的，媒体已经在校门口四处拦下学生采访。

下午的课是马列，教室空了许多。郭天宇找了个空位坐下，正回想着他所知道的陈冠平和赵玉颖，有人在他边上坐了下来。郭天宇突然不知道手脚该往哪放，该说些什么，是赵敏。

"你听说了吗？"女生们走得更近，或许赵敏会知道一些故事。

赵敏看着郭天宇说："都传开了，这么严重的事你们竟然不知道？"

"什么传开了？"

"流言……"

"我听说陈冠平曾经和她在一起过？"见赵敏似乎欲言又止，郭天宇顿觉奇怪，追问着。

"是的，但不是一般的情况。"

事实上，从几天前开始，就传出了一个引人注目的流言。这个流言与赵敏所说一样，是一个不敢让人相信的消息，那就是：赵玉颖已经怀孕了。

没有一个学生知道流言从哪来，但它的传播速度却很惊人。到中午的时候大家就都知道了，到了傍晚，就成了茶余饭后的焦点。这到底是不是真的？

赵玉颖死后，媒体也像闻到血的苍蝇，很快从各个渠道蜂拥而来，并且到处打探，最后得出的结论是，赵玉颖的确是一尸两命。想到之前陈冠平说钱凑齐了，也许就是为了给赵玉颖打胎。但为什么赵玉颖如此等不及，从楼上一跃而下？

带着一个孩子选择死亡，几乎是难以想象的。而这对于陈冠平的打击，已经超出语言可以形容的范围了。刘帅说，陈冠平待在寝室里再也没有出来过，但流言就从窗外的过路人嘴里，不断飘进来。

郭天宇决定和刘帅一起，把这件事查清楚。媒体的速度非常之快，他们迅速地报道了这件事情的部分真相，导致赵玉颖跳楼的，并不是怀孕那么简单，而是由此引发的一系列事件。有人在校园网上捅出了这件事，并就前因后果添油加醋，说她和男方根本就不是情侣，那个孩子是在美国游学期间男女关系混乱的产物，并且从时间上加以验证。

这件事迅速在学校发酵。就在她跳楼前一天的早晨，学校找过赵玉颖谈话，以她有违风纪造成不良影响为由，取消了她的奖学金，之后她的母亲就辞职了，但这还没有结束，赵玉颖的室友证实，这件事很快就传到了本来已与她签订劳动合同的那家公司那里，公司已经通知她要和她解约。网络的传播速度实在是太毒了！她几乎是无处可躲。想到这一切即将被所有人知晓，她该怎么办？

何况由于母体和胎儿意外发生了排斥反应，她浑身水肿，网上的资料显示在这种异常稀少的案例中，母亲往往难以把孩子生下来。

而且她母亲也痛恨这个孩子，甚至要和她断绝母女关系。

只有陈冠平自己知道，最后一根压死骆驼的稻草，是他。

他不承认这个孩子。

这一点他到现在都无法接受，因为那夜他喝醉了，这个孩子……

赵玉颖跳楼后的第二天，陈冠平收到了一封信，信封上只有他的名字，没有寄信人，但拆开信封的一刹那，他知道了，这是赵玉颖写给自己的，洁白的信纸上，是娟秀的字体：

第九章

杭大四少

冠平：

当你看到这封信的时候，我已经带着我们的孩子去了另一个世界。虽然，你一直不愿承认，他是我们的孩子。但，作为一个母亲，我想我比谁都清楚他的父亲是谁。

他的出现，给你造成了巨大的负担，于我妈妈也是。从小相依为命的妈妈，因为这个小生命和我大吵了一架，她说，我让她看不到未来。那我的未来呢，你冷漠的态度也令我看不清以后的路该怎么走。

再见了，或许我的死是这件事最好的解决方法，至少妈妈不用被别人戳着脊梁骨说那些难听的话，至少你也不用再想方设法躲避我。而我，也可以和孩子永远在一起了。

信很短，但每一个字都直戳陈冠平本就已鲜血淋漓的心，他想起了赵玉颖纵身一跳后躺在他怀里的最后一个微笑，原来，她早已做了决定。而自己身为一个男人，却只会像鸵鸟一样蜷缩在一处逃避责任，面对赵玉颖的死，他依旧选择了逃避。

赵玉颖的纵身一跃，让很多背后的事情都无法考证，也没有考证的必要了。在学校刻意的封锁下，风头来得快，去得也快。郭天宇和刘帅却非常在意：究竟是谁把这件事捅出去的？他们在陈冠平把自己一个人关在寝室的时候，做了很多的调查，但事情发生在网上，他和刘帅没有陈冠平的技术手段，变得举步维艰。

当陈冠平终于恢复斗志，要把元凶追究到底的时候，已经过了两周。这两天他想了太多太多，最后决定要让赵玉颖死亡的真相水落石出。除了他自己，到底还有谁推波助澜害了她？

陈冠平的加入，让郭天宇和刘帅的想法得以迅速地实施。他通过黑客手段锁定了那个将赵玉颖的事情在网络上捅出的可恨的ID，发现就在校园内部。接下来只要一步一步缩小范围，对方应该就无所遁形了。

就在这个时候，赵敏忽然满脸泪水地跑来了。

"天宇！你知道丹妮出什么事了吗？"

赵敏告诉郭天宇和刘帅，丹妮突然退学了，甚至连一声招呼都没打，趁着她们都去上课，收拾了行李就消失了，只是后来发了一条短信给赵敏："赵敏，已经无可挽回了,对不起。"

郭天宇此时内心是复杂的,他想起了那辆香槟色的宝马760。会不会是她识人不清,出了什么事呢?但是此时此刻,面对忧心忡忡的赵敏,他说不出口。几人面面相觑,皆是一脸吃惊。

"不会是她吧?"

难道元凶就是他们眼皮底下的丹妮吗?他们冲进赵敏几人的房间,看着本来属于丹妮的床铺上空荡荡的木头床板,还有空气中扬起的灰尘。郭天宇的心中,对于丹妮已是万般复杂,为她痛心,又为冠平难受。毕竟这个女孩……曾是那样地为了所有人的梦想努力。

这时候陈冠平低呼一声,电脑显示该校园网ID就确定在他们站立的这间寝室。

真的是她!虽然他们依然搞不明白:丹妮怎么会知道赵玉颖的事,最关键的是,她为什么要这么做?

丹妮事件之后,大家的情绪都很低落。但是对于郭天宇来说,别人可以消沉,他却不行。虽然经历了这么多,所有人的斗志都燃烧殆尽,但是,郭天宇却不甘心,因为他还有"天下趣游网",他答应了很多人,要把它做下去。

但是现在,大家都到了实习或者准备考研的时候,难免忙不过来,社员的大量退出,也让他很是无奈。

郭天宇走到宿舍楼下,沉默了好一会,路人纷纷投来异样的眼光。

直到夕阳缓缓落下,他才忽然奔上楼去,一个个敲响了寝室的门。

"走,喝酒去。"

这一次,郭天宇几乎把社团每一个人都从寝室里拉了出来,约到后门的小酒馆。

"郭天宇,你怎么才来,到底有什么事?"等到人终于聚齐了,有人已经不耐烦了。

"你别这样,听社长说完啊。"赵敏见状劝道。

"今天也许就是大家最后一次相聚了。"郭天宇站起来说道,"我们这里,有不少人都将要离开社团,所以今天,我想请大家再聚一次,不然就没有机会了。"

听到郭天宇这么说,人群也安静了。

"你们记得吗?大一的时候,社团只有四个人,我、刘帅、赵敏和陈冠平,现在却坐满了两张桌子。但是,这次社团的账目问题之后,社团遇到了前所未有的危机。在出去实习、另谋出路和在社团苦守之间，大家都动摇了。”

“郭天宇，你也不能让我们苦守吧，学校里也是有很多事情的，哪有你那么闲！”

“是的。”郭天宇点了点头，将手里的一杯酒一饮而尽，“因为不能确保今后的前景，所以当你们说想要离开的时候我甚至没有坚持，让你们别走。我说不出口啊！那时我自己都还沉浸在社团被解散的阴影里面，从组建团队、筹措经费到广告失败后寻找新的资源，最后又失败，你们失落的心情，我当然理解。这里面有对方变卦，也有别人在背后下黑手，还有我自身项目管理水平不够、团队技术经验不足的原因。”

“既然是你的问题。”有人站了起来，“就不能怪我了。这一个月我们几个虽然留下了，可是现在……”

郭天宇看着说话的人，是从大二起就一直是社团元老的晓杰，他也瞪着郭天宇，板着一张脸丝毫不让。

“这一个月很长，也很短。以前‘天下趣游网’盈利的时候，有时候一天十几个电话过来，熬夜到两三点发邮件，每个周末还逼着你和赵敏他们做活动、赶进度，大家头顶上始终悬着一根高压线，那时候却很快乐。”郭天宇回忆道，语声喃喃，晓杰脸上的神色也渐渐缓和了，似乎也想起了那段日子。

“可是现在不一样了。”晓杰打断道，背过头去。

“是啊，现在突然有种解脱的感觉，然而更多的是功败垂成，功亏一篑。其实我很感谢在我处于最低谷时，你，还有你们对我的支持，一起承担损失。这次打击有点大，一帮兄弟辛辛苦苦折腾了那么久，而投资者呢，学校呢，说得好听的广告公司呢？说停就停了。没办法，路还是要走下去。可是如果你们想要走一条新的路，我和刘帅他们，也愿意祝福你们的路能越走越顺。”

“天宇，不说了，我们喝吧！”晓杰似乎也动容了，不愿意再提，拿起酒杯说道。在他的提议下，大家面前的酒瓶子都渐渐堆成了高塔，但郭天宇的话匣子却打开了。

“记得那时候是5月份，我们刚刚开始有了创业的样子，第一次出去跑单子。杭州的太阳很毒，单子不大，但是感觉很开心，我们幻想着一夜暴富，然而项目还是失败了。急功近利是一种很糟糕的心态。但后来我们又成功了，失败是成功之母，我们在操场边喝酒边算钱，唱着《光阴的故事》，除了开心更有些许悲壮。你们记得吗？”

众人突然陷入了沉默。半晌，脾气火爆的晓杰拍了拍桌子：“怎么不记得！可是郭天宇,你对得起大家那么拼吗,你看看现在这个烂摊子!"

"我承认,这段时间有这么多失败,但是我们却留下了一支经过了磨合,经历过撕逼的团队,很多事情看着可以轻描淡写,其中的辛酸坎坷,除了我们,无人知晓。这才是'天下趣游网'最大的财富。"

郭天宇诚恳地面向所有人:"陈冠平为了这个项目放弃了去BAT那些互联网巨头实习的机会,二话不说,投入了团队。我有一天看见刘帅在背英语单词,我知道他的目标是纳斯达克上市,我们一起去敲钟,一起英语演讲!其实这些我都知道。"说着他看了看刘帅,刘帅也是诧异却激动地看着他。

"晓杰,我知道你的离开是因为要准备出国留学。如果你们中的任何一个真的想要离开,我也祝愿你们在异乡取得成功。"

"但是……"郭天宇借着酒劲站上了桌子,"我郭天宇还是想请大家相信我一次!"

"也许我现在什么都无法承诺,但是有朝一日'天下趣游网'能够成功,我将为大家这段时间的辛苦付出酬劳。今天你放弃的实习工资,以后我用股权来给你们弥补!"

"所有的社团,只有我们曾经有过这样的盈利!能做出这种成绩的,也只有我们这一群人!我请你们相信我,是因为我们做到过,并且只有我们能做到。"

"我相信你。"赵敏率先说道。

刘帅也举起了手:"我也是。"

但其他人还是一片死寂。他们高举的手只能渐渐放了下去。郭天宇孤零零地站在桌子上,扬起拳头呐喊道:"请再相信我们一次!我敬大家一杯!"

酒精渐渐上头,见郭天宇一干而尽,每个人也都一杯酒下肚,满是豪气。

晓杰甩掉酒杯,在桌子上又是一拍:"郭天宇,老子跟你干!"

见他表态,在场的其他人的情绪也被点燃了:"既然这样,也别忘了还有我们!"

郭天宇的眼睛不禁湿润了。自从记事以来,郭天宇从来都没有哭过,因为从小父母就说,男儿有泪不轻弹,但是此刻,他再也按捺不住,流下了滚滚热泪。

说真的,郭天宇很满足了。

人虽然留了下来,但面对的问题依旧很严峻。

钱从哪里来?

最后问题的解决,出乎所有人的预料:陈冠平的那笔迟迟不到的奖金终于到账了。3万元人民币,他们的20万元最终还是凑齐了。

“天宇,我们做到了!”听到这个消息时,赵敏神采奕奕地走过来给了郭天宇一个拥抱,“冠平,多亏了你的奖金!”

“那我呢?”刘帅做着鬼脸,假作生气地问,惹得大家哈哈大笑。

但郭天宇还在呆呆地看着自己的手,仿佛刚才那个庆祝的拥抱,是一个虚影。刚才她就像一阵清风一样刮来又吹走,那股清香却迟迟没有散去。郭天宇的记忆也被这阵风吹乱了……他想起了昨天他又悄悄登陆了“青玉案”的账号。

那一番回忆,仿佛已经过去了很久。很多个夜晚,郭天宇回到寝室,玻璃碴和血色依旧在他脑海中徘徊不去,让他夜不能寐。

那一天,这个噩梦里,还添上那个从高楼一跃而下的身影,把他生生给吓醒了。辗转了半天,仍然毫无睡意,最后他干脆爬下床,打开电脑,竟鬼使神差地登上了“青玉案”的账号。此刻的他,忽然想起了“星如雨”。那篮球场上的一声“师傅”,总是时不时地在他脑海中回旋,那声音是赵敏的不会错,但她叫的是谁?

没想到,他刚一上线,一条又一条的信息,接二连三地跳了出来。

是“星如雨”给自己留言!时间显示是去年的4月份。原来,自己竟然这么久没有上过这个账号。其实,这个账号早就被荒废了,要不是上次“天下”赛因为想起“星如雨”登录了一次,可能自己从“星如雨”说要专心高考那一刻开始,都不会再登录这个账号了。

“师傅,原来世界并不像我们想象得那么简单、美好!”

郭天宇看完心中一抽。

“那些表面上看起来对你好的人,竟然藏着这么肮脏的目的!”

“我以为他是个好人,可是他竟然……竟然轻薄我!师傅,我觉得好恐怖,人与人之间难道连最基本的信任都不能有了吗?”

手一抖,鼠标落在了地上,郭天宇却顾不上捡,一直盯着闪烁的屏幕。

“他把我们带到‘月亮河KTV’,说是要和我们谈赞助的事情,没想到他一个劲地灌我酒,竟然还凑上来要亲我!”

“那满脸的胡茬,还有令人呕吐的酒味,怎么有这样不要脸的人?”

“他还跟我说,酒后失身不算失身。”

郭天宇看到这里,心里一惊!“月亮河 KTV”,那不就是杜总带他们去的地方吗?去年 4 月,那不就是跟杜总干那一架的时间吗?难道,难道,“星如雨”真的就是赵敏?

是!不是!是!不是……郭天宇的内心越来越激动,却激动得令他难受。

虽然,之前赵敏的种种行为与遭遇,游戏大赛的奖金,百团大战上的那一声“师傅”,校花大赛上的人言可畏,都一度让他把赵敏和“星如雨”联系起来。可是,他从来没有像此刻这般确定,赵敏就是“星如雨”。

他曾希望赵敏和“星如雨”就是同一个人,因为这样,他们之间的距离能更近一些。不知道从什么时候开始,他对赵敏产生了那样的情愫,或许就是在医院走廊上看清赵敏模样的那一刻,这个素净可人的女孩让他第一次有了心跳的感觉。后来的每一次见面,他都会在暗地里多看她两眼,但有时候又不敢多看,怕被别人看到。他将“天下趣游网”坚持到今天,在某种程度上,也是为了让赵敏看到自己的能力。

但是,此时此刻,当他真的能够确认“星如雨”和赵敏就是同一个人时,他又害怕了。他没有想到,被杜总欺负这件事,赵敏对他们中间任何一个人都绝口不提,却向他袒露,这是赵敏对自己多大的信任!而他却曾经跟“星如雨”撒过那么大的一个谎,“星如雨”曾那么可怜巴巴地求他见一面,换来的却是自己的冷漠无情。如果,赵敏知道他就是“青玉案”,会不会不原谅他?会不会连朋友都没有办法再做?

郭天宇坐在那里,静静地看着屏幕,一动不动。一想到赵敏曾遭受的欺负,心里不禁一阵疼。此刻,郭天宇又想起了篮球场上赵敏的一声“师傅”,心中又是一阵担心。难道,赵敏早就知道自己就是“青玉案”?

困扰中,郭天宇升起一股强烈的欲望,他要和“星如雨”见面。赵玉颖的死,让他知道,有些事不及时做,也许永远都没有机会做了。

“明天下午两点,杭州大学后门扎瓦咖啡馆见!”他鼓起勇气向“星如雨”发出了这么一条信息。

那天晚上,郭天宇躺在床上一夜无眠,心里想的全是即将与“星如雨”的见面。

郭天宇猜得没有错。赵敏的确就是“星如雨”，她也早在一年多前那场“天下”赛上就知道郭天宇是“青玉案”。只是，赵敏不愿意与他相认。这也是一打完比赛，郭天宇想去找对方战队时，他们消失得无影无踪的原因。

其实，赵敏并没有因为“青玉案”撒谎而恨他，不认郭天宇，只是她觉得要教训一下这个冷漠的“师傅”，竟然可以这么绝情再也不理自己的“徒弟”。在赵敏心里，“师傅”是这世上能够让她不感到孤独的人，也是唯一一个可以吐露心扉的人。

这天夜里，同样睡不着的赵敏正在用“星如雨”的号大杀四方，一阵酣畅后，正想关机，那个三年多都没有亮起的头像居然在右下角闪动，是“青玉案”！

“明天下午两点，杭州大学后门扎瓦咖啡馆见！”

“青玉案”居然上线了，还要约她见面！

那么？那么郭天宇肯定知道“星如雨”就是赵敏了！

因为“青玉案”对自己的留言一直毫无反应，甚至当自己留下“工作？呵呵”时，他都没有反应，在赵敏看来，这就是一个死人账号了，或许郭天宇早就忘了这个账号的密码，再也不会上了，所以，当她被杜总欺负，找不到朋友倾诉的时候，才会在那里倾吐心里的苦。

对于“青玉案”的邀约，赵敏倒是没有任何的纠结。在她看来，即使“师傅”不来认自己，迟早有一天，自己也会去认这个绝情的“师傅”。

下午两点的扎瓦咖啡馆，阳光一大片一大片地落在玻璃杯里。赵敏就坐在窗前，喝着一杯卡布奇诺。她的对面空无一人。

此刻，郭天宇站在马路对面，注视着这里，良久都一动不动，而他的大脑正在飞快地旋转：该用什么句子，开启这一场相认。

这时，刘帅的路虎疾驰而来，在咖啡馆门口停下。

“赵敏，我就知道你会在这里。”刘帅自然不是随意就出现在这里的，刘帅在追赵敏，还走起了室友路线，所以对赵敏的行踪总是能了如指掌。

郭天宇一直都知道刘帅喜欢赵敏，最近攻势更是明显。透过落地玻璃窗，看着他俩坐在明媚的咖啡馆里有说有笑，真是好不登对！而他呢，一个穷小子，在杭州什么都没有，怎么给她幸福？“幸福？”郭天宇反复念着这个词，“原来我只希望你幸福啊，原来……我是真的爱上你了……赵敏。”

众里寻他千百度，蓦然回首，那人却在灯火阑珊处。赵敏回过头，看着街道对面的路灯下，只有空空荡荡的光圈。而此刻的郭天宇已经在篮球场上，挥汗如雨，他要用篮球让自己冷静一下。

不知道是不是因为赵玉颖的死留给了这个学校一些伤痛，社团联对“天下趣游网”也变得仁慈了些。过了约定的向社团联提交账目说明的日子，对方居然没有找上门来。郭天宇对这些事一直采取能拖就拖的策略，自然也不再理会。

有惊无险地通过全国大学生社团大赛资格审核，本该着手为下学期的决赛做准备，郭天宇却常常不见了踪影。那天刘帅来找了他几次，他竟然都不在寝室。

“难道是恋爱了？”

事实是，为了能够毕业创业，郭天宇在“天下趣游网”上倾注了无数心血。但他此时的失踪，是因为他再也没有办法开口问父母要钱，于是生存这个最基本的问题被摆到了桌面上。

想要自由和独立？你先要能自己活下去。

郭天宇找了一份兼职，在一家旅行网站做杭州地区的线路导游。这份活并不轻松，尤其是在大夏天东奔西走，整个人都如同一条湿漉漉直喘气的狗。

郭天宇在团队里被公认为最招老人喜欢的阳光男孩，甚至有人给他起了个昵称叫“老年杀手”。不过这一切只是因为最麻烦的老年团向来没有人愿意带，于是便丢给了郭天宇，谁让他只是个苦哈哈的兼职学生呢？

如果说创业是一个梦想，这些实地体验和经验积累，则是把梦想丢在了泥沼里，看它能否存活。

今天西湖的这条线路，郭天宇很花了些心思，配合着老年团的特点，特别提供了租电瓶车游湖的特色活动。

“西湖转了个遍，今天是不是很轻松？我们先去雷峰塔，下来时正好是夕照，再去看三潭印月。晴雨虽然看不见，但是白天黑夜的美，今天还是能一览无遗的。”

在雷峰塔下，郭天宇铺开了一条桌布。

“来来，新鲜的点心，刚刚去湖边的餐厅打包来的，就是为了大家能面对西湖，回忆一把年少的日子，想象一下古时候年轻男女踏青，席地而坐、赏花言情的那份快乐。”

亮晶晶的油冬儿、飘香的馄饨小笼、浓郁的西湖藕粉，还有老杭州的特色面条片儿川，简直看花了人的眼，郭天宇甚至买来了当地人才得见的葱包桧儿。

“这可是杭州特有的传统小吃，外地人来可不得一见，还有典故呢！传说南宋时望仙桥畔王二油煎饼店炸‘油炸桧’出了名，一时众起仿效，油炸桧店林立杭城。王二有时炸多了，一下子卖不出去，冷了又软又韧，味道不佳，更无人买。那时，岳飞刚被害于风波亭，王二对秦桧夫妇还愤恨难平，就将冷油炸桧在热锅里一烤，把烤熟的油炸桧同葱段卷入拌着甜面酱的春饼里，再用铁板压烤，烤到表皮呈金黄色。油炸桧‘吱吱’发叫，王二方才解恨，他拿起来一吃，觉葱香可口，便取名叫‘葱包桧儿’。你们尝尝：会不会‘吱吱’叫？”

老人们也很可爱，纷纷学着“吱吱”叫了起来。郭天宇看着这群老小孩，想起了自己乡下的外公外婆小时候也是这般拿他逗趣。

这一顿饭吃得欢声笑语不断。

“老大爷，你觉得开心吗？”大家吃完后，郭天宇忙着打扫战场，一边抽空问道。

“开心？当然了！”

旅行到底是什么？说到底，无论是背包驴友脚下的大山还是豪华游轮上的星空，都是生活的另一面。不同于书本和磁带有正反面，生活，更像是一个玲珑的水晶球，闪烁着无数个切面的光辉。

此刻，那些老爷爷老奶奶的笑容，折射着温暖的夕照。郭天宇尝到了比自己游历天涯海角更为满足的喜悦。他忽然明白了，为什么对于“天下趣游网”的创立，大家是那么一拍即合，因为人或者心在路上，就是青春的含义。

日头渐渐下去了，郭天宇招呼大家起身，前往最后一站小瀛洲去看三潭印月。

“走啦走啦，大家别忘记了东西。”

郭天宇话音未落，刚转过身去，一声尖叫便划破了温馨的气氛：“老李头，老李！你怎么了？”

忽然有老人家一起身就坐在了地上，郭天宇吓了一跳：“这是怎么了？”

“不知道啊,忽然就晕了,是不是心脏病犯了?”

“快打急救电话,还是给他儿子打电话?”

“不对,是不是贫血,还是糖尿病?”

“导游!导游!!怎么办啊,他不行了!”

郭天宇只听到耳边嗡嗡直响,愣在那里好一会,直到混乱的人群朝他大喊,才反应过来,颤抖着打了120。

那一刻,看着躺在地上的老人,他的整个世界都是黑的,伸手不见五指。旅游季节的西湖很热闹,不一会就聚集了一圈人,都聚在一边旁观,却没有人施以援手。“有没有医生?”郭天宇大声喊道,却毫无回应。

一个老人倒在地上,却没有人敢动。

救护车在人群后堵了一会,大声按着喇叭,人群才让出了一条路。

医生赶到现场的时候,老人还躺在地上,意识还是清醒的,却说不出话来。医生蹲下来问了他几句,老人只能勉强点头。没想到医生从口袋里拿出了一块水果糖,撕开包装喂进了老人的嘴里。

过了几分钟,大爷竟然奇迹般地自己坐起来了。

“这是?”郭天宇惊异不已,“你给他喂了什么药?”

“什么药啊,那只是一颗糖。你作为导游,事先没有了解吗?糖尿病在老年阶段是常见病之一,由于平时限制糖分摄取,容易低血糖晕倒。吃颗糖就没事了。”

“是啊。”大爷竟然能说话了,“其实我有准备,唉,只是连话都说不出来,连累你了。”大爷望着郭天宇,倒是一脸的不好意思。

“大爷您别这么说!”郭天宇抹了一把冷汗,“是我知识匮乏,功课也做得不够……对不起大爷!”

郭天宇回到学校,虽然后怕,但好在这件事已经过去了,大爷也平安无事。

但是没想到,过了两天,这场噩梦竟然有了续集!

就在大赛的前一天,一大伙人聚集在杭大的校门口,点名要找郭天宇!这件事还是同学跑来转告他的,但郭天宇冥思苦想也不知道是为了什么。

直到看见人群里,那个坐在轮椅上的李大爷,他四肢浮肿,无力地瘫在轮椅上,而且两眼根本没有聚焦，看上去毫无生气。

郭天宇喊了他的名字，大爷没有一丝一毫的反应。

“就是他！他就是那个无证导游！”

旅游网站的人也来了，郭天宇见过他。但是那人换了一身西装，而且做出一副完全不认识他的表情。

“这的确是我们的失误，看他是名牌大学学生，就没有仔细查证件，后来才知道他的资料根本不真实。”

“老李的遭遇太令人同情了，竟然因为一次旅行意外，就得了老年痴呆。我也认为你应该给家属一个说法，导游。”

什么？李大爷得了老年痴呆？

郭天宇整个人都是蒙的，他一直看着一脸僵硬的李大爷，不敢相信。

“您跟我说说话呀，李大爷……”

但是没有人回答他，他被推搡进了人群中，并且摔倒在地上，家属还在愤怒地叱责着，甚至还想要上来动手。郭天宇甚至没有护住头，他只是呆呆地坐在地上，像校门口那块石头。

“天宇！”

“郭天宇！”

“你这笨蛋！”

熟悉的声音忽然从背后传过来，郭天宇回过头，看见孙教练带着一群人飞奔而来，手里还抱着球，似乎一听见风声，就直接从训练场跑了过来。

篮球队的队友吐槽着他，却默默地站在他的周围，不自觉地把他围在了中间，将愤怒的家属隔离在了一旁。

一双旧球鞋，出现在他的面前。

孙教练就像一座山拦住了郭天宇的视线，他还没反应过来，孙教练就粗暴地拎起他的胳膊，把他从地上提了起来。

“站起来！说清楚！”

人群见到似乎是老师赶过来了，也冷静了几分，纷纷要求学校严惩郭天宇。

但孙教练点了点头，望着他们不动，也不说话。

家属看这阵势，似乎也吓住了，纷繁嘈杂的现场安静了下来。

此时，孙教练转过身，对郭天宇怒喝道："郭天宇，你做事怎么永远都这么不负责任！像个男子汉一样站好了，把事情说清楚！"

在孙教练的怒吼声中，郭天宇扯了扯自己的上衣，他终于从刚才的混乱中回过神来，不论是不是自己的责任，逃避是不能解决问题的。

"李大爷，对不起。"郭天宇走过去鞠了一躬，神色冷静了些，"但是这次的事件，不是旅行中的伤害所致。当时有医务人员的记录，您是完全无碍地离开的，对不对？"

李大爷看着郭天宇的双眼，似乎听不懂。

"当时您是因为糖尿病、低血糖晕倒的，虽然我确实缺乏经验，给您造成了困扰，但是万幸并没有引发更严重的后果。如果不信，你们可以再带老人去医院查一查。"

家属群开始窃窃私语，似乎有一部分人觉得郭天宇说得有些道理。

这时候李大爷忽然笑了，对着一脸认真地看着他的郭天宇，特别开心地绽放了一个笑容。看得郭天宇心里一酸。

"小郭。"他模糊不清地呢喃道，"玩！"他拽住郭天宇的手，想要从轮椅上站起来，但是失败了。郭天宇一只手抓住了老人的手掌，另一只手扶住了他的肩，蹲了下来，细细密密地和他说话。

人群安静了。

"他！他连我这个儿子都认不得了！怎么会……"

"你看他对李大爷那么好，李大爷又只认得他，怎么会是他害了李大爷呢！"

在孙教练的出面和李大爷的意外之举下，这件事好容易有了结尾。郭天宇从此多了个大爷，他主动答应下来，有空就去陪李大爷唠嗑，帮助他康复。家属的矛头已经对准了那家不负责的旅游网站。

这也让郭天宇对于"天下趣游网"所隐藏的问题，有了更深的理解。他觉得，在带着"天下趣游网"往前走的过程中，他还需要很多很多的努力，去避免随处可能发生的问题。

但孙教练却对他的一通感悟嗤之以鼻："郭天宇，一个人强大固然好，但你再能干，还不是摊上今天这样的事，问题出在哪？"

“是我疏忽了。”

“是你把队友都抛下了！刘帅呢，赵敏呢？如果他们了解、支持，互相扶持，怎么会有今天的局面？”

若不是孙教练带着整个篮球队来救场，郭天宇说不定已经被打伤送进医院或者送进校长室了。

孙教练不是个擅长说话的人，说完这一句，他就拉着郭天宇去喝酒了。

但是这一句话，却在郭天宇的心里掀起了层层波涛。

荣耀之日终于来了。

这一天，是三年一度的全国大学生社团大赛的决赛日，也是“天下趣游网”诞生的第798天。

郭天宇等这一天，已经足足等了两年多。这两年多，对郭天宇来说，仿佛经历了两个世纪。但最终能够参与这个盛典，让郭天宇觉得这两年多来经历的所有辛苦都是值得的。

是的，这就是他期待已久的全国大学生社团大赛，也是中国首届“互联网+”大学生创业实践大赛。在浙江大学紫金港校区可容纳千人的报告厅里，各路媒体已经架起了长枪短炮，台下黑压压地坐满了人，甚至连过道上都站满了前来观战的老师和同学。

郭天宇轻松找到了硅谷著名投资人Steve Hoffman的身影，他的旁边则一应坐着周宏义、徐晓平、熊大鸽、李人杰这些闪着光的人物……

这些企业家不仅仅是今天的评委——今天进入前十名的队伍，都能免费配一个知名企业家作为导师，就连雷骏、童明珠这类中国一线企业家，也名列其中。

等待着他们的，就是这样一群导师，而且大赛的前三名，更能带走100万、50万和20万元的现金。

大赛也吸引了来自蓝石创投、山盟投资等创投机构的知名投资人与企业家到场观摩。“小荷才露尖尖角，早有蜻蜓立上头。”正如南宋诗人杨万里的这句诗，创业者才刚刚崭露头角，就引来了各路资本的青睐。

此时，比赛终于开始了。

第一组是一个叫"恒达高校搜索"的项目,由他们团队的负责人孙秋飞进行项目路演和答辩。面对评委的犀利提问,孙秋飞雄辩滔滔,听得台下的评委直点头。

郭天宇从旁边的窃窃私语中得知,这个孙秋飞是一个计算机顶尖高手。"恒达高校搜索"的主要程序全是由孙秋飞一个人编写的,这个项目已经完成了天使轮的融资。郭天宇顿时对孙秋飞心生佩服。

十几组下来,郭天宇揪心地发现,这些竞争对手的项目,绝大部分都已经拿到了天使投资,甚至还有拿到 A 轮和 B 轮投资的,最高的一个项目的估值已经超过一个亿。反观"天下趣游网",虽然凑齐了 20 万元"实际到位"的注册资金,获得了参赛资格,但和对手们相比,差距实在太大了。比赛还没开始,胜负已经一目了然。

"啪!"灯亮了,轮到他上台了。

那白晃晃的射灯打在脸庞上,热辣辣的,郭天宇根本看不清台下。他努力地寻找,也看不见刘帅他们坐在哪里,只感觉到他的舌头裹着心脏都打成了一个结。

郭天宇来不及细想,屏幕一黑,一切已经开始了……

第　十　章

网络英雄传 · 前传

光未盛

巨岩之约

兜兜转转，

有一个人一直在这里，

不远不近地，

就等他说一声，原来是你。

第十章

巨岩之约

郭天宇和“天下趣游网”的项目，在全国大学生社团大赛暨首届“互联网+”大学生创业实践大赛中，还是失利了。但郭天宇他们对这件事，很快就释怀了。他们收获的，远比一个奖项要多得多。

郭天宇想，他们，早就在这个过程中领悟了，什么是梦想，什么是创业，什么是团队，而成功不再是遥远的星辰。

这是大三暑假的最后一天，大学的最后一年就要来了。他们正准备办一场和旅行社合作的联合发布会。这次合作，对“天下趣游网”来说，将是一个全新的开始。

经过两年多的努力，“天下趣游网”的品牌在杭州各大高校已经有了非常高的知名度。各大旅行社非常看重“天下趣游网”在大学生中的品牌形象，决定整合大学生旅游资源，打包入驻“天下趣游网”。

所有的准备，所有的比赛，所有的拼搏，所有的网站开发，都等着这一天，最后的结果将要出炉。郭天宇在筹备工作的各种忙碌之中，偶然间在大街上看到了一款丝巾的广告并进店买了一条。

这丝巾虽然不贵，但设计之精巧，莫过于丝巾的一角有一个熟悉的图案，上面写着“江南忆”三个字。月牙白的丝巾上，勾勒着浅浅的暗纹，只这三个字，犹如水中浮月。他想起那个叫江南忆的刺客，想起医院走廊上那个丝巾上绣着“素”字的妙人儿。

他多想借这丝巾告诉赵敏，他知道的，他知道的，她就是“星如雨”。

这天一早，他第一个来到了会场，手里捧着那条丝巾。过了不多久，赵敏便也来了，她从刘帅的路虎揽胜上轻巧地跳下来，像往常一样朝郭天宇招手，但刘帅从车上伸出一只手拉住了她：“等等，我有一份礼物要送给你。”

赵敏打开了礼盒，甚是惊喜：“是丝巾！好漂亮的颜色！”那一看就是一条上好的丝绸，展开则是一条披肩，丝丝流苏垂下，还缀着点点碎钻，披挂着行走必是流光溢彩！

“这是今年米兰秀场上的走秀款，可是那模特哪有我们赵敏的风韵？那江南女子的味道可不是西方人学得来的。”刘帅笑着说。见郭天宇走过来，又招手喊道：“天宇，你快来看看，配上赵敏，是不是西子重生了？”

郭天宇下意识将手里的丝巾塞进裤袋，攥得紧紧的，脸上却赔笑着说：“那是……那是当然的。”他忽然发现经过这三年的历练，他渐渐也能心口不一了。

即使赵敏就是“江南忆”和“星如雨”，那又如何呢？

现在的郭天宇不是当年的小姑娘心目中的那个网游世界的大神了，他是个一事无成的穷小子，他又能给她什么样的期许呢？想到这里，郭天宇心里隐隐地疼着。他看着刘帅，心里暗暗地说了一句：“兄弟，请你对她好好的，不然……”

不然又能怎样？不然又关自己什么事呢？郭天宇忍不住自嘲地问自己，他有什么权力说这样的话。

“这是我唯一的徒弟。这就够了！”

他这样说服自己，但是他同时准备放弃，或许他永远都不会与“星如雨”相认。

这一天，赵玉颖那位堂哥赵云泽来了，守在会场不肯离开，不知为什么。陈冠平兀自在忙碌着，调试每一处的设备，今天他难得地情绪好点，毕竟之前一段时间，他都因为赵玉颖的事而一个人闷着。由于太过忙碌，无暇顾及别的事情，他并没有认出场边的人，更没有认出赵玉颖经常挂在嘴边，据说与亲哥哥也没什么差别的堂哥。

赵敏却是见过赵云泽的，但她装作什么都不知道，以赵玉颖的朋友的身份，过去搭了几句话，探探对方的来意。想想无非就是赵玉颖也不希望他们闹僵吧！还能有什么事？毕竟谁都看得出来，到了最后，她还是喜欢冠平的。

但赵云泽的话倒是让赵敏愣了半天,他说:“我就是替玉儿来看看,她想看到的这一幕。”几分钟后,赵云泽谁也没招呼,一个人兀自离开了。

发布会终于开始。

郭天宇代表“天下趣游网”做了简单的开场白,他说:“‘天下趣游网’借助大学生的创业平台和敏锐的互联网资源整合模式,已经形成了一定的优势。如今和旅行社的合作非常顺利,这无疑是将种子种进了土里,接上了地气。如果再给我们一年甚至半年的时间,我们相信,我们一定可以站在所有旅游网站的前沿。”

“而今天,就是我们的新生开始的第一天!”

说完,他们把舞台完整地让给了肖总,让他尽情展示各家网站的使用方法和优惠活动。

发布会如预期那样圆满顺利完成。新的一页翻开了。

郭天宇他们开心地从会场走了出来,肩并着肩。

“刘帅,你还记得你戏说比尔·盖茨有什么意思的那一天吗?”

“当然,那是‘天下趣游网’诞生的那一天。”

赵敏感慨地仰起头,与刘帅一问一答,看着阳光就这么洒在他们所有人的身上,仿佛一切都是新生的。“你们说,会有人记得这么一天吗?”

“当然!”陈冠平注视着赵敏被染成金色的头发和比阳光更温和的笑颜,也扫去了这段时间阴郁的情绪。

“这是我们重生的日子。”郭天宇回答得意味深长。

斗转星移,在不经意之间,又是一年过去了,走道上到处是摆着各种pose、穿着学士服合照的毕业生。

樱花已落,荷花盛开。赵敏坐在活动室的窗口,整理着第二届百团大战留下的足足半箱子资料。

郭天宇悄声走进来的时候,发现她停下了手上的活,正在发呆,那双凝视着窗外的澄亮的眼睛正一点一点迷蒙起来。

“在想什么呢?”

“啊!”赵敏一惊,低呼了一声,“你走路没有声音的吗,什么什么?”

"……问问你！这段时间，'天下趣游网'做了不少线路：寻找明朝的背影——贵州屯堡文化游，暑期腾格里沙漠行，天山景物记暨大学生北疆民族团结宣传月，徒步最后不通公路的地方——墨脱，穿越兴安岭——陪北极村哨所战士一起过春节，穿越玄奘之路——河西走廊，中国最美草原花海——红原俄木塘之旅……这么多线路，你最喜欢哪条？"郭天宇在片刻尴尬里，迅速找回了他们之间的共同话题。

"都喜欢呀！"身后有人大声把话接了，两人回头一看，原来是刘帅几人走了进来。

"天宇，那你自己先说说对哪些线路最满意。"刘帅话锋回转，笑着说道。

"我呀，倒还是喜欢杭州的这几条线路。"

"寻找诗意西溪——西溪湿地探索，传说白堤——古典文化游，还有一日禅——灵隐寺品茶游，都是绝版的好线路！就连旅行社的人都说，做了这么多年的旅游，却没想到呢。"

"我还是最喜欢那场穿越千年的爱恋——宋城情侣游！"插话的女生是跟着刘帅一起进来的，赵敏的室友，她正和男友处在热恋期。

赵敏看着她，想起了已经退学的丹妮。丹妮啊丹妮，你知道吗，也许你喜欢的那个他也喜欢你呢？

"赵敏，你呢？"郭天宇似乎期待着什么。

"如果让我选，最忆还是江南……"赵敏喃喃道，目光瞥向了郭天宇，那仿佛藏着湖水的眼睛波光粼粼，宛若开满了一池荷花。

第二届百团大战的活动果然如他们所愿，成功地吸引了一大批订单。当这一切都结束后，郭天宇终于成功倒下——因为中暑了。这些天一直在外面跑，又是没日没夜地忙碌，同时还要开始准备毕业论文开题，饶是身体再好，他也终归是承受不住了。

第二天就是杭州大学生创业项目交流大会，"天下趣游网"在受邀之列，只是到了最后一刻，郭天宇却支撑不住，被"扭送"进了校医院。

挂了一瓶点滴后，郭天宇还是强行赶到了会场，却没有想到，赵敏、刘帅和陈冠平都在那里等着他。

"刘帅！你不是家里公司有事吗？"

"这不也是我们的公司么？"刘帅笑得痞痞的，狠狠拍了一下郭天宇的肩膀，"去，既然你来了，赶紧讲完喝酒去。”

赵敏走上前：“天宇，身体这样你真的行吗？”

“你什么时候开始怀疑我了？”郭天宇说完挥了挥手，不在意地坐下了。

“那是不是郭天宇？”后排有人开始议论起来，“最近闹出了不小动静的，就是他们吧！”

会上，郭天宇感慨良多。

“今天大家都在说大学生创业怎么怎么具有先天优势，怎么蓬勃发展，但是没有人去谈其中那么多的迷茫与困境。”

“‘天下趣游网’走到今天，其实还是个蹒跚学步的孩子。大学生创业，成功的大家今天都已经看见，但收获成长与痛苦纠结永远成正比。它让人更理性、更成熟，在迷茫纠结中摸爬滚打，在午夜梦回中跌跌撞撞，让我们通过一条残酷的路来更早褪去学生气，洞悉人性。”

郭天宇脑中浮现出一路走来的场景。从KTV赵敏受惊、自己和刘帅被打得头破血流到市场宣传被广告公司坑骗，从百团大战有惊无险到社团发展受制于人，从贵州屯堡穷游的苦中作乐到烈日暴雨下的西溪暴走，从团队内部的各种矛盾分歧到最终大家决定坚守“天下趣游”……郭天宇常常会想：如果他们就这样死在了哪个环节，今天又会是什么样子？

看着台下对他微笑的三人，郭天宇的思绪飘了回来。

“理想丰满，现实骨感。少年马云的野心太大，能力不足却揠苗助长，进入最后一年，更加压力山大。大家都在找工作、考研，都在走康庄大道，他虽然表面风光，其实内心忧伤，再回头好好找工作时，发现已经落后一心准备工作的人一大截。创业失败，工作未定，青黄不接，更不要提遇到诸如：书生清高，商人算计；兄弟创业，仇人散伙。”

刘帅和郭天宇，隔着人群对视了好一阵子。也许“天下趣游网”对于他们都是人生中的第一，第一个创业梦、第一次做社团。但是，所有的第一次，也比不上他们这群人的第一次相遇。

“除此之外，创业这个梦，有一个发酵的过程，一年、两年……甚至十年、二十年才能出效果。我们失败了吗？没有！听说很多大学，比如我们杭大，最近开始设立创业协会，团委书记挂帅做会长，并有专门的经费支持大学生创业。好兆头啊，虽然我们没能赶上，但是，未来我们的学弟学妹却将受益于这个机制。我相信我们可以成功，这只是因为，属于我们的创业时代正在来临的路上！”

这次会议结束之后，杭大 F4 又回来了。当他们再次出发去招揽项目、跑商家、跑景点的时候，常常有人说：

“真是帅哥靓女的组合，你们往景点一站，也是一道风景线啊！”

“原来你们就是杭大 F4！”

但这样的状态无法持续多久，郭天宇最终决定和刘帅好好谈一次，因为刘帅的这种全身心投入，可能打断了他家族企业的计划。

正好是月圆之夜，四个小伙伴相约一起在校园的操场上散步、赏月，心情大好。

“天宇，你不要再说了，我知道。”刘帅也很干脆，“我和家里请了假，说是毕业论文开题，回头‘天下趣游网’上正轨了，我再考虑。”

“刘帅……”

“别吵了，我们四个人在一起，不是很好吗？”正好赵敏关心的眼神投过来，刘帅打趣道：“是呀，和我们赵敏做同事的机会，简直拿星星、月亮也不换！”

赵敏早就听习惯了，笑嗔着白了刘帅一眼。然而这情形看在郭天宇眼里，却再一次触动了当初刘帅开着路虎揽胜“英雄救美”的那根弦。

“好吧，既然想好了，刘帅，你自己把握好哈。”郭天宇还是不忘叮嘱了一句，然后四个人都陷入了沉默，坐在操场的看台上无声地欣赏着无边的月色。

浑圆的月亮把它的清辉洒满整个世界，五六颗星星在很远的夜空不停地闪啊闪。树影婆娑，池塘里的蛙声此起彼伏，操场的角落里还不时爆出毕业生们的欢歌笑语。

“快毕业了，你们有什么打算啊？”赵敏若有所思地问道。

“各种安排，家里都考虑好了，我可能得再想想。”刘帅很无奈的样子。

“冠平，你呢？”

“我？有些机会吧。我就这点技术，可能去阿里巴巴或者腾讯吧。”陈冠平的回答让其他三人觉得毫无悬念，他毕竟是很有天赋的互联网技术天才。

“赵敏，你呢？”刘帅抢在郭天宇之前问了同样关心的问题。

“我啊?”赵敏的眼眸在夜色中一闪一闪,像星星一样迷人,“没完全想好。想开家文艺青年们喜欢的民宿吧。在西湖一带。龙井茶文化主题的。就叫江南忆吧。推广茶道,也帮家里展示推广茶。”

讲到“江南忆”三个字时,赵敏幽幽地看了郭天宇一眼。而听到“江南忆”三个字,郭天宇的内心泛起阵阵涟漪。

“唉,我太小资。还是听我们的梦想家郭天宇讲讲吧。”赵敏突然话锋一转。

“对,天宇,你讲讲。”三个人一起转头盯着郭天宇。

“好!”郭天宇有些激动地宣布,“从创业大会回来后,我也一直在思考未来该干什么,现在我想通了,毕业后,我要创业!”

“你这个读中文系的,真的要去创业?”

“‘天下趣游网’可和真正的创业不一样啊,你上次不也谈了大学生创业之艰难吗,这下自己却要往上冲。”三个小伙伴都有些诧异。

“是的,总不能畏难就退缩吧。杭州是创业天堂,只有杭州才能诞生马云这样伟大的创业者,而且杭州的大学生创业政策是全国最好的,公司成立后会有各种实质性的扶持。我决定了,不创业,毋宁死!”

郭天宇的激情感染了三个小伙伴,将其他诸多都抛在了脑后。赵敏关心地问:“你创业准备做什么呢?”

“当然是和旅游有关的,做自己热爱的事,才有劲啊!”郭天宇回答的时候还握紧拳头挥了一下,真的是有一种马上就开始创业的冲动。

不等他们再问,郭天宇接着又说道:“我想创造一种全新的互联网旅游模式,不仅让旅游者能享受更方便、更快捷、更省钱的服务,也让旅游景点和相关的配套产业更加赚钱!”

“可是51旅游网、飞龙旅游都已经上市了,还有踏青网也很厉害,怎么跟他们竞争啊?”赵敏还是有些疑虑。

郭天宇充满自信地解释说:“51旅游网是中国最大的在线旅游网站,是很厉害,虽然他们起步早,但他们不思进取,没有去拓展更多的在线旅游产品服务!”

“大二开始我们的‘天下趣游网’上线,为了给同学们更好的旅游折扣,我去跑了浙江和邻近省份的不少景点,发现合作很好谈,因为景点都希望能抓住我们手上的大学生旅游群体。而在我们拿到景点折扣之后，同学们的报名又很踊跃，因为他们本来就喜欢玩，哪里有折扣他们就优先考虑去哪里玩。我们把交通、住宿，加上在当地的吃喝玩乐全都整合在一起，服务可以做得更好，利润当然也就更多，这样就颠覆了 51 旅游网们的商业模式！”

郭天宇一口气讲完自己的创业设想，把三个人都听呆了。

刘帅顿了一下，忽地一拍自己的额头，兴奋地说道：“天宇，你说得太棒了！给了我很大的启发！”

“通过这两年做‘天下趣游网’，我也对现在企业里的差旅管理有了新的想法。比如我爸的公司，我就想建议他，让企业在专业差旅管理服务团队的协助下对差旅活动进行整体规划，全面执行监控，优化差旅管理流程与政策，整体采购资源，从而在不影响业务开展和出行体验的前提下，降低差旅成本并提高出行效率！这一定是可以实现的。”

就这样，几个充满激情与理想的年轻人，都从自己擅长的角度，就着郭天宇引发的话题，分享着自己的智慧。

谈着谈着，郭天宇又来了灵感：“冠平，你从互联网技术角度进行的探讨很有价值，让我突然悟到，实现我想法的最快办法，就是把现在的‘天下趣游网’加以改造，你们说对不对？”

因为这个网站本来就是他们业余时间自己花钱建的，程序全部是陈冠平写的，可以说本来就是他们四个人的资产，所以把这个网站改造后去创业当然是没有问题的。而且，网站已经与不少景点有了合作，有了一定的基础，这会大大加快实现郭天宇的创业规划。

郭天宇的妙想，又引来了他们的热烈讨论。

“天宇和刘帅啊，你们的想法本来是两个方向，却又有‘天下趣游网’这同一个交点，你们何不一起干？”赵敏的提议，很快获得了大家的认可。郭天宇和刘帅击掌为盟，为未来画下了一个开始符。

那个月明星稀，微风轻拂的美好夜晚，他们谈了很久很久，谈创业的梦想，也谈美好的未来。

也是在那个晚上，他们四人决定要完成他们之前约定的那个冒险的旅行计划：穿越澳洲无人区！作为“天下趣游”社团的创始成员，在旅行上要么不出手，一出手必须要让人意想不到，干他个轰轰烈烈！

他们要用一次疯狂的旅行来告别大学生活，迎接属于他们的创业时代！

在他们启程之前，郭天宇提议四人先去祭拜一下赵玉颖。事情过去快一年了，但是陈冠平似乎还是对这个名字忌讳颇深，脸一下就黑了。但是在其他三人的坚持下，还是一起去了。

赵玉颖的墓在杭州郊外，看上去不大的墓场就像是一个城市公园，一个逝者的世界。那个曾经的名字只剩下一块小小的、高出地面的黑色碑。上面有一张小小的照片，印着一张年轻的脸。

四人祭扫完毕之后，留下陈冠平一个人在墓前。远远地看见他孤单地站了好久，喃喃低语，跪拜了三次，最后只留下一束百合花静静地躺在地上。

陈冠平无法忘记在美国的那个夜晚。他喝得烂醉，吐了自己一身。赵玉颖推开房门本要离开，但踌躇半天留了下来。

她扶着几乎失去意识的陈冠平坐在洗手间里，一层一层脱掉他的衣物，找了一条柔软的毛巾，擦掉他脸上的污点、汗渍、泪水。整个过程，陈冠平就坐在那里，眼睛睁着，眼珠动也不动，任由赵玉颖摆弄。

“冠平，我该走了。”

陈冠平不知从哪里来的力气，突然站了起来。

“怎么了？”赵玉颖赶紧伸手扶着他。

“谢谢你。不要走！”陈冠平双眼依旧无神，只吐出这么一句。

赵玉颖看着陈冠平紧紧抓住她的手，好像落水的孩子抓住了水上漂来的树枝。

“嗯，一切都会没事的。”说完，她温柔地把他的头抱在自己的胸前……

“冠平！”郭天宇的喊声把他叫回了现实世界，“该走了。”

在郭天宇四人离开墓地后不久，一个黑衣黑裙的女子走了出来。

她默默看着几人走远后，“扑通”一声跪在了赵玉颖的墓碑前：“对不起，对不起，我没有想到事情居然会发展到这个地步。”

“赵玉颖,你为什么要跳下来?”她抚摸着墓碑,“像陈冠平这样的男人,你为他死不值得啊!”

“篡改校花投票、黑掉刘帅的宴会系统、入侵公司系统,你说他是个好人吗?”

“如果不是陈冠平篡改结果,本来校花是我的!你知道我会有多开心吗?可是赵敏不仅抢走了它,还把校花这个称号彻底毁了。”

“你怎么就看上他了呢?不看上他,我也不会把你怀孕的事情捅出去!我就是要报复他,让他身败名裂,我要让他、郭天宇和‘天下趣游网’一并完蛋!可没想到……”她突然抱住赵玉颖的墓碑,嚎啕大哭。

“我也不想害死你的,我不想害死你的!”

哭了很久,她的心情终于平复了些,依靠地坐在赵玉颖的墓碑前,喃喃地道出了多年来憋在她心中的秘密。这个秘密,她也只能跟赵玉颖说了。

“从小到大,那么多人追过我,我都无动于衷。直到我见到郭天宇的第一眼,才知道什么叫怦然心动。”

“为了他,我愿意放弃自己的一切,他搞‘天下趣游网’,我义无反顾地支持他。他把‘天下趣游网’当作自己的孩子,我就比他更爱惜‘天下趣游网’。”

“我从小身体不好,为了他,我硬是参加了贵州屯堡穷游,参加暴走西溪,把自己弄得遍体鳞伤,但是为了郭天宇,我心甘情愿。”

“他被我实习的公司骗了3万块,为了帮他拿回钱,我去找我们老板评理,结果却被老板……这种人渣,最后居然不兑现承诺!但是为了郭天宇,我忍了。”

“那个杜总,一天到晚来找我,我想,如果我能够说服杜总,给‘天下趣游网’弄到钱,天宇一定会高兴的。可是,他眼睁睁看着我上了杜总的车,却连一句关心的话都没有。”

“在他眼里,我什么都不是,我什么都不是,他喜欢的是赵敏,他让我心如死灰!”

“他对我不仁,我就对他不义。郭天宇,他不是很紧张他的‘天下趣游网’吗?我就要让‘天下趣游网’彻底倒下,让他的心血白费!”

“但是,光靠我一个人,根本就没有办法实现,我只能眼睁睁地看着‘天下趣游网’越办越好,却做不了任何手脚。”

“不知道是不是老天都帮我,居然让我知道了一个惊天的秘密。”

"那天晚上,我去操场跑步锻炼身体,看到你和陈冠平在操场的角落里争执,一番争吵后,你独自一人坐在操场上抱头痛哭。你不认识我,但是我认得你。一阵风过,你手上的那张纸被吹落在地上,是我帮你捡起来的。虽然只是一刹那,但上面的字让我看到了希望,这居然是一张怀孕鉴定书,这个孩子应该就是陈冠平的,他居然干出这么不要脸的事情!"

"那一刻,我就决定把你怀孕的事捅出去。我相信大家知道你怀孕了,就一定会去寻找那个幕后黑手,到时候陈冠平就自身难保了,郭天宇的'天下趣游网'也会跟着完蛋!只是,我万万没有想到,这件事只让你一个人站在了舆论的风口浪尖,竟然没有人关心孩子的父亲。我真的没有想到,这会对你造成这么大的伤害!"

"我真正恨的是郭天宇!不是你!是郭天宇!郭天宇!"

她望着墓碑,一遍遍念叨着:"怪不得我,你不要怪我。"泪水再次夺眶而出,似乎按捺了太久、太久。

"可是我真的没想到你会跳下去!对不起。"然而,这一切,对刚刚走远的郭天宇他们,或许成为了永远的秘密。

此时他们正在享受最后一顿大学生涯的告别宴。在这之后,郭天宇四人就一起飞到了澳大利亚的第二大城市墨尔本。他们早已通过网络订好了一辆吉普四驱越野车,开始了这次充满未知的穿越澳洲无人区的旅程。

无人区的景色虽然壮观,但经常几天都看不到一个人。所以有时说着笑着,当话音落下的时候,突然大家都沉默了,便静得仿佛能听到身体里血液流动的声音。

第 1 天,冒险;第 2 天,冲刺;第 3 天,无趣;第 4 天,寂寞;第 5 天,压抑……直到第 12 天,他们抵达了澳洲中部最壮观的景观艾尔斯巨岩。

有些建筑,从外观上看上去就高大、雄浑,给人以安全感。这座高达 330 米的艾尔斯巨岩,在澳洲中部广阔的沙地平原上突兀而起,孤傲而挺拔,大有一股睥睨天下的傲气和傲立群雄的霸气。

夕阳留恋不下,郭天宇几人也不急着靠近,而是围着吉普车的车顶和车盖休整一番,或站或坐,好不快哉。由于僻处澳洲中部荒漠,一般游客要坐飞机才能抵达,因此当时巨岩周边并无多少人烟,他们几个就如同这巨岩一般特立而独行。一大四小,彼此注视着。

“你们知道吗？天晴的时候，随着太阳的移动，巨岩外观的色彩会变化，从艳丽的红色逐渐转变为柔和的深蓝、灰色、粉红色及棕色，而在淫雨之日，雨水则从岩顶向下冲刷，瀑布般的水流会使巨岩犹如披上了一层银装，万分壮丽。”

听着赵敏的讲述，刘帅也按捺不住，提前找到的资料总算有了用武之地。

“这里的土著人还把艾尔斯巨岩视为神物！这是因为在巨岩洞穴里还留有许多数千年前土著人绘制的壁画。为此，联合国教科文组织将艾尔斯巨岩确定为世界自然和文化保护遗产，英国BBC则把艾尔斯巨岩评为‘人一生中必去的胜地’。”

“我说你们俩，不去做旅游，也真是可惜了！”赵敏打趣道。

因着四周的荒漠，他们远远地就看到了这块巨大的岩石。而此时，走近了，岩石的分量却仿佛越来越沉，甚至堆积在他们心口，让人难以喘息。就仿佛海啸来临的那一刻，甚至无法挪动双脚！

而且这巨岩不生在崇山峻岭之间，偏偏在这四下空旷静谧的原野。郭天宇一行四人已经在几乎见不到人的荒原平地无人区连续开了六千多公里，此时，对于他们来说，突然面对这样巨大的岩石，真的是极易受到震撼，感觉到自己的渺小。

他们又开着车沿着巨岩转了两圈，依旧没有看出这块巨岩真有神奇的地方，相反地，如同一个寻常的山丘。

此时黄昏却如约而至，落日跳脱出地平线的困扰，那些奇迹的光斑抚摸着巨岩，瞬间发生了化学反应，那普通的石头变成了醉人的红。独有的红，从太阳里迸发出的最后一股能量，不可小觑地笼罩着体量如此之大的整块巨岩。天空大地，独独出了这一种红色，不是深红，不是浅红，不是绯红，不是你所想象到的一切的红。在那广袤平阔的大地上，其他所有的颜色都黯然失色，只剩下这一片沉重的红色！

在这个美得让人屏息静气的时刻，仿佛不发生些什么都对不起这铺天盖地的壮丽。

刘帅不知什么时候回到了车里，此时打开车门跳了下来。他对着盘腿坐在车顶上的人单膝跪下，并从胸口的口袋里掏出了一枚钻戒！

他虔诚得犹如纳木错湖边的香客：“以这天地间之桂冠艾尔斯巨岩为誓，允许我用一生守护你！赵敏，做我的女朋友好吗?”

不仅是赵敏，同样站在一旁的郭天宇和陈冠平也吃惊得说不出话来，热烈的夕阳一时有些刺目。这显然是刘帅在出发前就策划好的，他想在最难忘的地方来一个最难忘的仪式，让这一次穿越澳洲无人区的毕业冒险旅行变得更加完美。

赵敏则完全没想到会发生这样的状况，一时间更是愣在原地，但她没有犹豫多久，便冷静下来，小声但坚持地说:“刘帅，我当然是你女朋友，是要比普通朋友亲得多的女性朋友，我觉得我们是亲如兄妹的好朋友!”

这明显就是婉拒了刘帅的表白。一时间，刘帅脸色骤变，呆在那儿不知该怎么办了，双手收回来也不是，不收回来也不是。

赵敏还想给他找些台阶下，却只听他继续追问道:“小敏，我是不是太急了？从中学到大学，我一直觉得你就是我的女朋友，大家也都觉得我就是你的男朋友。所以，我想……正式确定我们的关系!”

赵敏的脸涨得像艾尔斯巨岩的颜色一般，胸口微微起伏着说:“我很喜欢你，但更愿意把你当我的哥哥……”

刘帅又是一愣，但还是语气坚决地说:“好吧，不管你是做我的女朋友，还是做我的妹妹，这个戒指你先收下吧！这是我精心为你挑选的，就想在艾尔斯巨岩下表达我的心意，我不能拿回去呀!”

这是以退为进了，刘帅想，赵敏不过是在众人面前一时害羞或是没有想明白，但是收下了，总会有花开月圆的一天。

赵敏一听却急了，她忙不迭地说:“刘帅，你别逼我，我……我不能收!”

刘帅听了这话，一时气急，竟然说不出话来，依然不肯收回拿着戒指的双手，眼神中充满期待，甚至还有一丝恳求。

事情到了这一步，不在任何人的预料之内。

在傍晚最后一抹夕阳的辉映下，那枚戒指，闪着一丝纯净但夺目的色彩，似乎在与那巨岩的光芒争辉。

但渐渐地，那丝光芒在寂静中似乎凝结了，就连空气似乎都不再流动。

“刘帅！对不起，你不要逼我!”

“赵敏!”

刘帅的眼中同时露出了渴望和绝望的神情，连郭天宇和陈冠平也不自觉受到感染，五味杂陈地看着赵敏，似乎希望停留在这一刻，又希望她给这一切一个答案。

“对不起，我喜欢的是郭天宇！”

无风起浪，无雨生雷，郭天宇顿时石化了。

刘帅不相信地看了愣住的郭天宇一眼，确定他毫不知情：“赵敏，你不要……”你不要因为一时想找理由，而把郭天宇扯进来啊，他可是我最好的哥们！刘帅的内心在咆哮着。

可是赵敏站在艾尔斯巨岩之下，仿佛忽然有了勇气，说：“我喜欢郭天宇！”

她转过身来，用轻得听不见的声音，对着郭天宇说了重重的两个字。赵敏说：“师傅！”

从高中时做拍档，到追随赵敏报考杭大，到天天在一起组织社团，甚至将她从男生的表白下潇洒带走……刘帅很认真地看着赵敏，他不相信。

可是赵敏却在偷瞄着郭天宇，郭天宇也不敢相信地看着她：“‘星如雨’？原来你知道是我！”他忽然知道，兜兜转转，有一个人一直在这里，不远不近地，就等他说一声，原来是你。

刘帅忽然把钻戒朝赵敏一扔。

“刘帅，你去哪?!”

再回过神来，刘帅已经拼命往巨岩上爬去。

郭天宇望了一眼赵敏，咬了咬牙，还是转身朝刘帅追去。

刘帅攀爬的地方本不是一条路！

这不过是土著人打的几根铁桩，串起一根铁链，几乎没有落脚之处，有些地方几乎要整个人贴住岩石才能向上。刘帅的手脚都已划破，鲜血印在石头上，让那红色更为刺眼。

他毫无目的地抬手、攀登、滑落，然后继续向上。

“你疯了！”

第十章

巨岩之约

着急追来的郭天宇看着这三百多米的巨岩，仓促之下毫无办法，只能跟着刘帅往上爬。

衣服磨破了，膝盖也擦伤了，最后一步甚至差点跌落下去。

向上看几乎没路，向下看更是让人心惊胆颤，郭天宇的手臂也僵直在那里。这时，他的脑子里忽然响起了白大褂的那句话："商道也有大道，能在这条道上一直走下去的人，一定是有大智慧、大魄力、大毅力的人。光有梦想不行，光有现实也不行。"

都不行，那么还差什么呢？

他想起了篮球场上那震天动地的一个字："赢！"

还差的，就是一定要成功的决心！看见头顶上的梦想，那赤红的岩石和深红的夕阳，也看见底下那令人粉身碎骨的高度和现实。他，绝不能退。

他抬头看去，刘帅像一个愤怒的火神一般瞪着他，根本不打算拉他一把。如果此时有风，郭天宇甚至觉得他要烧起来了。

郭天宇觉得他的眼睛里有无数把刀朝他飞来。

时间飞逝，天色骤暗。

风鼓动起来。两人隔着三步，却仿佛隔着一条江，中间仿佛有些说不清道不明的东西，让他们无法逾越，也都无法再往前一步。

"刘帅，你别误会！我是喜欢她……"郭天宇看着刘帅的表情，后退两步，差点摔了下去。

"啊！"赵敏抓住了陈冠平的袖子，惊叫了一声。

郭天宇远远地看着巨岩下站着的身影，忽然感到了后怕，如果他真的掉下去了……他会后悔从来没和赵敏说过一句"我喜欢你"。也许，之前因为刘帅和赵敏"成双成对"而从游戏中就一直尘封的感情，被这一刻"吓"醒了。

"我很喜欢她。"郭天宇注视着刘帅的双眼，"但我真的不知道今天她会这么说。她这么说我很欢喜，但我真的有太多不知道！"郭天宇想着，他是错过了好久好久了。

刘帅突然爆发了。

"不要再说了，我现在不想听你们说任何话！混蛋，我一直拿你当兄弟！"他恨恨地挥舞着拳头，似乎恨不得将郭天宇推下去！

"郭天宇，我问你：你敢和我决斗吗？"

郭天宇不敢相信他听到了什么:"决斗?"

"是的,我要和你决斗！一次男人间的决斗!!"这时的刘帅完全处于癫狂状态。

"你不是要创业吗？很多人不是都看好你能成功吗?"

"好,我不信,郭天宇！从篮球队开始,你就一直试图证明你比我优秀,可是郭天宇,我不相信！即使赵敏现在认为你是个更好的男人,可是路遥知马力,她没有看见以后。你能给她想要的生活吗?"

"郭天宇,我不会用'天下趣游'社团的任何资源,我会用自己的方式去创业,看谁先成功！如果你先成功了,我不会再纠缠赵敏,祝你和她幸福;如果我先成功了,你要主动放弃赵敏！怎么样?"

听到决斗这个词,普希金为了俄罗斯第一美女娜塔丽娅决斗而倒在对手丹特士枪下的场景,在郭天宇的脑海里一闪而过。好在现在刘帅提出的决斗……至少没有兄弟相残。也好,也好。

此时的刘帅,在黑暗中都能感觉到他的眼睛在冒火。这是一个从来没见过的刘帅,一个陌生的刘帅,完全失去了他一贯的冷静自持的温雅公子形象。郭天宇甚至觉得,他会跳起来撕咬面前的猎物。

郭天宇问道:"如果我不答应呢?"

刘帅没有回答,但浑身颤抖,就像火山即将喷发。

郭天宇突然有些悲凉,如果不接下这个战书,也许他们真的会在这壮丽的巨岩之上拼命,难道最后只能兄弟相残？而且刘帅,你真的认为你能赢,只有你配得上赵敏吗?

"我接受你的挑战!"

"那么创业成功的标准是什么?"

"公司上市,或估值达到10亿美金!"见郭天宇反应如此迅速,刘帅愣了一愣,但这个答案显然在他心中早已计量多时。他不再嘶吼,却因着郭天宇的同意,而露出一种疲惫的沙哑。

"同意。但我也有个要求,现在赵敏主动选择了我,在我们的决斗结果出来之前,谁都不能干涉她的选择。"一旦进入对战状态,郭天宇就能迅速冷静下来,甚至会有些冷酷,开始变得咄咄逼人,但想到赵敏,他的最后一句却透着他也没有注意到的暖意。

“我也同意。”刘帅的语气也缓和了下来，能争取到这次决斗的机会是他最后的一赌，至少他还有了再一次机会。如果是别人，他可能不会这么说，但是郭天宇，绝对是一个重承诺的人。

“还有，这个决斗是我们两个人之间的事，任何人都没有必要知道！”

“一言为定！”

郭天宇转身而下，把一个空荡荡的巨岩和一个沉重的决斗誓言，一起撂在了已完全被夜色吞没的刘帅面前。

艾尔斯巨岩，沉入了黑夜之中。不，这不是黑夜，是光未盛时……

欲知“杭大F4”之后惊心动魄的创业故事，请看《网络英雄传Ⅰ：艾尔斯巨岩之约》